P. Highsmith

火車怪客

Strangers on a Train

Patricia Highsmith

派翠西亞・海史密斯

楊沐希——譯

驚心推薦（依姓名筆劃排序）

既晴（犯罪作家）

歷經兩次世界大戰，人類終於意識到，自己不是理性的動物。原本訴諸「邏輯解決一切」的推理小說，此時也轉變為「探究人心闇面」的犯罪小說。

面對廢墟，人心對秩序的重建充滿渴望，迎來更繁榮的社會。同時，繁榮社會下的個人挫折感卻也更勝以往。「交換殺人」的荒誕提議，恰好成了撩動人心背叛道德與法律，激發暴力渴望的觸媒。

在鐵道上穩定行駛的火車，由於一場陌生的邂逅而失控、出軌；看似偶然，卻是一則「命運終究是必然」的寓言故事——《火車怪客》正是在這個時代背景下誕生的經典。

張亦絢（小說家）

當之無愧的經典之作。沒有一行字，不風格絕倫。從極深的寂寞中，萃取出關於人的「無人之境」。所有的緊張刺激，都來自這個「人是什麼？」的臨界問號。說海史密斯是在無道德海洋中的長泳健將，或是推理創新者，都遠遠不夠。《火車怪客》渾然天成地講述了「無人可愛」與「愛上非人」兩種悲劇的纏綿交織——現代的讀者可以更細緻地辨認性別與同志展演。厭女？是的，但也是「厭女剖析」。邪惡？是的，同時也是「邪惡透視」。無與倫比的美麗。

張筱森（推理小說愛好者）

綜觀推理小說史，會發現女性作家很多時候比男性作家更加激進、更加前衛。派翠西亞・海史密斯正是其中一位。

一九五〇年出版的《火車怪客》並不是一本厚重的小說，劇情甚至寥寥數語就可說完，但海史密斯將模糊的道德困境、反派角色之間的心理博奕等等無法簡單正邪畫分的元素帶入這個故事，讓七十多年後的讀者跟著她走了一趟仍舊難以輕易選邊站的心靈旅程。

崔舜華（作家）

火車上遇見的怪異陌生客，究竟只是單純的偶遇，或者那是命運給予我們的震耳警鐘？那細微而詭譎的人心，在這趟看似單純的旅程裡，如一筆一筆的鉤針，漸漸編鋪出宿命與機遇的圖毯……轉折出奇卻合乎常理，料想不到的事態與幽微深密的人性，最終驚嚇了我們的也許不僅僅是小說情節的幽詭難測，更是人生本身那本就難以捉摸的尋常與無常。

齊聲推薦

（依姓名筆劃排序）

冬陽（原生電子推理雜誌《PUZZLE》主編）
沐羽（作家）
李屏瑤（作家）
李信瑩（清華大學人社院學士班性別學程兼任講師）
臥斧
高翊峰（小說家）
郝譽翔（國立台北教育大學語創系教授）
路那（推理評論家）
詹宏志（作家）
騷夏（詩人）

目次

推薦序

心理驚悚的永恆經典：《火車怪客》

路那（推理評論家）

說到心理驚悚，派翠西亞．海史密斯無疑是絕對不能錯過的作家之一。而《火車怪客》更是她的最著名的代表作之一。這部出版於一九五〇年的小說，是海史密斯一鳴驚人的出道作，出版不久後就被名導希區考克買下改編版權，並在隔年推出同名電影。毫不誇張地說，海史密斯「交換殺人」的巧妙構思，她對角色與關係的細膩塑造、對「罪惡」與「罪惡感」的考究，都讓這本已出版七十五年的作品，在今天讀來仍閃爍著獨特而誘人的光芒。

《火車怪客》最引人入勝之處，首先在於對「完美謀殺」的探討。凡謀殺，必「謀定而後動」，換言之，受害者與加害者之間必然存在著不死不休的歧異。由此順藤摸瓜，配以警方日益精進的追緝技巧，非職業凶手可說法網難逃。不滿父親已久的富家子安東尼．布魯諾企圖弒親，但他不想被抓，深思熟慮後，終於想到一個絕妙的方案——找到另一個萍水相逢的同病相憐之人，兩者互相殺害對方的目標，如此即可避免人際關係的蛛網直接變成法律的羅網。布魯諾在一列火車上邂逅了年輕有為的建築師蓋伊・海恩斯，得知另有女友的他正困擾於與出軌妻子間的離婚問題，便玩笑般的提起此一構想。然而即使是玩笑，這樣的提議對於海恩斯來說無疑也是離經叛道的。他自然不可能應下，然而布魯諾卻入魔般的不屈不撓。他以不算高明的偵探技巧找到了海恩斯妻子的住所，然後下手殺了她。得知此事的海恩斯，雖從此可放心與新女友雙宿雙飛，但他也就此陷入布魯諾步步緊逼的「交換殺人」約定之中。而這便是本作第二讓人目為之眩的部分了。看著布魯諾如最驚人的跟蹤狂般，從電話聯繫、信件要求、威脅說出真相，發展到真人現身進入到海恩斯的社交圈中，催逼著海恩斯履行他那半的工作。在布魯諾的步步緊逼下，海恩斯該如何選擇？他會如何選擇？他為什麼做這些選擇？便成了本作在「交換殺人」是否能成功之外，又一個引人入勝的懸念來源。

在海恩斯的掙扎之外，布魯諾也是一個讓人難以忘懷的角色。他為什麼選中海恩斯？在未獲得明確確認下就執行殺人計畫的沉沒成本極高，布魯諾憑什麼做下這樣的決定？仔細想想，布魯諾的所作所為，完全違反了「交換殺人」最重要的核心概念，亦即行凶的兩人應該是萍水相逢的陌生人。相反的，布魯諾用盡一切手段糾纏海恩斯。可以說，交換殺人的計畫是完美的，但實行的人並不。何至於此？布魯諾對海恩斯的情誼，是唯一說得通的解釋，本作也因此顯現出它本身仍具有「內面」的事實。

布魯諾與海恩斯的關係，確實令人聯想到一種隱晦的同志書寫。然而它又不僅僅是同志書寫，更是一個對生活、身分與認同的複雜提問。身為一個女同志，海史密斯在寫作《火車怪客》的期間，經歷了美國對同志態度越發緊縮的時期。針對同性戀進行獵巫的「薰衣草恐慌」，也正是在一九五〇年伴隨著麥卡錫主義而開展。隱瞞或試圖「矯正」性傾向，成了包括海史密斯在內許多同性戀者的日常。在小說中，布魯諾與海恩斯的「雙重生活」，是犯罪與日常；在現實中，同性戀者的雙重生活，則是偽裝的異性戀與無法改變的同性戀。或許因此，對於海史密斯而言，比起「犯罪」，更為角色帶來壓力的卻是「被發現犯罪」——這個主題，在後續的雷普利系列中有了更精彩的發揮。

儘管背負著如此沉重的壓力，海恩斯與布魯諾的思考途徑、選擇與心態卻始終是可以彼此對照的，也因此他們之間的關係最終常被視為一種雙重性的展現。而海史密斯恰恰寫出了豐富而令人感到不安的心理狀態——這正是本作為何歷久不衰的最大原因。

如果你不懼怕直視人性的複雜與黑暗，同時樂意探索道德的邊界與罪惡感的本質，那麼《火車怪客》將帶給你一場深刻的閱讀體驗，絕對是你書單上不可或缺的一筆！

專文導讀

犯罪做為一種現代生活的深度考察：讀派翠西亞・海史密斯的《火車怪客》

詹宏志（作家）

《火車怪客》（*Strangers on a Train,* 1950）問世已經四分之三個世紀，它的影響力似乎經久不衰；它有一個石破天驚的創新橋段，後來被各種創作（包括小說與影視）一再複刻摹寫，幾乎成了無人不曉的套路。本來討論推理小說或犯罪小說的時候最忌劇透，影響讀者的驚愕樂趣，但這個橋段既然無人不知，在這裡說它一下好像也無傷大雅，何況這部小說的厲害與好看之處，根本不靠這個驚人劇情。

故事開場說，有兩個不相識的人在過夜的長程火車上偶遇，兩人喝酒攀談，不料借著酒意聊著聊著，竟聊到內心深處，兩人的人生處境恰巧都碰上一些煩惱事（世間凡塵俗眾又有誰不是呢？），而這些煩惱事（他們覺得）都是因為生命中有某人作梗，如果那個「某人」障礙能夠消失，兩人或許都將順心如意許多。這時候，其中一人突發奇想，建議道：不如我來替你除去你的障礙，你幫我移去我的大石頭，我們兩人與被害者完全不相識，沒有任何交集的人際關係或恩怨情仇，也沒有任何人知道我們在火車上相遇，將來警方再怎麼循線追查，也查不到這樣八竿子打不到的人（小說原名其實就是《火車上的陌生人》，但因為改編的電影太出名，書名只好跟著翻譯片名一起叫做《火車怪客》了）。

雖說蓄意殺人，天理難容，但交換殺人標的，著實是個妙不可言的主意。萍水相逢的兩個人第二天下車之後，分道揚鑣，其中一人把這趟談話看成是酒後亂語的隨意閒聊，不能當真，但另一個人也是這樣想的嗎？如果他們當中有一個人當真要行謀殺之事，那將會是什麼狀況？而無心於此的另一個人，又當如何面對？要向警方全盤托出，還是裝做無辜？還是也要打起精神，去履行他也該殺人的承諾？故事這樣往下推演，各當事人表面鎮定無事，內心卻波濤洶湧，小說情節就成了無定向風、暗流四竄，百種可能，簡直不能想像下一步會如何，而小說透露出來那種複雜心理轉折描寫，也預告了未來有一種被稱為「心理驚悚劇」（psychological thriller）的犯罪小說派別，而它最重要的開山之作就是這部前無古人的奇特作品。

《火車怪客》實在太出名了，但它只是作家派翠西亞・海史密斯（Patricia Highsmith, 1921-1995）的出道作（當年她二十九歲），她後來還有四十年以上的輝煌寫作生涯，寫出更多驚世駭俗的傑作，也許未來我們有機會再來談它。出道作一出手就成為經典當然是人生奇緣，小說的精彩固不待言，但它的廣受注目，跟它一出版就被好萊塢驚悚片大師希區考克（Alfred Hitchcock, 1899-1980）看上，隔年（一九五一）就改編成同名的賣座電影，顯然有密不可分的關係。

《火車怪客》既然家喻戶曉，介紹它的出場好像有點多餘，但恐怕多數人看過的只是電影或反覆重拍的電影（或者只是聽聞），未必真正讀過原作。基於忠於書本的責任以及底下討論的方便，我還是應該略述一下作者的生平與作品的來歷。

海史密斯在一九二一年出生於美國德州，旋即父母離異，她被送給外祖父母扶養，直至六歲，母親已經再嫁，才回來帶她前往紐約，後來又想遺棄她，使她終身有著被背叛、被捨棄的心理創傷。她在求學成長期間功課不佳，但熱愛閱讀，她的閱讀範圍頗為廣泛，從冒險類小說如寫《金銀島》的史蒂文生（R. L. Stevenson）、寫《野性的呼聲》的傑克倫敦（Jack London）、寫《莫爾格街凶殺案》的愛倫坡（Edgar Allan Poe），都是她喜歡讀的作家，然後她的興趣就來到更深刻的作品，如普魯斯特（Marcel Proust）的《追憶逝水年華》、卡繆（Albert Camus）的《異鄉人》，也開始閱讀佛洛伊德（Sigmund Freud）、齊克果（Soren Kierkegaard）等哲學家、思想家的作品。在大學期間她開始嘗試寫作，畢業後向幾家知名出版社求職未果，最後她轉而為漫畫出版社撰寫腳本與角色設定，但這似乎不是出於她的志趣，只是做為糊口的工作。她仍利用空餘時間，努力從事創作；在發表若干短篇小說之後，她完成了第一部長篇作品，也就是此刻在我們手上的《火車怪客》。

《火車怪客》出版獲得成功之後，海史密斯第二本完成的長篇其實是女同性戀愛情小說《鹽的代價》（*The Price of Salt*, 1952）。但被她的出版社與經紀人勸阻了，她剛剛因為一部驚悚小說而成名，立刻就推出性質完全不相同的作品，在市場上不是明智之舉，況且在她的時代女同性戀仍然極不能見容於社會，這部作品可能會毀掉她的作家生涯。《鹽的代價》因而改以克蕾兒·摩根（Claire Morgan）的筆名出版，事實上匿名出版的《鹽的代價》也很成功，平裝本銷量超過一百萬冊，是一部同性戀小說的里程碑之作。但一直要等到一九九〇年，也就是出書的三十八年後，海史密斯已來到生命尾聲，她才揭露自己就是作者的身分（文學出櫃？），將書名重新改為《卡蘿》（Carol 是書中女主角的名字，二〇一五年改編為成功的電影也用這個名字，中文則把片名譯做《因為愛你》），她並為新版撰寫後記，道出這本書創作與出版的曲折歷程，這大概是同志文學奮鬥史重要的篇章。

以海史密斯之名出版的第二本書叫《闖禍者》（*Blunderer*, 1954），她又回到「心理驚悚劇」的路線，仍然有一個精彩的曲折劇情和複雜的心理剖析。再隔年，一九五五年，海史密斯就寫出了她的代表作《天才雷普利》（*The Talented Mr. Ripley*, 1955），我最早在一九九八年引進此書進中文世界的時候譯為《聰明的瑞普利先生》，後來也跟著一九九九年的新拍電影（麥特·戴蒙主演）改稱《天才雷普利》了。

雷普利可能是海史密斯塑造出來最成功、最出名也最令人難忘的角色，她也寫了不只一本，以雷普利為主角的作品一共有五部，在文學與藝術上影響深遠，英文裡因而出現一個新鑄的單字叫「雷普利式故事」（Ripliad），用來描述類似雷普利這樣的創作，包括小說和影視作品。雷普利式故事鮮少見於古典敘事文學，主人翁雷普利是個性情古怪、性傾向不明的痞子，他不務正業，靠各種小詐小騙賺錢營生，但他總有機會假換身分潛入別人的生活圈，甚至就假冒他人的身分（而且享受化身他人的樂趣），每當行跡敗露情況危急時，他也毫不遲疑動手殺人，似乎也沒有什麼罪惡感。小說更奇特的發展轉折是，這樣一位無道德的犯罪者憑著鎮定和見機說謊的能力，總是能夠逢凶化吉，僥倖脫身。讀者卻在故事推演進行時，慢慢認同犯罪者扭曲的心理世界，為他提心吊膽並合理化他的行為，讀完才驚覺自己怎麼了？

海史密斯的生平、見解與創作，都是充滿爭議的。有人覺得她的作品不道德，正邪不分，是應該被摒棄的毒草；另外有人（例如大作家格雷安·葛林 Graham Greene）則認為她作品中的道德歧義性正是她的精彩與偉大之處，她讓人們認識自己內心的黑暗與危險。

怎麼為她的爭議性做出評斷？我想借用偵探小說發展初期一位作者的獨特看法來為海史密斯做一辯解。這位作者是最早寫出和福爾摩斯拮抗的布朗神父（Father Brown）系列偵探小說的卻斯特頓（G. K. Chesterton），卻斯特頓是一位大學問家、大哲學家兼大評論家，他被描述為「太陽之下沒有一種題材沒有寫過」的通識大儒，寫偵探小說只是他好奇心發作的小嘗試。當柯南·道爾（Conan Doyle）創造的神探福爾摩斯大受歡迎，大量作家紛紛投入嘗試摹寫各種偵探小說，造就了推理小說的第一個盛世。當時就有評論者覺得偵探與罪犯的故事缺乏深刻內涵，藝術價值不高，不值得追讀與推崇；卻斯特頓挺身而出，寫了一篇出名的文章叫：〈為偵探故事辯護：論偵探故事是應受認可的藝術形式〉（*A Defence of Detective Stories: On the detective story as a legitimate form of art*），收在《辯護者》（*The Defendant*, 1901）一書中，文中有一句饒富深意的話：「它（偵探小說）是最早且唯一在通俗文學當中的創作形式，能夠表現某種現代生活的詩篇。」（It is the earliest and only form of popular literature in which is expressed some sense of the poetry of modern life.）

卻斯特頓認出偵探故事（核心是犯罪）是「現代生活或現代都會的詩篇」，這是極具前瞻也極具洞見的，他說人們已經體會山川田園、叢林原野是詩意的，卻不曾注意像倫敦這樣的大城，它的高牆煙囪、街巷霧灰也是詩意的，偵探小說裡的偵探忙碌穿梭於大城追凶緝盜，其實是一部城市裡的《伊利亞德》（*Iliad*），一種荷馬史詩般的浪漫（或殘酷）的現代旅程。

卻斯特頓的銳眼預言是太早了，福爾摩斯開始執業之時，作家能想像的偵探和犯罪者都還太簡單、太明白淺顯，一直要等到（讀過佛洛伊德和存在主義的）海史密斯這樣的作家出現之後，犯罪與犯罪者的心思才成為理解現代生活的靈魂詩篇，至少我自己，要讀了海史密斯，才真正明白卻斯特頓的意思，因為相較之下，柯南筆下的福爾摩斯所見識的犯罪只是現代生活的皮相，而海史密斯筆下的雷普利與火車怪客才深入了現代生活曲折的精神面貌。

海史密斯對於偵探很少著墨（她小說中偶而也有偵探或警察出現），她大部分時間都和犯罪者在一起，她深入他們的內心，探尋他們的思考邏輯，發掘現代人無可溝通、全盤孤獨的本質，讀者跟著她的主觀鏡頭，一步一步和犯罪者合而為一，你因此了解了犯罪者，也不小心認識了另一個陌生的自己。

海史密斯從《火車怪客》踏出第一步，從此不再回頭，她不斷衝撞社會人士的「舒適圈」和主流價值，她不斷寫出匪夷所思的人物與千迴百轉的故事，充滿異質性與現代性，更反應了「我們的時代」，用推理小說評論家基亭（H. R. F. Keating）的說法：「（就是）那個詩人奧登稱為『焦慮年代』的時代。」

海史密斯一生有寫日記的習慣，有一年除夕夜，一九四七，也就是她動筆寫《火車怪客》的前一年，她在日記裡寫下她的新年祝詞（Toast），她說：「魔鬼啊，肉慾啊，激情啊，貪婪啊，妒嫉啊，愛與憎啊，詭異的欲念啊，在明或在暗的敵人啊，成軍結群的記憶啊，這種種我戰鬥的對象，我敬他們，願他們永不讓我安息。」（To all the devils, lusts, passions, greeds, envies, loves, hates, strange desires, enemies ghostly and real, the army of memories, with which I do battle—may they never give me peace.）

事實上，二〇二二年文壇又有一部海史密斯的傳記得獎新作出版（人們對這位謎樣作者的好奇也到了令人驚奇的地步），書名就完全取自這段話，叫《魔鬼啊，肉慾啊，詭異的欲念啊：派翠西亞·海史密斯的一生》（*Devils, Lusts and Strange Desires: The Life of Patricia Highsmith*），可見傳記作者布瑞德福（Richard Bradford）在這段新年祝詞看出了海史密斯一生創作的題旨所在，要了解海史密斯以及她奇異詭譎的作品，這段話提供了所有的關鍵字線索……。

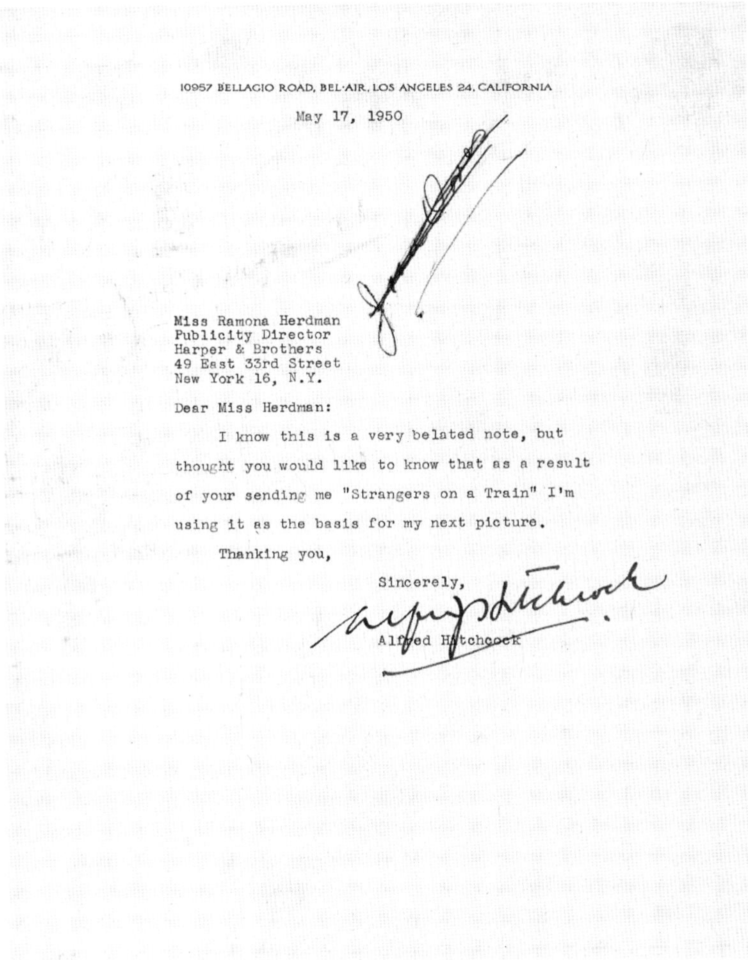

10957 BELLAGIO ROAD, BEL-AIR, LOS ANGELES 24, CALIFORNIA

May 17, 1950

Miss Ramona Herdman
Publicity Director
Harper & Brothers
49 East 33rd Street
New York 16, N.Y.

Dear Miss Herdman:

I know this is a very belated note, but thought you would like to know that as a result of your sending me "Strangers on a Train" I'm using it as the basis for my next picture.

Thanking you,

Sincerely,

Alfred Hitchcock

《火車怪客》問世不久，驚悚大師電影導演希區考克便收到來自出版方，美國知名出版社 Harper & Brothers 的贈書。小說內容令他著迷，在取得電影版權後，他回信出版社的公關總監以示感謝，表明他接下來會將作品搬上大銀幕。圖為當年的回信。

關於改編電影的小軼事

據說當年導演希區考克為了用比較便宜的價格買下《火車怪客》的電影版權，因此選擇匿名出價。劇本方面則是，原本一度交由冷硬派推理大師雷蒙·錢德勒負責撰寫，但兩人在合作過程中意見不合，最終不歡而散。另外，受到當時保守的社會氛圍與電影審查制度等影響，電影在改編上和原著有不少差異。從故事中段到結局，還有兩位主角關係的描寫上，都與小說有些許不同之處。

火車怪客

Strangers on a Train

1

火車以不帶規律的節奏狂怒疾駛。遇上越來越多必須停靠的小站，火車只會不耐地稍等一會兒，接著又繼續往草原突襲。不過幾乎感覺不到前進了多少路程，草原只是起伏，宛若隨手一抖的暗粉紅色大毯。火車行駛越快，起伏跟著高漲起來，彷彿在挑釁。

蓋伊將目光從車窗移開，挪動坐姿，靠向椅背。

他心想，蜜莉安充其量就是拖著不離婚。說不定她根本不想離，只是想討錢。真的有辦法跟她離得了婚嗎？

他這才發現，恨意癱瘓了他的思考能力，本來他在紐約依著邏輯釐清的方向，現在只剩暗巷死胡同，根本沒有出路。他可以感覺到蜜莉安就在前方，距離沒那麼遠了，膚色泛著粉紅，帶有暗色雀斑，散發出不怎麼健康的過高體溫，就像窗外的草原，同樣陰鬱，同樣不講情面。

他無意識地伸手拿菸，卻再度想起，普爾曼車廂不能吸菸，這事他已經提醒了自己十遍，但還是掏出了一根。他用細細的香菸輕輕敲了手錶表面兩下，傍晚五點十二分，彷彿時間在今天具有什麼意義似的。他用嘴角叼起香菸，一手護著火柴，一手點起菸來。原本拿火柴的手現在夾著菸，他抽起菸來從容不迫、氣息平穩。他的棕色雙眼一次又一次凝望向窗外那片迷人且分毫不肯退讓的土地。用來固定柔軟襯衫領口的扣帶一側翹了起來。他的倒影逐漸浮現在薄暮時分的車窗玻璃上，貼著下巴的白衫尖領散發出上世紀的風格，同樣復古的還有他那頭黑髮，頂部蓬鬆留長，後腦勺緊貼頭皮。高起的頭髮加上直挺長鼻的斜角，讓他看起來似乎身負使命，一副勇往直前的模樣，只是，從正面看，沉重濃密的一字眉與不帶表情的雙唇又加了一抹鎮定與矜持。他的法蘭絨長褲需要熨一熨，纖瘦身軀上披掛著深色外套，光線照射之處顯露出泛紫的色調，隨手繫上的是番茄色的羊毛領帶。

他心想，除非蜜莉安自己想要孩子，否則她不會願意生，而這也代表她的情人準備娶她。只是，她找他來是為了什麼呢？要離婚，他不用在場啊。為什麼此刻心中又升起同樣乏味的疑問，就跟四天前，剛收到她來信時一模一樣？蜜莉安圓滑花俏的字跡寫了短短五、六行，只說她懷孕了，想見他一面。他推斷，她懷孕了，這婚保證離得成，但他又在緊張什麼呢？他大概是吃醋了，這種質疑從連他自己都無法碰觸的內心深處泛起，最最折磨他的莫過於她拿掉的是他的孩子，現在又要替別的男人生小孩。他告訴自己，不對，惹怒他的只是羞愧罷了，羞愧自己居然愛過蜜莉安這種貨色。他在暖氣格柵護蓋上捻熄香菸。菸屁股滾到他腳邊，他將其踢進暖氣下方。

現在生活又有了指望，離婚、在佛羅里達州的新工作，董事會基本上應該會通過他的草圖，這週就會知道結果，還有小安。他跟小安可以開始計畫未來。這一年多來，他既期待又怕受傷害，就等著「這件事」發生，好讓他恢復自由。內心的喜悅欣然爆發，他在厚絨座位一角放鬆心情。說真的，這一刻他其實等了三年。他大可花錢離婚，只是他還沒積攢到那麼多錢。沒有加入事務所的建築師起步時不好幹，未來也不輕鬆。蜜莉安沒跟他要過生活費，但她會想別的藉口糾纏他，好比說，在梅特卡夫談起他，假裝他們依舊琴瑟和鳴，假裝他北上紐約只是為了打拚一番事業，終會回到她身邊。她偶爾會寫信向他索錢，金額不大，但令人不悅，他都讓她得逞，畢竟對她來說，在梅特卡夫扯他後腿太輕鬆也太自然了，何況，他的母親也在梅特卡夫。

金髮高個年輕人坐進蓋伊對面的空位，往窗邊角落挪，他身穿鏽棕色的西裝，微笑的神情還算友善。蓋伊瞥了男人又小又蒼白的臉一眼，發現男人額頭正中央有一顆巨大的痘子。蓋伊又將視線轉去窗外。

對面的年輕人似乎躊躇著，是要開口攀談呢？還是要小睡片刻？他的手肘沿著窗臺滑動，每當短短的睫毛打開時，充血的灰色雙眼就會望向蓋伊，淺淺的笑容也掛回臉上。這人大概是有點醉了。

蓋伊攤開書，但看不到半頁，他的心思就飄走了。車內天花板上的白色日光燈閃爍亮起，他此時抬起頭，任由目光遊蕩，後排座位上有隻瘦骨嶙峋的手，手裡拿著尚未點燃的雪茄，雪茄隨著對話的節奏轉動，他也注意到面前的年輕人，打著一條綠色絲質領帶，上頭還有突兀的手繪橘色棕櫚樹。他的領帶上頭有一條金鍊，鍊子上掛著一個字母吊墜，微微擺動，是CAB三個字母的名字縮寫。鏽棕色西裝下的修長身軀毫無防備地癱坐著，頭還往後仰起，額頭上那顆不知是大痘子還是疔瘡的東西成了他身上的制高點，好像要爆炸似的。蓋伊覺得這臉生得有意思，卻又不知為何。這張臉看起來說不上年輕或年邁，更看不出睿智或愚笨。額頭窄窄的，但很飽滿，戽斗的下巴也相當立體，居中的臉頰線條凹入，直至細扁的嘴唇為止，凹陷最深的莫過於青藍色的眼窩，小片眼皮的皺褶像是扇貝的外殼。皮膚如女孩般光滑細嫩，甚至可以說是雪白潔淨，彷彿那顆疔子吸光了臉上所有的汙垢雜質，等著爆破。

蓋伊又小讀片刻，文字讀起來又通順合理了，也緩解他的焦慮。只是內心的聲音問起：但柏拉圖對你與蜜莉安的關係能有什麼幫助呢？這個聲音在紐約時就問過同樣的問題，而他還是執意要帶上這本昔日的高中哲學教科書，算是大老遠跑來見蜜莉安的補償吧。他望向窗外，看著自己的倒影，理了理捲起的領子。小安老是替他理平領子。她不在身邊，無助感忽然襲來。他調整坐姿，不小心碰到熟睡年輕人伸出來的腳，他著迷地看著對方睫毛眨啊眨，接著眼睛睜開。那雙充血的眼睛很可能在隔著眼皮的時候，就直盯著他了。

「抱歉。」蓋伊咕噥。

「沒『四』。」那人口齒不清地說，隨後坐直身子，甩了甩頭。「我們到哪了？」

「正要到德州。」

金髮年輕人從內袋取出隨身金色酒壺，扭開瓶蓋，親切地將酒壺遞過來。

「不了，謝謝。」蓋伊說。他注意到走道對面的那位女士從密蘇里州的聖路易斯市就忙著打毛線，沒抬起頭過，卻在酒壺沒拿好、發出液體碰撞金屬聲時望了過來。

「你要去哪裡？」笑容成了細薄黏膩的眉月。

「梅特卡夫。」蓋伊說。

「噢，梅特卡夫，好地方。出差嗎？」那雙疲憊的雙眼眨啊眨，很客氣的樣子。

「對。」

「哪種生意？」

蓋伊心不甘、情不願地將目光從書上移開。「建築。」

「噢，蓋房子什麼的？」年輕人露出嚮往的興致。「對。」

「我想我還沒自我介紹，我姓布魯諾。查爾斯·安東尼·布魯諾（Charles Anthony Bruno）。」

他稍微欠身。蓋伊短暫握起對方的手。「蓋伊·海恩斯。」

「很高興認識你。你住紐約？」沙啞的男中音聽起來有點裝模作樣，彷彿只是想透過講話讓自己清醒一點。

「對。」

「我住在長島。要去聖塔菲度個小假。聖塔菲，你去過嗎？」

蓋伊搖搖頭。

「放鬆的好地方。」他笑了笑，露出狀況不是很好的一口牙。「我猜那邊大多是印第安建築。」

列車長駐足在走道上，翻索起車票，對布魯諾開口：「這是你的座位？」

布魯諾霸占住他的小角落。「隔壁車的臥鋪包廂。」

「三號包廂？」

「我猜是吧。」

列車長繼續他的工作。

「這些傢伙喲！」布魯諾嘟囔起來。他湊上前，朝窗外看，一副自娛自樂的模樣。

蓋伊繼續閱讀，但對面那人顯然無聊得發慌，想著對方又要開口攀談，讓他實在無法專心看書。蓋伊想著要不乾脆去餐車？但不知為何還是繼續坐在原位上。火車又慢了下來。布魯諾露出想開口的神情，這時蓋伊起身，走避到另一節車廂，火車還沒完全停下，他就跳下階梯，踩在土地之上，沙沙作響。

大自然的空氣在向晚時分感覺凝重，好似一把悶住他的枕頭。味道浮現，太陽曬燙的礫石與飛塵味，結合了機油與炙熱金屬的味道。他餓了，他在餐車外頭逗留，雙手插在口袋裡，踏著緩慢的步伐踱步起來，雖然不喜歡這個氣味，但他還是深深吸了幾口。紅、綠、白光組成的星座嗡嗡朝南邊的天空飛去。他心想，昨天小安去墨西哥的時候，大概也是走這條路線。他本可以跟她同行。小安希望他至少陪她到梅特卡夫。若不是顧忌蜜莉安，他說不定會開口請小安在此逗留一天，見見他的母親。如果他是另一種人，如果他能完全不在意，那他甚至根本可以不用考慮到蜜莉安。他跟小安說過蜜莉安的事，幾乎什麼都說了，但他實在無法忍受她們實際見到面。他想要一個人搭乘火車，就是為了可以好好思考這件事。至今，他想通了什麼？只要牽扯到蜜莉安，思考與邏輯派得上什麼用場？

列車長喊起即將發車，但蓋伊還是踱步到最後一刻，然後才轉身跳上車，抵達餐車後方的那一節車廂。

服務生才剛替他點完餐，金髮年輕人就出現在車廂門口，嘴裡叼著短短一截香菸，看似一副挑釁的模樣。蓋伊原本已經將這傢伙拋到腦後，現在這高瘦的鏽褐色身影彷彿是不太愉悅的回憶。對方注意到蓋伊，露出微笑。

「以為你沒上車呢。」布魯諾歡快地說，自顧自地拉開椅子。

「布魯諾先生，如果你不介意，我想暫時獨處一下。我有些事情需要好好思考。」

布魯諾大力捻熄燙到手指的香菸，還用茫然的眼神看著蓋伊，喝得比剛剛還醉。他的臉看起來有些浮腫，輪廓不太明顯。「可以去我那邊用餐，那邊可以獨處，聽起來如何？」

「謝了，但我寧可待在這裡。」

「噢，但我堅持。服務生！」布魯諾拍了兩下手。「可以請你將這位先生的餐點送去三號包廂嗎？順便幫我送三分熟的牛排配薯條、蘋果派過去？還要兩杯威士忌蘇打水，動作快點，好嗎？」他望向蓋伊，笑了笑，露出和善且嚮往的微笑。「這樣可以嗎？」

蓋伊仔細想了想，隨後起身，跟他過去。有什麼關係呢？反正他自己一個人也待膩了。要不是為了酒杯與冰塊，不然根本不用點那兩杯飲料。四瓶黃標蘇格蘭威士忌在鱷魚皮行李箱上排排站好，這是小空間裡唯一整齊的地方。行李箱與衣櫥箱到處霸占通道，只留下地板中央一小塊有如迷宮般的區域，箱子上是散落的運動服與用具，網球拍、袋裝高爾夫球桿、兩臺相機，還有一個藤籃，裡頭是擺在紫紅色紙上的水果與葡萄酒。窗邊座位上凌亂地擱著當期雜誌、漫畫書與小說。還有一盒糖果，蓋子上綁著一道紅緞帶。

「我猜這裡看起來散發著熱愛運動的氛圍。」布魯諾忽然充滿歉意。

「不成問題。」蓋伊緩緩微笑起來。這個包廂逗樂了他，私密的遁世氣氛也相當討喜。微笑讓他的深色眉毛鬆懈下來，整個人的神情也不一樣了。他的目光開始向外探望。他輕盈地走在行李箱之間空出來的小道，一一檢視起這些物品，有如好奇的貓。

「都是新的，連球都沒碰過。」布魯諾抓起一支網球拍交給他感受一下。「這堆東西都是我媽逼我帶的，希望我可以少上酒吧。錢花光了，還能拿去典當。我旅行的時候就喜歡來一杯，酒精能夠增添風味與情趣，你說是不是？」高球杯送到，布魯諾又加了自己的酒，讓酒水變得更烈了一些。「請坐，把外套脫了吧。」

只是，他們依舊站著，他也沒脫外套。他們一度尷尬了好幾分鐘，彼此無話可說。蓋伊拿起一只高球杯，喝了一口，口感像是純的威士忌，他低頭望向雜亂的地面。蓋伊發現，布魯諾的腳生得很奇怪，也許只是鞋子的關係。小小的淺褐色鞋子，鞋尖細長樸素，形狀像是布魯諾的戽斗下巴。這雙腳看起來很老派。布魯諾也沒有他一開始以為的那麼纖瘦，長腿沉甸甸的，身軀也算圓潤。

「我去餐車的時候，希望沒打擾到你。」布魯諾試探地說。

「噢，沒事的。」

「你知道，我覺得寂寞。」

蓋伊東拉西扯了起來，說什麼一個人出遠門，關在包廂裡一定很寂寞之類，結果差點絆倒，因為踩到祿萊雙眼相機的背帶。皮革外殼側面上有一道新的白色刮痕。他注意到布魯諾不好意思的目光。他肯定要開始覺得無聊了，他到底為什麼要過來？一股不安湧上心頭，害得他想回餐車去。此時，服務生推著推車抵達，白鑞合金的蓋子蓋在上頭，接著，他展開了餐桌。木炭炙烤的肉香振奮了他的心情。布魯諾堅持要請客，蓋伊只能隨他去。布魯諾點的是鋪了蕈菇醬的牛排。蓋伊則是吃漢堡。

「你在梅特卡夫蓋什麼？」

「什麼也沒有。我母親住那。」蓋伊說。

「噢。」布魯諾露出感興趣的神情。「去探望她？那是你老家？」

「對，我在那邊出生。」

「你看起來不太像德州人。」布魯諾將番茄醬整個淋在牛排與薯條上，又小心翼翼拾起裝飾的那株歐芹，默默拿在手上。「你多久沒回老家了？」

「差不多兩年。」

「你父親也在那裡？」

「他過世了。」

「噢，你和你母親處得好嗎？」

蓋伊說還不錯。雖然蓋伊不喜歡威士忌的味道，但這獨特的酒味讓他心情飛揚，因為他想起了小安。小安喝酒只喝蘇格蘭威士忌。金色的液體璀璨不已，跟她一樣，都是精心雕琢的藝術品。「你住在長島哪裡？」

「大頸區。」

小安住在長島更外面的地方。

「我住的那個地方，我戲稱為『豬圈』。」布魯諾繼續說。「房子附近長滿了山『茱』萸，屋內每個人基本上都生活在豬圈裡，就連司機也是。」他忽然放聲大笑，低頭大啖起他的食物。

蓋伊看著他，現在只能看到細窄的稀疏頭頂與凸起的痘痘。布魯諾打瞌睡時，這顆大痘子還沒這麼明顯，但他現在再次注意到它，好像眼裡只剩這個嚇人又可怕的東西了。「怎麼說？」蓋伊問。

「拜我那混蛋老爸所賜。我跟我媽也處得不錯。她過兩天也會來聖塔菲。」

「真不錯。」

「的確。」布魯諾講話的語氣彷彿是在反駁他。「我們一起可有意思了，無所事事四處閒晃啦，打打高爾夫啦。我們甚至會一起去參加派對。」他大笑起來，有點不好意思又有點自豪，忽然間脫去那種自信滿滿的模樣，看起來非常稚氣。「你覺得這樣好玩嗎？」

「不好玩。」蓋伊說。

「我只是希望我能有自己的錢。你看看，我今年應該有收入，但我爸不允許。他把錢轉去他那裡。你大概不會這麼想，但我讀書時，該付的錢都有人出，那時我比現在富有多了。現在連一百元我都要跟我媽開口。」他露出堅強的微笑。

「真希望你剛剛讓我請客。」

「哎啊，不行！」布魯諾抗議道。「我只是說，親生父親奪走你的錢，這是多麼討人厭的事情啊？那還不是他的錢，是我媽的錢，她娘家的錢。」他等著蓋伊回應。

「你母親對此沒意見嗎？」

「我小時候，我爸就把財產放到他自己名下了！」布魯諾聲嘶力竭了起來。

「噢。」蓋伊不禁好奇，不曉得布魯諾在車上邂逅了多少人，請人家吃飯，議論父親的不是。「他怎麼這樣？」

布魯諾無奈聳肩，接著又迅速將手插進口袋。「我都說了，他就是個混蛋，不是嗎？一有辦法，他就什麼統統都搶走。現在他不給我錢，是因為我不去找工作，但這是謊言。他覺得我跟我媽就是過太好，總是絞盡腦汁介入我們之間。」

蓋伊可以想像他與他的母親，年紀不算大的長島社交名媛，習慣刷上濃密的睫毛膏，偶爾也跟兒子一樣，喜歡和難搞的對象廝混在一起。「你大學唸哪？」

「哈佛。因為酗酒與賭博，大二就遭到退學。」他窄窄的肩膀稍微聳了一下。「不像你，對吧？對啦，我就是遊手好閒，怎麼樣？」他又替他們斟起威士忌。

「誰說你遊手好閒？」

「我爸就是這麼說的。他兒子應該跟你一樣，沉默寡言、乖巧聽話，這樣就皆大歡喜了。」

「你怎麼會覺得我沉默寡言、乖巧聽話？」

「我的意思是，你一本正經，還選了一條專業的路走，就是建築。我呢？我不想工作，我根本不需要工作，懂嗎？我不是作家、畫家或音樂家。如果沒有必要，那還有理由工作嗎？若要得胃潰瘍，我也要用輕鬆的方式得。我爸就有胃潰瘍，哈！他還指望我跟他一樣，進入五金這一行。我跟他說，他的生意就跟所有的生意一樣，都是合法的割喉行為，就跟婚姻是合法的通姦一樣。我說得對吧？」

蓋伊用挖苦的神情看著他，同時將鹽巴撒向叉子上的炸薯條。他細嚼慢嚥，細細品嘗食物，甚至稍微喜歡起了布魯諾的陪伴，就跟欣賞遠處舞臺的表演一樣。事實上，他在想小安。有時，一直夢到她的朦朧夢境似乎比外在世界更加真實，所謂的外在世界不過是穿刺進來的銳利碎片，只是偶爾閃現的畫面，諸如相機外殼上的刮痕、布魯諾捻熄在奶油塊上的長長香菸，還有布魯諾正在講的故事，他將父親的照片扔進走廊，相框玻璃碎了一地。蓋伊靈光一現，也許在他見過蜜莉安之後，前往佛羅里達之前，還有時間可以去墨西哥見小安一面。如果蜜莉安這邊快點結束，他就可以搭飛機去墨西哥，然後再飛往棕櫚灘。他先前沒有考慮這種行程，因為他負擔不起機票的費用。不過，只要棕櫚灘的合約敲定，那就不成問題了。

「你想得出更侮辱人的舉動嗎？把我的車鎖在車庫裡？」布魯諾破音了，音調也提得跟尖叫差不多。

「為什麼啊？」蓋伊問。

「因為他知道我那晚需要開車出去！最後是朋友來接我，這麼做，他到底得到了什麼好處？」

蓋伊不曉得該說什麼。「得到了鑰匙？」

「他拿的是**我的鑰匙**！從我房裡拿的！所以他怕我。那晚他出門了，因為他怕得要死。」布魯諾在座位上側過身去，鼻息沉重，咬起手指甲來。幾縷因沾染汗水而變成深棕色的髮絲隨著喘息在他額頭上下伏動，彷彿觸角。「我媽不在家，不然這種事絕對不可能發生。」

「絕對如此。」蓋伊不由自主地附和起來。他猜，整場對話就是為了替這則故事鋪陳，這則他聽得心不在焉的故事。一切都要回到在普爾曼車廂的那一刻，充血的眼睛對他睜開，回到那充滿嚮往的微笑，又是一則充斥憎恨與不公的故事。「所以你就把他的照片扔進走廊？」蓋伊隨口問起。

「我把照片從我媽房裡扔出來。」布魯諾強調「我媽房裡」四個字。「我爸堅持要掛在我媽房裡。媽跟我一樣，對『船長』也沒什麼好感。還『船長』哩！老兄，**我**可不會這樣叫他！」

「但他為什麼看你不順眼？」

「他看我和我媽都不順眼！他跟我們、跟其他**人類**都不一樣！他誰也不喜歡，什麼都不愛，就只愛錢。的確，他割喉削價的手段讓他賺了很多錢。的確，他很聰明！好唄！只是他的良心肯定過意不去。所以他才希望我接手他的事業，這樣換我來割喉，心情也會跟他一樣糟！」布魯諾僵硬的那隻手握起拳頭，他閉上了嘴，闔上了眼。

蓋伊以為他要哭了，但當腫脹的眼皮撐開時，笑容又歪歪斜斜地展開。

「有夠無聊吧？我只是在解釋我為什麼要趕在我媽之前出城。說真的！你都不曉得我是多麼開朗陽光的人！」

「你想出門，不能就直接出門嗎？」

布魯諾似乎一開始沒聽懂這個問題，但他隨即沉著應對：「當然可以，只是我想陪著我媽。」

蓋伊心想，而他媽之所以留下來則是因為錢。「抽菸嗎？」

布魯諾拿了一根菸，笑了笑。「你知道，他出門那晚，也許是這十年來他首度離家。真不曉得他跑去哪裡。我那晚真的很生氣，氣到會真的動手殺了他，而他也清楚這點。你有沒有想過要殺了某個人？」

「沒有。」

「我想過。我有時確信我能殺死我的父親。」他低頭看著自己的餐盤，臉上浮現茫然的微笑。「你知道我爸有什麼嗜好嗎？你猜猜。」

蓋伊不想猜。他忽然覺得無聊，想要一個人靜靜。

「他蒐集餅乾切割模！」布魯諾忽然竊笑起來。「餅乾模！真的！他有各式各樣的餅乾模，什麼德裔賓州牌，還有巴伐利亞、英式、法式的模具，一大堆匈牙利的餅乾模，房裡到處都是。他辦公桌上頭有裝裱在相框裡的動物形狀餅乾模，你知道的，就是小孩子打開盒子直接吃的那種餅乾。他寫信給人家公司老闆，他們就寄了一整套來。還真是機械時代呢！」布魯諾埋頭大笑。

蓋伊盯著眼前的男人。布魯諾本人比他講的話還有意思。「他會用嗎？」

「什麼？」

「他做過餅乾嗎？」

布魯諾興奮高呼，扭動身子，脫下外套，扔在行李箱上。他似乎一度情緒激動，沒辦法好好說話，結果忽然又冷靜下來，說：「母親總要他回去玩他的餅乾模。」他平滑的臉頰浮汗，彷彿是上了一層薄油。他探過半張桌子堆出殷切的微笑。「晚餐美味嗎？」

「非常美味。」蓋伊熱情地說。

「聽說過長島的布魯諾變壓器公司嗎？製造交流電、直流電變壓零件的。」

「應該沒有。」

「哎啊，你怎麼會聽說過呢？公司倒是賺了不少錢。你對賺錢感興趣嗎？」

「不是很執著。」

「可以請教你的年紀嗎？」

「二十九。」

「是喔！我以為更老一點呢。那你覺得我幾歲？」

蓋伊禮貌地端詳起他。「也許二十四、二十五？」蓋伊打算討好布魯諾，因為他看起來其實更稚嫩。

「沒錯，我就是二十五歲。你是說，我長了這個……在額頭中間的這個東西，看起來還像二

「十五歲？」布魯諾咬起下唇。他流露出謹慎的目光，忽然間又用一手護著額頭，散發出激動且苦澀的羞愧感。他跳起身子，跑到鏡子前面。「我本來想拿個東西遮住的。」

蓋伊說了些安慰的話，但布魯諾一直用痛苦自虐的目光張望著鏡中的倒影。「不可能是青春痘。」他講話時帶著鼻音。「這是爛『疔』子，我所憎恨的一切都積累在這裡，『釘』在這裡。根本就是約伯的瘟疫＊！」

「噢，不要這樣！」蓋伊大笑起來。

「週一晚上吵架之後就冒出來，現在更腫更大了。我敢說肯定會留疤。」

「不會啦。」

「會，一定會留疤，真適合頂著去聖塔菲！」此刻他在椅子上的坐姿雙手握拳，一條沉重的腿拖在地上，一副悲劇般冥思的模樣。

蓋伊過去，翻開一冊放在窗邊座位上的書。這是偵探小說，這邊的每一本書都是偵探小說。他想要讀個幾行，卻發現文字在飄，他隨即闔上書本。心想，他肯定是喝多了。只是今晚他並不在乎。

「到了聖塔菲，那邊有什麼，我統統想要。醇酒、美女、歌謠。哈！」

「你到底想要什麼？」

「想要很多東西。」布魯諾下垂的嘴角擠出醜惡的冷漠鬼臉。「什麼都想要。我有個理論，一個人在死前應該什麼事都體驗過一遍，如果在進行難以達成的任務過程中喪命，那也算死得其所。」

蓋伊內心深處似乎悸動了一下，但這種感覺又小心翼翼地退縮回去。他輕聲地問：「好比說？」

「好比說，搭火箭登月。好比說，開車打破速度紀錄，還要矇著眼睛。這事我幹過一次。沒破紀錄，但我開到一百六。」

「矇著眼睛？」

「我還偷過東西。」布魯諾牢牢盯著蓋伊。「幹得神不知鬼不覺，在一間公寓下手的。」

蓋伊的唇邊逐漸浮現不敢置信的微笑，但他其實相信布魯諾這番話。布魯諾可能有暴力傾向，說不定也瘋瘋癲癲的。蓋伊心想，不對，不是瘋狂，是絕望。他常跟小安提一句話，有錢人往往無聊得要死。這種心態容易走向毀滅，而非創造。也跟貧窮一樣，容易演變成犯罪行為。

「不是為了要拿什麼東西。」布魯諾繼續說。「我其實不想要我偷的那些東西。我還特別偷我不想要的。」

「你拿了什麼？」

＊出自《聖經·約伯記》，相傳約伯是個正直的人，他卻經受了各種苦難與折磨，身體上的病痛也是其一。

布魯諾聳聳肩。「桌上型打火機，壁爐架上的彩色玻璃雕像。還有別的東西。」他再次聳肩。「這件事只有你知道。我話不多，但也許你以為我很愛講話。」他笑了笑。

蓋伊抽了口菸。「你怎麼辦到的？」

「我盯著阿斯托里亞的一間公寓，等到時機成熟，我就從窗戶爬進去，從防火逃生梯出來。輕輕鬆鬆、簡簡單單。同時想著謝天謝地，終於可以劃掉願望清單上的一項了。」

「為什麼要謝天謝地？」

布魯諾不好意思地笑了起來。「不曉得我為什麼會這麼說。」他替自己斟酒，又替蓋伊倒。

蓋伊看著這雙偷過東西、僵硬、顫抖的手，看著已經咬到嫩肉的指甲。這雙手笨拙地把玩起火柴盒，彷彿是嬰兒的手，結果火柴盒掉到滿是菸灰的牛排上。蓋伊心想：犯罪是多麼無聊的行為啊？通常是沒有動機的臨時起意。某些人就是會變成罪犯。只是，從布魯諾的雙手、他的包廂、他那張充滿嚮往的醜臉看來，誰想得到他偷過東西啊？蓋伊又跌坐回原本的座位上。

「跟我聊聊你吧。」布魯諾歡快邀請對方開口。

「沒什麼好說的。」蓋伊從外套口袋中掏出菸斗，在鞋跟上敲了敲，他看了一眼地毯上的菸灰，隨即不再多想。酒精的酥麻感鑽進他的皮膚深處。他心想，如果棕櫚灘的合約順利進行，開工前的兩個禮拜會過得很快。離婚花不了太多時間。用不著他仔細回想，完工草圖就浮現在他的腦海之中，低矮白色建築群在草坪上組成的圖形。他感到隱約的榮幸，突如其來的安全感，備受祝福。

「你蓋的是哪種房子？」布魯諾問。

「噢，所謂的現代風格。我設計過幾間商店跟一棟小型的辦公建築。」蓋伊微笑著說，通常外人問起他的工作，他總會三緘其口或是感到厭煩，這次難得一反常態。

「結婚了？」

「沒有，呃，已婚，但分居了。」

「噢，為什麼呢？」

「不適合。」蓋伊說。

「你們分居多久了？」

「三年。」

「你不想離婚嗎？」

蓋伊蹙眉，欲言又止。

「她也在德州？」

「對。」

「這趟會跟她見面？」

「我會去找她。我們會安排好離婚的事。」他咬緊牙齒，為什麼他要說出來？

布魯諾冷笑。「你們那邊娶到的女孩都是怎麼樣的？」

「有些非常漂亮。」蓋伊回答。

「但大多很笨，對嗎？」

「是這樣沒錯。」他暗暗微笑。蜜莉安大概就是布魯諾口中的那種南方女孩。

「你老婆是哪種女孩？」

「非常漂亮。」蓋伊謹慎回答。「紅髮，身材有點圓潤。」

「她叫什麼名字？」

「蜜莉安。蜜莉安·喬伊斯。」

「嗯哼，聰明還是笨？」

「她不是什麼讀書的料，我也不想娶知識分子。」

「你以前愛死她了？」

怎麼這麼問？他有透露這種訊息嗎？布魯諾緊盯著他，觀察他的一舉一動，眼睛眨都沒眨一下，彷彿這雙眼睛已經累到闔不上了。蓋伊感覺這雙灰色的眼睛已經探尋他好幾個小時了。「你怎麼會這麼說？」

「你是好人，做什麼事都一本正經。對女人也死心塌地，不是嗎？」

「什麼死心塌地？」他反駁道。不過，他忽然對布魯諾起了好感，因為這個男人說出了自己對他的觀感。蓋伊很清楚，多數人講話不會這麼直接。

布魯諾十指相對，拱成扇貝的形狀，嘆了口氣。

「什麼死心塌地啦？」蓋伊再次問道。

「滿懷期待，付出一切，結果真心換絕情，是吧？」

「不至於啦。」一陣自怨自艾冒上心頭，但他還是端著酒水起身。包廂裡沒有空間可以移動。在火車晃動的狀態下，要保持立姿都不太容易。

布魯諾的目光始終緊盯著他，二郎腿上那隻看似老派的腳抖啊抖的，還一直用手指去撢盤上香菸的菸灰。如雨落下的菸灰逐漸覆蓋在沒吃完的粉色炙燒牛排上。蓋伊覺得，打從說出自己結婚後，布魯諾看他的眼神就沒有那麼友善了。更明顯的是好奇的態度。

「你老婆是怎麼回事？到處勾搭男人？」

布魯諾一針見血，因此惹惱了他。「不，反正都過去了。」

「但你還是沒離婚。要離不能早點離嗎？」

蓋伊忽然間羞愧難當。「我沒有在想離婚的事。」

「那現在是怎樣？」

「是她決定要離婚的。我覺得她懷孕了。」

「噢，考慮得也夠久了，是吧？這三年來，她到處招蜂引蝶，終於有人上鉤了？」

的確，事情就是這樣，嬰兒的出現大概也推波助瀾了一把。布魯諾怎麼會知道？蓋伊覺得布魯諾是將他對別人的理解與憎恨投射到蜜莉安身上了。蓋伊轉頭望向窗戶，玻璃上只看得見他自己的倒影。他感覺到心跳撼動了自己的身軀，深刻程度遠遠超過火車的震動。他心想，他的心臟之所以跳個不停，是因為他從來沒有跟別人聊過這麼多關於蜜莉安的事。布魯諾知道太多了，蓋伊自己跟小安都沒談到這麼深。蜜莉安已經變了，從前的她可愛討喜、專情忠貞，寂寞難耐又非常需要他，也亟欲擺脫自己的原生家庭。他明天就能見到蜜莉安，只要伸手就能觸摸到她。碰觸他曾經深愛的柔軟肌膚，光想到這裡他就無法忍受。一敗塗地的感覺忽然淹沒了他。

「你的婚姻為什麼觸礁？」布魯諾在他身後溫柔地問。「這是出於朋友的好奇。她結婚時幾歲？」

「十八。」

「婚後立刻開始勾搭男人？」

蓋伊反射般轉身，彷彿是為了揹負起蜜莉安的罪疚。「你知道，女人還會幹很多事情。」

「但她就是這樣，對嗎？」

蓋伊將目光移開，感到煩怒的同時，卻也不可自拔。「對。」這單單一個字的聲音在他耳裡聽起來如此醜惡，有如嘶嘶作響。

「那種南方紅髮妞，我就知道。」布魯諾戳了戳他的蘋果派。

蓋伊再次意識到明確但毫無幫助的羞恥感。毫無幫助，因為布魯諾完全不會因為蜜莉安的所言所行感到尷尬或意外。布魯諾似乎沒有辦法感到意外，頂多只能激起他些許的好奇罷了。

布魯諾低頭看著自己的餐盤，露出故作害羞的興味。他睜大雙眼，藍色眼珠努力在充血的眼白和發青的眼圈上展現出明亮的模樣。「婚姻啊。」他嘆了口氣。

這兩個字也迴盪在蓋伊耳邊。對他來說，「婚姻」是嚴肅的字眼，具備「神聖、愛與罪過」那種基本的嚴肅莊重。這兩個字是蜜莉安赤陶色圓潤雙唇說出的：「我為什麼要為了你犧牲自己？」也是小安在自家草坪種下番紅花時，將頭髮撥開，抬頭看他的那抹眼神。更是蜜莉安在芝加哥房裡的細窄窗戶前轉身，抬起她那張長了雀斑的盾形臉蛋，直直迎向他的神情，這是她說謊的前兆，最後就是史蒂夫有著深色頭髮的長型腦袋，他那志得意滿的笑容。回憶如潮水般湧入，他只想高舉雙手，將它們推回原處。芝加哥的那間房是一切的起點……他還聞得到那裡的氣味，蜜莉安的香水味，上過油漆的扇片暖氣熱風。他傻傻站著，這是多年來他第一次沒有將蜜莉安的臉塞回那團粉紅色的模糊迷霧之中。要是讓洪水徹底沖刷他，那會怎樣？他能堅強起來與她抗衡，還是就此遭到侵蝕與傷害？

「我是認真的。」布魯諾的聲音從遠方傳來。「出了什麼事？你不介意跟我說說吧？我很好奇。」

出了什麼事？出了史蒂夫這種事。蓋伊拿起酒杯，歷歷在目的是芝加哥的那天下午，房間門口框住的灰黑畫面，此刻看來彷彿照片。那天下午與其他下午不同，他在公寓裡逮到了他們兩個人，那天下午有自己的色調、氣味與聲音，是一個獨立的世界，簡直是一尊駭人的藝術品。如同定格在歷史上的特定日子。或該說，恰恰相反，因為這一天永遠跟隨著他？畢竟，他人在此處，那天的情景卻歷歷在目。最糟糕的莫過於他意識到一股衝動，他想跟布魯諾說得明明白白，這位火車上的陌生人會傾聽，會同情，會遺忘。想著告訴布魯諾一切就足以撫慰他。不管怎麼說，布魯諾不是火車上一般的陌生人。這個人冷血無情、道德敗壞的程度足以讓他欣賞蓋伊的初戀故事。史蒂夫只是讓一切塵埃落定的意外結尾。史蒂夫不是第一次的背叛。只是那天下午，他二十六歲的自尊當場爆發。這個故事他對自己說了一千次，多麼經典的故事，因為他的愚蠢而富含戲劇效果。他的愚蠢替故事增添了幽默的效果。

「我對她期望太高了。」蓋伊不痛不癢地說。「我根本無權要求她什麼。她剛好是渴望關注的人。無論跟誰在一起，她這輩子大概都會這樣招蜂引蝶。」

「我知道，永遠的高中女生。」布魯諾擺擺手。「就連假裝專屬於一個男人都辦不到。」

蓋伊看著他。曾幾何時，蜜莉安只屬於一個人。

他忽然間不願與布魯諾分享了，差點就開口全盤托出，讓他相當難為情。無論他說不說，此刻的布魯諾都一副事不關己的模樣。布魯諾癱坐下來，用火柴在盤子裡的肉汁上作畫。從側面看過去，下垂的嘴角陷落在鼻子與下巴之間，好像老人的嘴巴。這張嘴似乎在說，無論是什麼樣的故事，他都不屑一聽。

「那種女人會吸引男人。」布魯諾喃喃說道。「就跟垃圾會吸引蒼蠅一樣。」

2

布魯諾話語帶來的衝擊震得他從思緒中抽離出來。「你一定有過一些不悅的經驗。」蓋伊說。不過，實在很難想像布魯諾會有關於女性的困擾。

「噢，遇上這種問題的是我爸。那女人也是紅髮，叫做卡洛妲。」他抬起頭來，布魯諾對父親的憎恨從恍惚狀態中穿刺出來，好像倒鉤。「不錯吧？就是我爸這種人持續給她們帶來生意。」

卡洛妲。蓋伊終於明白布魯諾為什麼仇視蜜莉安了。布魯諾人格的關鍵似乎就是他對父親的憎恨，還有他發育遲緩的青春期。

「天底下有兩種男人！」布魯諾大聲宣布，然後又打住。

蓋伊在牆上的細長鏡子中瞥見自己。他覺得自己的眼神彷彿受到驚嚇，嘴巴緊緊抿在一起，因此他刻意要自己放鬆。高爾夫球桿頂著他的後背。他用指尖摩挲起球桿冰冷光滑的表面。鑲嵌在深色木頭裡的金屬讓他想起小安帆船上的羅盤櫃。

「基本上，女人只有一種。」布魯諾繼續說。「腳踏兩條船。這一邊是不忠，那一邊是蕩婦！你自己選吧！」

「那如同你母親的女人呢？」

「我從來沒有見過另一個跟我媽一樣的女人。」布魯諾宣布。「我沒見過哪個女人能夠經歷那麼多事情。她生得也很美，擁有許多男性友人，但她可不會跟他們亂來。」

靜默。

蓋伊拿了另一根香菸在錶面上敲了敲，發現已經十點半了。他等等就該走了。

「你是怎麼發現太太出軌的？」布魯諾抬頭望向他。

蓋伊慢條斯理地抽起菸。

「她有多少男人？」

「在我發現之前有過好幾個。」雖然他向自己保證，此刻坦言這點也沒有差別時，一股小小的漩渦開始在他內心打轉起來，這種感覺讓他不解。很幽微，但不知為何，遠比回憶更真實，因為他終於說出口了。這是自尊？這是憎恨？還是只是對自己的不耐煩？因為他一直以來的感受現在變得一無是處？他將話題從自己身上移開。「跟我聊聊，在你死前你還想做點什麼？」

「死？誰說要死了？我是想了幾個萬無一失的計謀啦。也許哪天會在芝加哥或紐約試試身手，也許可以出售這些點子。我對完美謀殺案的想法可多著呢。」布魯諾又直直盯著他看，似乎是在邀請對方挑釁他。

「希望你對我的詢問並不在你的計謀之中。」蓋伊坐了下來。

「老天啊，蓋伊，我**喜歡**你！真的！」

嚮往的神情懇求蓋伊也說自己喜歡他。那雙飽受折磨的小小眼睛裡散發著無比的寂寞！蓋伊尷尬地低頭望向自己的雙手。「你所有的想法都脫離不了犯罪嗎？」

「顯然不是這樣！只是一些我想做的事情，好比說，我哪天會想送人一千塊錢，乞丐吧？等到我賺了錢，我第一個就搶著散財！不過，你難道不曾想過偷點什麼東西嗎？或是殺人？你肯定有吧？每個人都有這種心情。你難道不覺得，某些人在戰場上殺戮能夠得到快感嗎？」

「不覺得。」蓋伊說。

布魯諾遲疑了一下，又說：「噢，但他們肯定不會承認啦，他們會怕嘛！但你總會在生命裡遇到想要幹掉的對象吧？」

「沒有。」他忽然想到史蒂夫。他真的有次打算親手殺了那傢伙。

布魯諾歪著頭。「你肯定有過這種想法。我看出來了。你為什麼就是不肯承認？」

「也許只是倏忽即逝的念頭，但我沒有採取真正的行動過。我不是那種人。」

「這就是你大錯特錯的地方！任何人都有能力進行謀殺。只是因緣際會，跟性格氣質沒有關係！人類走到今天這一步，只要稍微一點小小的刺激，就足以失控越界，任誰都一樣。就連你祖母也是。這我很清楚！」

「恕我無法贊同。」蓋伊直截了當地說。

「我就直說了，我差點殺了我老爸一千次！你有沒有想過要殺誰？跟你老婆亂來的那些男人？」

「其中一個。」蓋伊咕噥起來。

「距離實際動手還差多遠？」

「遠在天邊那麼遠，我就想想而已。」他憶起那數百個輾轉難眠的夜，除非替自己討回公道，否則就無法得到平靜的那種絕望感。那時有沒有什麼關鍵因素能讓他越過那條紅線？他依稀聽到布魯諾還在嘟囔著：「我只能說，距離比你想像的還要近得多。」蓋伊不解地望向對方。他身形瘦弱，彎腰駝背，手臂擺在桌上，細窄的頭懸在那兒，看起來彷彿是夜晚才出沒的賭場荷官。「你偵探小說看太多啦。」蓋伊聽到自己講這句話，卻不曉得是從哪裡發出來的聲音。

「那些小說都很棒，說明了要謀殺，任何人都辦得到。」

「我總覺得這就是這些書不好的地方。」

「又錯了！」布魯諾不滿地說。「你知道多少比例的命案能夠見報嗎？」

「不知道，也不在乎。」

「只有十二分之一會見報！你想像一下！你覺得其他十二分之十一的命案呢？都是些無足輕重的小人物，警方都知道他們逮不到這些人。」他又倒起蘇格蘭威士忌，發現酒瓶空了，便拖著身子起來。他從褲子口袋裡翻出一把金色的折疊式小刀，上頭還繫著細細的金鍊。蓋伊喜歡這種具備美感的物品，就跟欣賞精美的珠寶一樣。他看著布魯諾劈砍威士忌的瓶口時，發現自己思索了起來，也許布魯諾哪天真的能用這把小小的折疊刀進行謀殺，而他大概會逍遙法外，因為他根本不在乎自己會不會落網。

布魯諾笑了笑轉身，拿著新開的蘇格蘭威士忌。「跟我一起去聖塔菲吧？放鬆個兩天。」

「抱歉，不行。」

「我還是很有錢，讓我招待你吧？」他失手將威士忌灑在地板上。

「謝了。」蓋伊說。他猜，布魯諾從他的打扮推測出他兩袖清風。這是他最喜歡的褲子，灰色的法蘭絨長褲。如果天氣不是太熱，他會穿著這條褲子去梅特卡夫，也會在棕櫚灘穿。他向後靠，雙手插進口袋裡，卻在右邊口袋的底部摸到一個破洞。

「為什麼不行？」布魯諾將酒杯遞給他。「蓋伊，我很喜歡你。」

「怎麼說？」

「因為你是好人，我是說，正直的人。我遇過不少人，但沒有幾個人像你一樣。我很欣賞你。」他口齒不清地說，然後一嘴迎上酒杯。

「我也喜歡你。」蓋伊說。

「跟我一道去吧？在我媽抵達前，我還有兩、三天的空檔。我們會玩得很開心。」

「找別人吧。」

「真是的，蓋伊，你覺得我是怎樣？到處隨便挑旅伴嗎？我喜歡你，才會邀請你一起去。就算一天也好。我可以直接從梅特卡夫出發，甚至不去艾爾帕索，我本來要去看大峽谷的。」

「謝了，但梅特卡夫的事結束後，我就要去處理工作上的事情。」

「噢。」又是那個嚮往、欽佩的微笑。「要蓋什麼建築嗎？」

「對，一家鄉村俱樂部。」這話聽起來好怪，很不像他，兩個月前，他完全想不到自己會去蓋這種建築。「新的帕米拉鄉村俱樂部，在棕櫚灘。」

「是喔？」

布魯諾當然知道帕米拉俱樂部，那是棕櫚灘上最大的鄉村俱樂部。連他都聽說他們要蓋新的建築，先前的俱樂部他去過兩、三次。

「你設計的？」他低頭望向蓋伊的眼神彷彿崇拜英雄的小男孩。「可以請你畫個圖讓我看看嗎？」

蓋伊在布魯諾的電話簿背面畫了草圖，還應布魯諾的要求，在上頭簽名。他解釋起來，牆壁可以放下，將一樓打造成可以延伸到大陽臺的宏偉舞廳，他希望百葉窗的設計可以通過許可，這樣就能不用開冷氣。雖然他還是壓低聲音講話，但他越說越起勁，眼角泛起激動的淚光。他在想，他怎麼能跟布魯諾談論這麼私密的話題，顯露出自己最優秀的面貌？天底下最無法理解他的人莫過於布魯諾了吧？

「聽起來太棒了。」布魯諾說。「你是說，你只要告訴他們建築的樣子就行？」

「不，要取悅的人可多了。」蓋伊忽然仰頭大笑。

「你就要出名了吧？說不定你已經小有名氣了。」

新聞雜誌，甚至是新聞片段上也許會有照片。他提醒自己，他們還沒通過他的草圖，但蓋伊很確定他們會認同他的設計。在紐約和他一起租用辦公室的建築師梅爾斯對此深信不疑。小安很有把握。布魯哈特先生也是。他這輩子沒接過規模這麼龐大的委託案件。「這個案子之後我大概會出名，他們會大肆宣傳。」

布魯諾開始長篇大論講起自己大學時的故事，要不是某個時間點他又跟老爸鬧了不愉快，不然他就會成為一名攝影師了。蓋伊沒有在聽。他心不在焉地喝他的酒，想著棕櫚灘之後，他還會接到什麼樣的案子。也許短時間內就會去紐約設計辦公大樓。他對紐約的辦公大樓有些想法，渴望看到這些想法成為現實。蓋伊・丹尼爾・海恩斯，**值得銘記的名字**。不用再去煩惱小安比他富有這種永遠揮之不去的陰影。

「蓋伊，是不是這樣？」布魯諾再度問起。

「怎樣？」

布魯諾深呼吸。「是說如果你老婆反悔了，不想離婚了。你在棕櫚灘時，她跑去鬧場，害得你失去這個大案子，這樣足以形成謀殺的動機嗎？」

「謀殺蜜莉安？」

「當然。」

「不會。」蓋伊說，但這個問題讓他心裡七上八下。他很擔心蜜莉安透過他母親聽說了帕米拉的案子，而她會想要為了傷害他，進而從中作梗。

「她腳踏兩條船的時候，你不會想殺了她？」

「不會，你能不能別再提這件事？」剎那間，蓋伊看到了自己分成兩半的人生，一半是婚姻，一半是事業，兩者排排站好，彷彿他從來沒有這樣檢視過它們一樣。他頭暈目眩，想要搞清楚為什麼自己在一個領域裡能夠如此愚蠢無助，在另一塊裡卻精明能幹？他望向依舊緊盯著他看的布魯諾，困惑感爬上心頭，他將酒杯放回桌上，還將杯子往前推開一指遠。

「你肯定想這麼幹過。」布魯諾帶著醉意，平緩而堅定地說。

「沒有。」蓋伊想要下車散散步，但火車依舊行駛在直線軌道上，彷彿永遠不會停下。假設蜜莉安真的害他丟了這個案子。他本來會在那邊住上幾個月，大家會期待他打入董事會成員的社交圈，跟他們平起平坐。布魯諾非常清楚這種事情。他用手抹了抹汗溼的額頭。只是問題在於，還沒見到蜜莉安之前，根本不會知道她有什麼盤算。他累了，他累的時候，蜜莉安就會跟大軍一樣入侵他的思緒。過去兩年間，這種狀況太常發生，他對她的愛也在過程中消磨殆盡。現在又來了。他受夠布魯諾了。布魯諾卻嬉皮笑臉的。

「我該跟你分享謀殺我爸的點子嗎？」

「別開口。」蓋伊說。他一手擋在酒杯上，不讓布魯諾斟酒。

「你喜歡哪一個？浴室裡壞掉的電燈開關，還是充滿一氧化碳的車庫？」

「要殺人就直接動手，不要一直掛在嘴上講！」

「我會動手的，別以為我不會！你知道我未來還想做什麼嗎？自殺！如果我剛好想死，我就會把現場弄得跟死對頭殺害我一樣。」

蓋伊用厭惡的神情看著他。布魯諾的稜角變得模糊，很像處在溶解的過程之中。他現在彷彿只剩聲音與魂魄，而且還是邪惡的靈魂。蓋伊心想，布魯諾呈現出他所不齒的所有特質。他所不願成就的一切角色，布魯諾都樂意扮演，或終將活成這些角色。

「要我替你出謀劃策嗎？設計出殺妻的完美方案？也許哪天派得上用場喔。」在蓋伊的嚴密目光下，布魯諾不安地調整起姿態。

蓋伊起身。「我想去走一走。」

布魯諾雙掌一拍。「嘿，有了，這個主意太棒了！我們替彼此殺人吧？我殺死你的妻子，你幹掉我的老爸！我們是在火車上認識的，你瞧瞧，沒有人曉得我們認識彼此！完美的不在場證明，是不是？」

蓋伊面前的牆壁似乎規律搏動，彷彿就要彈開一樣。謀殺，這個字眼讓他噁心，嚇壞了他。他想遠離布魯諾，遠離這個包廂，但夢魘般的沉重感不肯放過他。蓋伊藉由看清牆壁的狀態、理解布魯諾所言來穩住自己的情緒，因為他感覺到布魯諾的話語之中似乎存在合理邏輯，就像等著破解的麻煩或拼圖。

布魯諾沾染菸草顏色的雙手在腿上顫抖比劃起來。「無懈可擊的不在場證明。」他尖聲地說。「我這輩子最了不起的點子！你還不明白嗎？你不在的時候，我可以動手，你可以趁我不在的時候動手。」

蓋伊當然明白。沒有人會發現他們是這樣運作的。

「能夠終結蜜莉安那種人的生命，來推動你這種人的新事業，對我來說真是太榮幸了。」布魯諾咯咯笑了起來。「你難道不覺得，在她摧毀其他人的人生前，就該阻止她嗎？蓋伊，坐下啦！」

蓋伊想要提醒他，她沒有摧毀我的人生，但布魯諾不給蓋伊時間回應。

「我的意思是，我們先假設這種前提。你辦得到嗎？你知道，你大可告訴我，她住在哪裡，我也會向你說明清楚，彷彿你也住過我家一樣清楚。我們可以到處留指紋，逼死那些蠢警察！」他竊笑起來。「當然，中間要隔好幾個月，絕對不能聯絡。老天，簡直易如反掌！」他拿著酒杯站起身來，差點跌倒。接著，他用令人窒息的自信直接對著蓋伊說：「蓋伊，你辦得到吧？我發誓，絕對不會節外生枝。蓋伊，我會搞定一切，我發誓。」

蓋伊把布魯諾推開，力道太大，超乎他的預期。布魯諾從窗邊座位上彈回來。蓋伊張望起來，想要透透氣，但四面八方的車廂牆壁是無法突破的表面。包廂成了一座小小的地獄。他在這裡做什麼？他怎麼會喝得這麼醉？這是幾時發生的事？

「我很確定你**辦得到**！」布魯諾眉頭皺緊。

蓋伊想要吼回去：閉上你的臭嘴，別再提你的蠢理論。結果他發出來的聲音卻像涓滴細語，他說：「我受夠這一切了。」

他看到布魯諾細窄的五官以古怪的方式扭曲起來，這是意外的竊喜，以為自己無所不知的醜惡詭異神情。布魯諾和氣地聳聳肩。

「好啦，我還是認為這個主意很棒，我們當場就想出最完美的殺人場景了。我肯定會採用這個想法。當然啦，我會找別人幫我。你要去哪啦？」

蓋伊終於想到車門。他走出車廂，打開前往月臺的門，稍冷的空氣襲來，彷彿是在訓斥，火車也揚起譴責的刺耳轟鳴。在狂風與車聲下，他咒罵起自己，希望能夠好好吐一吐。

「蓋伊？」

他轉頭看到布魯諾鬼鬼祟祟從沉重的車門邊走過。

「蓋伊，我很抱歉。」

「沒事的。」蓋伊立刻開口，因為布魯諾的神情嚇到了他。活脫是條放低姿態的狗。

「蓋伊，謝了。」布魯諾低下頭，與此同時，持續隆隆作響的車輪聲響逐漸變弱，蓋伊不得不穩住腳步。

他忽然感到無比感激，因為火車逐漸停下。他拍了拍布魯諾的肩膀，說：「我們下車呼吸新鮮空氣！」

他們踏進的世界靜謐無聲，全然黑暗。

「這是什麼鬼主意？」布魯諾高聲地說。「一點光線都沒有！」

蓋伊抬起頭，月亮也不見蹤影。寒意讓他的身體僵直且警覺。他聽到某處甩上單薄木門的聲音。他們前方的一點火光成了一盞提燈，一個男人提燈往車尾跑，那邊的貨車車廂拉開，透出方形的亮光。蓋伊緩緩朝著亮處走去，布魯諾跟在後頭。

黑色平坦草原的遠處，火車頭發出哀鳴，一聲又一聲，一聲又一聲，逐漸遠走。他記得兒時聽過這個聲音，淒美純粹又孤獨。彷彿是甩動白色鬃毛的野馬。出於作伴的衝動，蓋伊突然勾起布魯諾的手臂。

「我不想**散步**！」布魯諾高喊起來，扭開身子，停下腳步。彷彿是活魚上岸，新鮮的空氣讓他萎靡下去。

火車又要開動。蓋伊將布魯諾巨大鬆垮的身軀推上車。

「睡前酒？」布魯諾在車廂門口開口，他不抱期待，甚至連眼皮也都快闔上了。

「謝了，我不行。」

綠色的簾幕遮掩住他們的低語。

「早上別忘了來找我。我包廂不上鎖，如果我沒反應，你就直接進來，好嗎？」

蓋伊朝自己的臥鋪前進時，一頭撞上鋪了綠色簾幕的內牆。

他躺下時，想起了他的書，這是習慣使然。他把書留在布魯諾的包廂裡了，他的柏拉圖。他不願去想，書放在布魯諾包廂裡過夜，或是布魯諾染指那本書、打開那本書。

3

沒多久，他打電話給蜜莉安，她安排了在他們兩家之間的高中見面。

此刻他站在柏油田徑場的角落等候。她會遲到，一定的。他只是不懂，她為什麼要選在高中見面。因為這裡是她的地盤？他還愛她的時候，他都在這裡等她。

上方的天空是一片清澈蔚藍。太陽有如融化般傾瀉而下，不帶金光，而是沒有顏色的熱感，彷彿是因高溫燒白的物質。他在樹木後方看到一棟他不認得的細窄紅色建築，這是他兩年前離開梅特卡夫後才興建起來的樓房。他別過頭去。放眼望去，一個人都沒有，高溫似乎逼得大家遠離校園，甚至拋下了附近的住家。他看著從學校入口拱門處蔓延而下的寬廣灰色階梯。他還記得蜜莉安的代數課本，邊角磨損起毛，紙頁還帶有墨水及淺淺的汗味。他還看得到課本頁面角落上寫著「蜜莉安」三個鉛筆字，扉頁上還畫了一個女孩，她有一頭柔軟的波浪鬈髮，帶有史賓賽字體的那種優雅與美感，他會打開課本，替她解題。當時的他為什麼覺得蜜莉安與眾不同？

他走進十字鐵絲網之間寬闊的柵門，抬頭再次望向學院大道。這時，他看見了，她就在緊鄰人行道的黃綠色大樹下。他的心臟跳得更加猛烈，但他眨了幾下眼睛，刻意裝出一副雲淡風輕的模樣。她依舊踏著不帶感情的從容步伐，慢慢走過來。現在看得見她的頭了，寬大的淺色帽子在她淺色的頭髮上彷彿光暈。陽光與樹影任意打在她的身軀上。她對他微微揮手，蓋伊將一隻手從口袋裡抽出，也揮了揮，他走回田徑場，忽然間感到緊張與害羞，跟個小男孩似的。他心想，樹下的陌生女孩知曉了棕櫚灘建案的事了。他母親半小時前才說，上次蜜莉安打電話來的時候，她跟蜜莉安提過。

「蓋伊，你好。」蜜莉安面露微笑，又隨即閉上她那張寬大的粉橘雙唇。這是因為她門牙之間有牙縫，蓋伊想起來了。

「蜜莉安，妳好嗎？」他不由自主地瞥向她的身材，豐滿，但看起來不像懷孕，他腦海中忽然閃過她撒謊的可能。她穿了亮眼的印花裙與白色短袖罩衫。大大的白色手拿包是漆皮編織的。

她拘謹地坐在樹蔭下的石椅上，問起他關於旅程的無趣問題。她的臉本來就圓，現在看起來更豐潤了，特別是腮幫子，因此她的下巴看起來更為銳利。蓋伊注意到她的眼睛下方有了細紋，二十二歲的她也算活了很久。

「一月。」她用不帶感情的語氣回應他。「一月孩子就要出生了。」

那她已經懷孕兩個月了。「我猜妳想嫁給他。」

她稍微別過臉，低下頭。在她短短的臉頰上，陽光捕捉到幾塊最顯眼的雀斑，蓋伊看到了它們拼湊出來的圖案，自從他們結婚以後，他已經許久沒有想起這個圖案了。過往的他多麼有把握啊？確信他擁有她，霸占住她最幽微的思緒！忽然間愛似乎只是一種撩撥，相較於「了解」，愛只是不堪的次要選項。此刻的他完全無法理解蜜莉安腦袋裡的新世界。小安會不會也這樣？

「不是嗎？蜜莉安？」他追問道。

「**現在**不行。你知道，有點狀況。」

「什麼狀況？」

「這個嘛，我們可能沒辦法如期迅速結婚。」

「噢。」**我們**哩。他曉得對方會是怎麼樣的人，高大、皮膚黝黑的長臉男人，就跟史蒂夫一樣。蜜莉安總會受到這種男人的吸引。她只願意為這種人生孩子。他看得出來，她也想要這個孩子。發生了一些事讓她想生孩子，也許跟那個男人是誰根本無關。他看得很清楚，她那在石頭長椅上拘謹、僵硬的坐姿，以及他會在孕婦臉上看到或想像出的自暴自棄迷茫神情。「我猜那樣也不用推遲離婚的進程。」

「哎啊，直到兩天前，我本來也是這麼想的。我以為歐文這個月就能恢復自由之身，可以結婚。」

「噢，他有老婆？」

「對，他有老婆。」她微微嘆了口氣，彷彿是在微笑。

蓋伊低頭，有點尷尬，他緩緩在柏油鋪面上走了幾步。他早就知道對方結婚了，他早料到若不是被迫，那個男人肯定不會娶她。「他在哪？這裡？」

「他在休士頓。」她說。「你要不要坐一下？」

「不了。」

「你都不喜歡好好坐下來。」

他沉默不語。

「你還戴著那枚戒指？」

「對。」他在芝加哥得到的畢業戒指，蜜莉安一直很羨慕他有那枚戒指，因為那意味著他是上過大學的人。她用刻意強撐的笑容凝視那枚戒指。他把雙手插進口袋裡。「我希望趁我在這裡的時間搞定這件事。這禮拜可以辦妥嗎？」

「蓋伊，我想離開這裡。」

「去外地離婚？」

她胖胖短短的雙手張開，比出了意味不明的手勢，他忽然想起布魯諾的手。今早走下火車後，他就徹底遺忘了這個人，還有他那本書。

「這裡我有點待膩了。」她說。

「如果妳要，我們可以去達拉斯辦離婚。」他心想，只是因為她這裡的朋友曉得他們要離婚罷了。

「蓋伊，我想緩一緩。你會介意嗎？稍微等一陣子？」

「我以為是妳會介意。他到底想不想娶妳？」

「他可以在九月的時候娶我，那時他就自由了，但……」

「但什麼？」她的沉默，她那舔上唇的幼稚舉動，他看得出來，她身陷在兩難之中。她太想要這個孩子了，願意在梅特卡夫犧牲自己，等到懷孕五個月時才跟孩子他爸結婚。儘管蓋伊不滿，卻還是不由自主地憐憫她。

「蓋伊，我想離開這裡。跟你一起。」

她努力展現出誠摯的神情，看起來太真實，讓他差點忘了她是在要求什麼，又是為了什麼開這個口。「蜜莉安，妳到底想怎樣？要錢離開這裡？」

她灰綠色雙眼裡的朦朧感散去，彷彿是驅散的迷霧。「你媽說你要去棕櫚灘。」

「也許會去那邊工作。」他想到帕米拉的工作，忽然感到一絲不妙。也許案子已經吹了。

「蓋伊，帶我一起去吧？這是我向你開口要求的最後一件事。如果我可以跟你一起待到十二月，然後離婚——」

他輕輕地「噢」了一聲，但胸口卻搏動起來，彷彿是心碎了一樣。她忽然讓他覺得噁心，蜜莉安，還有她身邊認識她的人、受她吸引的人，都很噁心。懷上了另一個男人的孩子。帶著她啟程，假裝是她的丈夫，直到她生下另一個男人的孩子。還要去棕櫚灘！

「就算你不帶我去，我也會自己去。」

「蜜莉安，我大可現在就離婚。根本不用等到孩子出生，法律站在我這邊。」他的聲音有所動搖。

「你不會這樣對我的。」蜜莉安的回答夾雜了威脅與哀求，他還愛她的時候，這種語氣會挑逗起他的怒火與愛意，迷惑住他。

他現在也感覺自己遭到迷惑。她說得對，他不會現在就離婚。只不過，不是因為他還愛她，不是因為她還是他的妻子，他本該保護他，不，他是可憐她，而且他還記得自己愛過她。此刻他才驚覺，他在紐約時就可憐她，就算是她寫信來討錢的時候。「如果妳去，我就放棄那項案子。」

「我覺得你不會放棄那種大案子。」她挑釁地說。

接了沒意思。」他平靜地說，但他告訴自己，案子已經飛了，所以還有什麼好討論的？

他別過頭去，不去看她那扭曲得意的笑容。他心想，這她就料錯了，但他沒有說話。他又在粗糙的柏油鋪面上走了兩步，接著昂首轉身。他告訴自己，冷靜點，生氣能夠成就什麼？以往他有這種反應時，蜜莉安都會很氣他，因為她就愛拉開嗓門的吵吵鬧鬧。他心想，她很樂意今早來吵一架。她不喜歡他這種冷靜的反應，直到後來，她發現這種反應反而代表他傷得很深。他很清楚自己被她玩弄於股掌之中，卻又無法採取其他應對措施。

「妳知道，我甚至還沒確定得到那份工作。我大可傳電報過去說我不想接了。」他又在樹梢後方注意到那棟新蓋的紅色建築，蜜莉安還沒到之前，他看到的那棟。

「然後呢？」

「然後有很多安排，但妳不會知道。」

「夾著尾巴逃走？」她奚落起來。「最廉價的脫身之道。」

他走了幾步，又轉過身。他有小安。跟小安在一起，他就能容忍這件事，容忍一切。事實上，他覺得無奈，真是怪了。因為他此刻跟蜜莉安在一起？象徵了他失敗的青春年華？他咬起自己的舌尖。他內心有一處缺憾，彷彿是珠寶內部的缺陷，外表看不到，但其中蘊含了永遠無法修補的情緒，那是一種預期會失敗的恐懼。有時，失敗的可能性會讓他著迷，有時，在高中、大學時，明明能夠通過的考試，他會故意失常，他心想，就好像他無視他們兩家人與親朋好友的反對，執意要娶蜜莉安的時候一樣。他難道不曉得這件事不可能成功嗎？現在他只能一聲不吭，直接放棄他最大宗的委託案。他會去墨西哥，跟小安待幾天。他會因此花完所有的錢，但又有什麼關係呢？難道他能默默回到紐約，不先去看看小安嗎？

「還有什麼事嗎？」他問。

「該說的都說了。」她告訴他，話語透過門牙的牙縫傳出來。

4

他穿過滿是樹蔭且靜默的崔維斯街，緩緩走回他住的安布羅斯街。崔維斯與德蘭西街的街角開了一間小小的水果行，就矗立在人家的前院草坪上，很像小朋友玩家家酒的店面。巨大洗衣坊位於安布羅斯街西邊盡頭，破壞了原有的景緻，身穿白色制服的女孩與女人從裡頭走出來，她們有說有笑，正要提早去吃午餐。他很慶幸，他在街上沒有遇到任何不得不開口交談的對象。他感覺自己速度緩慢，不想說話，也很無奈，只是心情還挺好的。真奇怪，他跟蜜莉安交談後不過五分鐘，她就感覺如此遙遠（甚至是陌生），一切似乎也變得無關緊要了。現在回想起他在火車上的焦慮感，實在有點難為情。

到家後，他面帶微笑地開口：「媽媽，結果還不錯。」

他母親焦慮地揚起眉毛向他打招呼。「很高興聽到你這麼說。」她將搖椅拉過來，坐下來聽他好好說。她身材嬌小，一頭淺棕色的秀髮，美麗側臉上的鼻子又挺又直，銀色髮絲此刻似乎散發著活力的火光。多數時候，她都開朗雀躍。這是蓋伊覺得他與母親在性格上截然不同的主要原因，自從開始受到蜜莉安折磨後，他就與母親逐漸疏離。蓋伊喜歡獨自療傷，思索他該怎麼處理這些情緒，他母親卻只會勸他遺忘。「她怎麼說？你顯然沒出門太久。我以為你會跟她共進午餐呢。」

「沒有，媽媽。」他嘆了口氣，一屁股坐在錦緞沙發上。「一切都沒事，但我大概不會接下帕米拉的工作了。」

「噢，蓋伊，怎麼這樣？她是不是……？她真的懷孕了？」

蓋伊心想，母親失望了，但想到這份工作真正代表的意涵，這種失望也算輕微。他很慶幸母親並不懂這份工作的意義。「是真的。」他說，他往後仰頭，直到沙發冰冷的木框貼上他的後頸。他想到他與母親之間的鴻溝。他與蜜莉安的生活，他沒有跟母親分享多少。母親出身自優越幸福的密西西比州家庭，她忙著打理自家大宅與花園，還要與梅特卡夫當地那一票討喜且忠實的好友交際，她怎麼可能會理解蜜莉安所帶來的全然惡意？或者，好比說，他為了一、兩個工作上的想法，就跑去紐約過上充滿不確定性的生活，這種事，她怎麼可能理解？

「現在棕櫚灘跟蜜莉安又有什麼關係？」她終於開口。

「蜜莉安想跟我去，要我保護她一段時間，而我無法忍受。」蓋伊握起拳頭。他忽然想像起蜜莉安出現在棕櫚灘，與帕米拉俱樂部的經理克萊倫斯・布魯哈特先生見面的景象。只是，蓋伊很清楚，重點不是看到布魯哈特那平靜無波、始終客氣外表下閃現的震驚神情，而是因為他自己的反感，讓這件事完全行不通。他只是無法忍受他在進行這種大建案時，蜜莉安出現在他身邊。

「我實在無法忍受。」他又說了一次。

她只有「噢」了一聲，但她的沉默表達了理解。蓋伊心想，如果母親做出任何評論，一定會讓他想起，她本就不贊成這樁婚事。而母親此刻不願提醒他這種事。「在那段漫長的時光裡，你會無法忍受的。」她說。

「我無法忍受。」他起身，捧起她柔軟的臉。「媽媽，我一點都不在乎。」他親吻起她的額頭。「我真的什麼都不在乎。」

「我相信你不在乎，你有什麼好在乎的？」

他越過房間，走到直立式鋼琴旁，說：「因為我要去墨西哥看小安。」

「噢，是嗎？」她露出微笑，與他共度的首日早晨終於歡快了起來。「你真是到處尋歡作樂！」

「妳想去墨西哥嗎？」他轉頭笑了笑。他彈奏起兒時學過的薩拉邦舞曲。

「墨西哥！」他母親用假裝出來的驚恐語氣說話。「打死我也不去墨西哥。也許你回來的時候，可以帶小安來看我。」

「說不定喔。」

她走過去，怯生生地將雙手搭在兒子肩上。「蓋伊，有時我覺得你又找到了幸福。就在最意想不到的時刻。」

5

出了什麼事？**立刻**寫信告訴我，或是，打對方付費電話來更好。我們會在麗思酒店再待上兩週。路上真想你，我們不能一起搭機過來真是可惜，但我理解。親愛的，我希望你時時刻刻都安好。一切就要結束了，我們會處理好這件事。無論發生什麼，告訴我，我們一起面對。我總覺得你**不願意**。我是指面對事情。

你距離這麼近，不能下來待幾天真是太荒謬了。我希望你心情好點了，希望你有時間。很希望**你**來，你知道我爸媽也這麼想的。親愛的，我很喜歡你的設計草圖，為你感到非常驕傲，甚至可以忍受你接下來幾個月都不在身邊，因為你會忙著打造這些建築。爸也非常欽佩。我們總會聊起你。

獻上我的愛，以及與愛所伴隨的一切。開心點，親愛的。

安

蓋伊寫了一封電報給帕米拉俱樂部的經理克萊倫斯·布魯哈特：「由於諸多原因，我無法承接此案。我深感遺憾，並感謝你的支持與持續的鼓勵。詳情後信說明。」

他忽然可以想見他們選用的替代方案，不外乎是威廉·哈肯尼斯事務所對法蘭克·洛伊·萊特的模仿之作。在他對著電話讀出電報內容時，他想到更糟糕的結果，那就是董事會大概會要求哈肯尼斯「參考」他的某些構想。哈肯尼斯肯定會照辦。

他也發電報給小安，說他週一就搭飛機南下，還有幾天空閒的時間。而且，因為小安在，他懶得去想下一次接到跟帕米拉同樣規模的大建案會是幾個月，甚至幾年之後的事了。

6

這天夜裡，查爾斯．安東尼．布魯諾躺在艾爾帕索的飯店房間裡，想讓金色的鋼筆在他精緻、微凹的鼻子上保持平衡。他煩躁不安，睡不著，卻也沒體力下樓去附近的酒吧轉轉。他下午已經逛過了，不是很喜歡艾爾帕索這個地方，對大峽谷也沒什麼好感。他又想起前天晚上在火車上浮現的念頭。蓋伊早上沒叫他，真是可惜。蓋伊也不是能夠一起策劃謀殺的對象啦，但布魯諾喜歡他這個人。蓋伊是值得認識的人。再說，蓋伊忘了他的書，布魯諾可以把書還給他。

天花板上的吊扇發出奇怪的嗚吱嗚吱聲，因為四片扇葉裡缺了一片。他心想，如果葉片沒少，也許會感覺涼一點。廁所有個水龍頭漏水，床邊閱讀燈的夾鉗壞了，所以燈往下垂，衣櫥門上到處都是指紋。他們說，這是鎮上最豪華的飯店！他待過的飯店客房裡是不是一定會有東西壞掉，至少有一個地方會出問題？有朝一日，他會找到最完美的飯店房間，就算在南非，他也要買下來。

他在床沿坐起身來，伸手抓起話筒。「長途電話。」他面無表情地看著白色床單上的紅土痕跡，因為他沒脫鞋就躺上床。「大頸區一六六號J座……對，大頸區。」他停頓了一下，又說：「長島……在**紐約**，笨蛋，你沒聽過這個地方？」

不到一分鐘後，他就聯絡上了母親。

「對，我到了。妳還是週日出發嗎？妳最好……哎呦，我參加了那趟騎騾行程，簡直累死我了……對，看過大峽谷了……還好，但顏色看起來很平淡……總之呢，妳那邊怎麼樣？」

他放聲大笑。他脫了鞋子，拖著話筒躺回床上，笑個不停。他母親說，她到家後發現船長正在招待她的兩位朋友（她昨晚邂逅的兩名男子），他們不請自來，以為船長是她的父親，因此說了一堆不該說的話。

7

蓋伊用手肘撐在床上，看著用鉛筆寫來的信。

「看來下次叫你起床又要等到好久以後囉。」他母親說。

蓋伊拿起從棕櫚灘寄來的信，說：「媽媽，也許不會那麼久啦。」

「你明天幾點的飛機？」

「一點二十。」

她靠過來，把床腳的床單給塞進去，這個動作其實不太必要。「我猜你應該沒有時間過去看看瑷索？」

「噢，媽媽，肯定有時間的。」瑷索．彼得森是他母親來往最久的朋友。蓋伊的第一堂鋼琴課就是她教的。

棕櫚灘的信是布魯哈特先生寄的。建案委託給了蓋伊。布魯哈特先生也說服董事會採用百葉窗的設計。

「今天泡了香醇的濃咖啡。」他母親站在房間門口。「想在床上吃早餐嗎?」

蓋伊對她笑了笑。「怎麼會不想?」

他再次小心翼翼地讀起布魯哈特先生的信,最後將其裝回信封裡,緩緩撕成碎片。接著,他打開另一封信,只有短短一頁,潦草的鉛筆字。信末大力簽上的花俏署名讓他再度微笑:查爾斯・A・布魯諾。

親愛的蓋伊:

這封信來自你的火車之友,還記得我嗎?你那晚把書忘在我的包廂裡,我在書裡找到一處德州的地址,我相信地址應該正確。我會把書寄給你。我也讀了一點,不曉得柏拉圖裡竟然有這麼多對話。

那晚與你用餐相當愉快,希望我還算是你的朋友。能夠在聖塔菲與你見上一面那就太好了,若你改變心意,我的地址是:新墨西哥州聖塔菲的拉芳達飯店,我會在此至少待上兩週。

我一直在構思我們那兩起命案的手法。我相信可以成功。我實在無法向你解釋我對這個想法多有信心!但我曉得你對這種話題不感興趣。

你太太那邊有沒有什麼有趣的事情?請盡快回信。除了在艾爾帕索掉了皮夾(在酒吧裡當著我的面偷走),此外沒什麼值得分享的事情。真是抱歉,但我不喜歡艾爾帕索。

期待儘早聽到你的回音。

你的朋友
查爾斯·A·布魯諾

又，抱歉睡過頭，早上沒跟你打到招呼。

C.A.B.

這封信不知為何讓他覺得開心。想到布魯諾自由自在，他就覺得開心。

「玉米粥！」他歡快地對母親說。「在北方，吃煎蛋都不配玉米粥的！」

他穿上他最喜歡的舊睡袍，但現在這天氣穿實在太熱，他拿著《梅特卡夫星報》與不太穩固的床用托盤回到床上，托盤裡裝著他的早餐。

用完早餐，他沖澡、著裝，好像今天有什麼大事要做一樣，但其實根本沒有。他昨天去了卡爾萊特家。他大可去找他的兒時好友彼得·雷格斯，但彼得去紐奧良工作了。他不禁好奇起來，蜜莉安此刻在做什麼呢？也許正在後門門廊修指甲，或是跟某位鄰居小女孩下棋，這個女孩崇拜她，想成為跟她一樣的人。蜜莉安不會因為計畫出亂子就悶悶不樂。蓋伊點燃香菸。

樓下某處傳來間斷的金屬輕輕**碰撞聲**，他母親或廚娘蕚思琳正在清洗餐具，並將它們一一堆放起來。

他為什麼不今天就動身去墨西哥呢？他很清楚，接下來無所事事的二十四小時只會很難熬。今晚，他的舅舅以及幾個他母親的朋友又會過來。他們都想見見他。他上次回家後，《梅特卡夫星報》就寫了一篇專欄報導他的工作，提到他的獎學金，也就是羅馬大獎，但他因為戰爭而無法動用這筆獎學金，最後還介紹了他在匹茲堡設計的店面，以及芝加哥醫院的小型附屬診療室。在報紙上看來，他的過往令人欽佩。他想起那個在紐約度過的寂寞日子，這張剪報跟母親的家書一起寄達，他覺得自己好像很重要。

想要回信給布魯諾的衝動讓他坐在工作桌前，但當握起筆時，他卻不曉得該寫什麼。他想像起布魯諾穿著鏽棕色的西裝，肩上背著相機背帶，拖著沉重的腳步艱難地爬上聖塔菲的乾燥山丘，對著某個景象露出一口爛牙的竊笑，不穩的手舉起相機，按下快門。口袋裡隨隨便便就有一千塊的布魯諾坐在酒吧裡，等著母親到來。他對布魯諾有什麼好說的？他將鋼筆蓋回去，把筆扔回桌上。

「媽媽？」他喊了起來。他跑下樓。「下午要不要去看電影？」

他母親說，她這個禮拜已經看過兩場電影了。「你向來不喜歡看電影不是嗎。」她指責道。

「媽媽，我是真的想看！」他露出微笑，堅持要去看電影。

8

那天晚上約莫十一點時，電話響了起來。蓋伊的母親接起，然後來客廳叫他，這時他跟舅舅、舅媽、表兄弟里奇與阿泰談天。

「是長途電話。」母親說。

蓋伊點點頭。想必是布魯哈特要來問他詳細的說法。蓋伊當天就回信了。

「喂，蓋伊？」電話另一頭說：「我小查。」

「哪個小查？」

「小查，布魯諾。」

「噢！你好嗎？謝謝你打算把書寄給我。」

「我還沒『句』啦，但我會搞定的。」布魯諾醉醺醺的歡快語氣讓蓋伊想起了火車上的種種。

「要來聖塔菲嗎？」

「恐怕不行。」

「那棕櫚灘呢？過幾週，我可以去找你嗎？我想看看施工的場景。」

「抱歉，那件事告吹了。」

「吹了？為什麼？」

「很複雜啦。我改變主意了。」

「跟你妻子有關？」

「呃……沒有。」蓋伊覺得有點惱怒。

「她還想跟你在一起？」

「對，算是吧。」

「蜜莉安想跟你去棕櫚灘？」

蓋伊很意外他居然還記得蜜莉安的名字。

「你還沒離婚喔？」

「要去辦了。」蓋伊言簡意賅。

「**對啦，這通電話是我付錢！**」布魯諾對某人高喊，然後是厭煩的「拜託喔！」他又繼續說：

「聽著，蓋伊，你這是為了她放棄那份工作？」

「也不算啦，那不重要了，反正已經結束了。」

「你要等到孩子出生才要離婚？」

蓋伊沒有說話。

「另一個傢伙不打算娶她了，對吧？」

「噢，他會——」

「是嗎？」布魯諾嘲諷地打斷他。

「我不能多聊了。今晚家裡有客人。小查，祝你旅途愉快。」

「我們什麼時候可以聊聊？明天嗎？」

「明天我就不在這裡了。」

「噢。」布魯諾的語氣變得很失落，蓋伊希望他是真的這麼失落。然後又是那個親密又陰沉的聲音：「蓋伊，聽著，你知道，如果你想辦那件事，只要給我一點提示就好。」

蓋伊皺起眉頭。他先是腦內浮起疑問，隨即又曉得對方在說什麼。他記起布魯諾對於謀殺的構想。

「蓋伊，你想要什麼？」

「什麼都不想要。我心滿意足，懂嗎？」他心想，這是布魯諾的酒勁作祟。他幹嘛認真反應？

「蓋伊，我是認真的。」醉醺醺的口齒不清比先前更嚴重。

「小查，再見囉。」蓋伊說。他等著布魯諾率先掛斷。

「聽起來不像一切都沒問題的樣子。」布魯諾挑釁地說。

「我覺得這跟你沒有關係。」

「蓋伊！」要哭的哀鳴。蓋伊想要開口，但線路發出喀啦一聲，電話斷了。他一度衝動，想要請接線生追蹤來電。不過，他又想到，只是酒勁，而且無聊得沒事幹。布魯諾有他的地址，這件事讓他很惱火。蓋伊用手大力梳過頭髮，回到客廳裡去。

9

蓋伊心想，他剛剛對小安說了那麼多蜜莉安的事情，其實都不重要，因為此刻的他正與小安一起漫步在碎石小徑上。他們散步時，他牽起她的手，同時望向身邊陌生的場景——寬廣又平坦的大道，兩旁豎立的巨樹，彷彿香榭麗舍大道，立在基座上的軍事雕像，後方則是他不認得的建築。還有改革大道。小安走在他身旁，始終低著頭，配合他緩慢的步伐。他們的肩膀互相接觸，他轉頭看她是否有話要說，說他無論做出什麼決定，他都是對的，但她始終沒有開口，若有所思。她淺金色的秀髮用銀色髮夾固定在後頸，隨風在她身後慵懶飄動。這是他認識小安的第二個夏天，她的皮膚才正開始轉黑，與頭髮差不多是同樣色調。要不了多久，她的臉就會曬得比頭髮的顏色還要深，但蓋伊最喜歡她現在的模樣，彷彿由白金打造。

她轉頭望向他，嘴唇露出尷尬的淺淺微笑，因為他一直盯著她。「你無法忍受，是嗎？蓋伊？」

「別，別問我原因。我就是辦不到。」他看著她依舊掛在臉上的笑容，也許摻雜了不解，甚至是不滿。

「要放棄那種大案子談何容易？」

這話讓他惱火起來，他以為這事已經結束了。「我只是厭惡她。」他低聲地說。

「但你不該厭惡任何事情。」

他緊張地擺擺手，說：「我厭惡她因為我們在此漫步，還得聊到她！」

「蓋伊，少來了！」

「她實在很惹人厭。」他望向遠方，繼續說下去。「有時我覺得我恨這世界上的一切。不得體，沒良心。當人家說美國永遠不會進步、獎勵敗壞的道德時，指的就是她這種人。她會去看爛電影，在其中參一腳，讀雜誌上的愛情故事，住在平房裡，逼丈夫今年多賺一點錢，這樣他們明年才能分期付款買東西，她還會破壞鄰居的婚姻——」

「蓋伊，夠了！你的語氣跟小孩子一樣！」她從他身邊離開。

「而且我還愛過她，愛過她的一切，這點讓我覺得噁心。」蓋伊補充道。

他們停下腳步，彼此對望。此時此地，他必須說出這番話，最醜惡的事實。他想要承受小安的責備，甚至想要她轉過身去，拋下他一人，讓他獨自走完這場漫步。曾有一、兩次，她就這樣拋下他，因為那時的他已經不可理喻。

小安用疏離、不帶情感的語氣講話，這種語氣讓他害怕，因為他覺得她可能會拋棄他，再也不回來。「有時我會以為你還愛著她。」

他笑了笑，她軟化了態度。「我很抱歉。」他說。

「噢，蓋伊！」她再度伸手，彷彿是在懇求，而他握住了這隻手。「你可不可以成熟點！」

「我忘記在哪裡讀過，說人的情緒其實不會成熟。」

「我不在乎你都讀些什麼東西。辦得到的，就算這是我這輩子做的最後一件事，我也會證明給你看。」

他忽然覺得很安全。「我現在還能思考什麼其他的事情？」他倔強地說，壓低了聲音。

「蓋伊，現在距離你擺脫她只差一步之遙。你認為自己該思考些什麼？」

他將頭抬得更高。高樓上有一個巨大的粉紅色招牌，上頭的文字是「第二十卷」，他忽然感到無比好奇這代表什麼，想要請教小安。他想問她，為什麼跟她在一起時，一切都變得更輕鬆也更簡單？但自尊讓他拉不下臉來開口，再說，這根本只是修辭上的問題，小安根本無法用言語回答，因為小安本身就是答案。開始於他們邂逅的那一天，就在昏暗的紐約藝術學院地下室，他在雨中艱難地來到這裡，與現場看見唯一的「活物」攀談，那是一抹身穿中式紅雨衣、戴著雨衣帽子的身影。這抹紅色的身影轉過身，說：「你可以從一樓前往九A教室，不用大老遠跑下來。」隨即閃現的是一陣歡快的笑聲，立刻莫名其妙地排解了他的怒火。因為有點怕她，他一點一滴逐漸學會微笑，卻有點鄙視她那輛嶄新的深綠色敞篷車。小安說：「住在長島，有輛車很合理。」

那段時光裡，他什麼都看不上眼，偶爾選修的幾堂課也只是要確保他懂老師教導的一切知識罷了，也許只是要看看他學習速度能有多快，他能在多短的時間內畢業。「如果不是靠關係，你覺得誰進得來？如果他們不喜歡你，還是可以把你踢出去。」他終於明白她做事的方式，也就是正確的方式，因此他透過小安父親在董事會的人脈，進入了門檻很高的布魯克林德恩斯建築學院，他在那裡讀了一年。

「蓋伊，我知道你具備這種能力。」長長的靜默後，小安開口。「能夠感到無比快樂的能力。」

蓋伊迅速點頭，但小安沒有看著他。他覺得有點不好意思。小安才有快樂的能力。她現在就很快樂，在她邂逅他之前就是這樣，只是他與他的麻煩短暫耽誤了她的幸福快樂。只要跟小安一起生活，他也能夠快樂。他向她解釋過這種心情，但此刻的他實在說不出口。

「那是什麼？」他問。

查普爾特佩克公園的樹下，一座巨大的圓形玻璃建築映入眼簾。

「植物園。」小安說。

建築內空無一人，甚至連管理員都沒有。空氣裡瀰漫著溫暖的新鮮土壤氣味。他們到處走動，研究起植物難以發音的名稱，這些植物彷彿來自另一顆星球。小安有一棵最喜歡的植物。她說，這三年夏天她都會跟她父親一起造訪，看著那株植物逐漸茁壯。

「只不過我連植物的名稱都記不起來。」她說。

「何必記呢？」

他們在桑朋百貨公司用餐，同行的還有小安的母親，他們還逛起百貨公司，直到福克納太太要回去午睡。福克納太太身材纖細，精力充沛但有點神經兮兮，她跟小安一樣高，就這個年紀來說，她相當迷人。因為她很支持蓋伊，蓋伊也支持她。一開始，他以為小安的有錢父母會看他不順眼，但這種事沒有發生，他也逐漸放下這種心中的包袱。那天晚上，他們四人前往藝術宮聽音樂會，接著前往麗思酒店對面的巴爾的摩女士餐館享用遲來的晚餐。

福克納夫婦很遺憾蓋伊不能跟他們一起在阿普爾科過夏天。小安的父親是進口商，打算在這邊的碼頭建倉庫。

「人家是要設計鄉村俱樂部的人，怎麼會對倉庫感興趣。」福克納太太如是說。

蓋伊沒有答話，甚至不敢看著小安。他請小安在他離開後，再跟她父母解釋棕櫚灘的事。他下禮拜會去哪裡？他大可去芝加哥進修兩、三個月。他把私人物品都留在紐約的儲藏室裡，房東太太會等他消息，看看要不要把他的公寓租出去。若他去芝加哥，他就可以去艾文斯頓拜見了不起的薩里寧以及提姆．歐弗萊赫迪，後者是一位年輕建築師，尚未闖出一番名號，但蓋伊對他有信心。芝加哥也許會有幾樁案子。不過，想到接下來小安不在，紐約就顯得太陰鬱了。

福克納太太一手搭在他的前臂上，大笑起來。「就算能夠打造全紐約的建築，他也不願笑一笑，是這樣嗎？蓋伊？」

他根本沒有在聽他們交談。飯後，他希望小安能夠陪他走一走，但她堅持要他上去麗思酒店的套房，看看她替堂弟泰迪買的絲質睡袍，她晚點要把衣服寄出去。而且，當然啦，太晚了，不適合出門散步了。

他住在蒙地卡羅飯店，距離麗思酒店約莫十個街廓，那是一棟巨大的破敗建築，看起來像是某位將軍的故居。從寬闊的馬車車道進去，這邊鋪了黑白磁磚，就像是浴室地板一樣。接著是巨大又幽暗的大廳，地上也鋪了磁磚。酒吧看起來像洞穴，餐廳總是空無一人。斑駁的大理石樓梯沿著庭院蜿蜒而上，昨天蓋伊跟著侍者上樓時，隔著敞開的門口與窗口，他看到了一對正在打牌的日本夫婦、跪著禱告的女性、有人在桌邊寫信，還有人站在原地，散發出遭到囚禁的詭異氛圍。陽剛的陰鬱氣息與難以捕捉的超自然氣氛讓整個飯店顯得壓抑，只是蓋伊當下就喜歡上這個地方，但福克納夫婦與小安都揶揄過他的選擇。

他的廉價小房間位在建築後方角落，房裡塞滿漆成粉紅色與棕色的家具，床鋪像坍塌的蛋糕，浴室在走廊另一端。下方的庭院裡始終有滴水的聲音，偶爾出現的馬桶沖水聲則聽起來跟洪流沒兩樣。

從麗思酒店回來後，蓋伊將小安送他的手錶放在粉紅色床邊桌上，將皮夾、鑰匙放進滿是刮痕的棕色五斗櫃上，他在家裡也這樣放。他拿著墨西哥報紙與一本關於英式建築的書上床，感到心滿意足，這本書是他下午在阿拉米達書店找到的。在他二度栽進西班牙文後沒多久，他就向後躺在枕頭上，望著令人不快的房間，聽著整棟大樓各處傳來的人類活動聲響，窸窸窣窣的，好像老鼠發出來的聲音。真不曉得他喜歡這裡哪一點？沉浸在不堪、難過、不怎麼體面的生活中，這樣才能在工作上重拾奮鬥的力氣？或者，感覺在這裡才能逃避蜜莉安？相較於麗思酒店，想在這裡找到他更為困難。

隔天早上，小安打電話來，說收到一封給他的電報。「我碰巧聽說他們想聯絡你，他們都要放棄了呢。」她說。

「小安，可以麻煩妳念電報的內容給我聽嗎？」

小安說：「『蜜莉安昨天流產了。人很難過，吵著要見你。可以請你回家嗎？媽媽』。噢，蓋伊！」

他忽然覺得厭煩，便咕噥著說：「她自找的。」

「蓋伊，你又不清楚實際的狀況。」

「我很清楚。」

「你不覺得你該去見她嗎？」

他緊握著話筒。「我會想辦法挽回帕米拉的案子。這封電報何時寄的？」他問。

「九號星期二下午四點傳的。」

他發了一封電報給布魯哈特先生，詢問對方他能否再次考慮那份工作。他心想，當然可以，但這會顯得他蠢得要死。都是因為蜜莉安。他也寫信給蜜莉安：

我們的計畫就此改變。無論妳有什麼盤算，我決定現在就要離婚。過幾天我會抵達德州。希望居時妳身體已經好多了，若妳狀況依舊很差，我一個人也能辦理必要的手續。

再次希望妳早日恢復。

週日前都會在這個地址。

蓋伊

他用限時的航空郵件寄出。

之後他打電話給小安。他晚上想帶她去城裡最好的餐廳用餐。他想先從品嘗麗思酒店酒吧裡的異國雞尾酒開始，全部都要喝過一遍。

「你真的很高興？」小安笑著問，彷彿不太相信他。

「高興，但也很奇怪。Muy extranjero（很陌生）＊。」

「為什麼？」

「因為我覺得那不是注定的，我覺得那不是我的宿命。我指的是帕米拉。」

「我深信不疑。」

「噢，妳深信不疑！」

「不然你覺得我昨天為什麼對你發脾氣？」

他並不期待收到蜜莉安的回覆，但週五早上，他跟小安在索奇米爾科的時候，忽然有股衝動，想要打電話去他下榻的飯店，看看有沒有收到什麼訊息。的確有封電報。才說了他晚點去拿，但他已經迫不及待，一回到墨西哥市，他就在索卡洛的藥局再次致電飯店。蒙地卡羅飯店的工作人員將電報內容讀給他聽：「需要先與你談談。請快點回來。獻上愛意，蜜莉安。」

蓋伊將電報內容複誦給小安聽，之後又說：「她肯定會搞得天翻地覆。我相信那個男人不打算娶她了。他是有老婆的人。」

「噢。」

他們行進時，他瞥了她幾眼，想要說點什麼，感謝她對他的耐心，容忍蜜莉安以及一切狀況。「我們忘了這件事吧。」他笑了笑，加快了腳步。

「你想現在動身嗎？」

「當然不想！也許等到禮拜一或禮拜二吧？我想跟妳多相處幾天。如果按照先前的日程安

＊西班牙語。

排，我一週後才要去佛羅里達。」

「蜜莉安現在不會纏著你了，對嗎？」

「下禮拜的這個時刻，她就沒有辦法拿我怎麼樣了。」蓋伊說。

10

位在聖塔菲的拉芳達飯店裡，梳妝檯前的艾珥希．布魯諾用乾淨的紙巾將臉上的乾性肌膚專用晚霜給擦掉。她靠向鏡子，時不時用又大又空洞的藍色雙眼檢視起眼皮下方密密麻麻的細紋，以及從鼻翼下方延伸出來的法令紋。雖然她的下巴有點內縮，但她下半部的臉往外凸，讓她豐厚的雙唇往前翹，看起來臉型與布魯諾截然不同。她心想，當她坐在梳妝檯前的時候，全世界只有聖塔菲這個地方能夠讓她看清臉上的法令紋。

「這裡的光線就跟X光沒兩樣。」她對兒子說。

布魯諾穿著睡衣，癱坐在生皮製成的椅子上，浮腫的眼睛瞥了窗戶一眼。他累壞了，沒辦法放下窗簾。「媽，妳看起來很美。」他用沙啞的嗓音說。玻璃杯的水擱在胸口，他低頭湊上去，若有所思地皺起眉頭。

這個概念無比清晰又接近，在他腦中已經打轉了好幾天，彷彿一顆巨大的核桃，捧在松鼠虛弱又緊張不安的雙掌中。他母親出城後，他打算撬開這個念頭，開始認真思考。他打算啟程幹掉蜜莉安。時機成熟，就是現在。蓋伊此刻有這個需要。也許再過幾天，甚至一週，棕櫚灘的工作就來不及了，但他不會錯過這個機會。

艾珥希心想，她的臉在聖塔菲這幾天變得圓潤多了。從鼻子小小的三角地帶就看得出來她的臉飽滿了不少。她對自己微笑，掩飾法令紋，揚起長了捲捲金髮的頭，眨了幾下眼睛。

「小查，我今早該去買那條銀製腰帶嗎？」她問，稀鬆平常的語氣像是在自言自語。那條腰帶價值約莫兩百五十美元，但山謬還會再匯一千元到加州去。那條腰帶真的很漂亮，在紐約可找不到。畢竟聖塔菲最出名的就是銀礦了嘛。

「他還有什麼長處？」布魯諾嘟囔起來。

艾珥希拿起浴帽，轉身走向他，臉上還掛著一成不變的燦爛笑容。「親愛的。」她哄起他來。

「嗯哼？」

「我不在的時候，你不會幹什麼傻事吧？」

「才不會呢，媽。」

她將浴帽戴在頭上，看著自己細長的紅色指甲，然後伸手拿起銼刀。當然啦，弗雷德．懷利會樂意替她出錢買下那條腰帶，他大概會買個糟糕又貴上兩倍的東西跟到車站去，但她可不希望弗雷德跟去加州。只要稍加鼓勵，他就會陪她前往加州。還是讓他在車站發誓永遠愛她，掉幾滴眼淚，然後直接回到他老婆身邊比較好。

「不得不說，昨晚真的很有意思。」艾珥希繼續說。「弗雷德先注意到的。」她大笑出聲，然後銼刀飛快地摩擦起來，看都看不清楚。

布魯諾冷冷地說：「跟我一點關係也沒有。」

「對啦，親愛的，跟你一點關係也沒有！」

布魯諾撇撇嘴。凌晨四點，他母親歇斯底里地叫醒他，說廣場上有一頭死牛。一頭公牛坐在長椅上，戴著帽子，穿了外套，讀起報紙。典型的威爾森學院派惡作劇。布魯諾很清楚，威爾森今天會大肆吹噓，直到他想出更蠢的點子來。昨晚在飯店的拉普拉西塔酒吧裡，他策劃了一場謀殺，而威爾森卻在打扮一頭死牛。威爾森誇口說起去戰地打仗的故事時，他都說自己沒殺過人，連日本人都沒有。布魯諾闔上雙眼，滿意地回想起昨晚的情景。約莫十點，弗雷德．懷利與一群禿頭男子醉醺醺地闖進拉普拉西塔，很像是歌舞音樂劇裡的單身光棍，一行人要來接他母親去參加一個舞會。布魯諾也受邀了，但他告訴母親他跟威爾森有約了，因為他需要時間好好思考。而昨晚他決定了，就這麼幹。上週六與蓋伊交談時，他就在想這件事，現在又是週六，明天不動手就不用動手了，因為他媽明天就要動身去加州。他辦得到嗎？這個問題讓他厭煩。這個問題糾纏他多久了？遠比他想像的還久。他**覺得**自己辦得到。某種感受告訴他，現在是時機、狀況、因果關係發展到最成熟的時刻。純粹的謀殺，不帶任何私人動機！他不覺得蓋伊謀殺他的父親算是動機，因為他實在不指望對方動手。也許可以說服蓋伊，也許辦不到。重點在於，現在就是行動的好時機，因為場景實在太完美了。布魯諾昨晚又打電話去蓋伊家，確保他還在墨西哥。蓋伊的母親說，他週日就去墨西哥了。

一種像是拇指抵住喉嚨下方的感覺襲來，害得他扯開領口，但他的睡衣外套其實是敞開的。布魯諾開始恍惚地扣起衣服的鈕扣。

「你不會改變主意跟我一起去嗎？」他母親起身。「如果你願意一起去，那我就去雷諾。海倫在那裡，喬治．甘迺迪也是。」

「媽，我想在雷諾見到妳的理由只有一個。」

「小查——」她將頭擺到一邊，又轉回來。「有點耐心吧？若不是因為山謬，我們也不會在這裡，對吧？」

「我們當然會在這裡。」

她嘆了口氣。「你不打算改變主意嗎？」

「我在這裡玩得可開心了。」他沒好氣地說。

她又望向自己的指甲。「我只聽說你有多無聊。」

「那是因為跟威爾森在一起。我不會再與他見面了。」

「你該不會自己跑回紐約吧？」

「我回紐約幹嘛？」

「如果你今年又一敗塗地，外婆會很失望。」

「我什麼時候一敗塗地過？」布魯諾無力地開起玩笑，忽然間覺得噁心得要死，卻又噁心到吐不出來。他認得這種感覺，只存在一分鐘，但他心想，天啊，只希望火車出發前沒時間吃早餐，千萬別讓她說出「早餐」這兩個字。他渾身僵硬，肌肉動彈不得，只能透過張開的雙唇微微喘息。他閉上一隻眼睛，看著母親穿著淺藍色的絲質睡袍朝他走來，一手扠在腰上，裝作精明，但實際上並非如此，因為她的眼睛太圓了。而且她臉上還掛著笑容。

「你跟威爾森打算搞什麼把戲？」

「那個無賴？」

她坐在他的椅子扶手上，輕輕搖晃他的肩膀，說：「別因為他搶走了你的風頭，就幹出什麼可怕的事情來，親愛的，因為我現在沒有錢可以回頭替你收拾爛攤子。」

「跟他開口要多一點，也幫我弄個一千元來。」

「親愛的。」她用冰涼的手背貼著他的額頭，說：「我會想你的。」

「我大概後天就會到了。」

「我們去加州玩個開心吧。」

「當然。」

「你今早怎麼這麼嚴肅？」

「媽，我沒有。」

她理了理披掛在他額頭上的稀疏頭髮，接著走進浴室。

布魯諾跳起身，對著隆隆的水流聲說：「媽，我有錢可以應付這裡的帳單！」

「我的天使，你說什麼？」

他靠上前，又說了一次，接著倒回椅子上，因為費勁而疲憊不堪。他不希望母親知道他打長途電話去梅特卡夫。若她不知道，那一切都能順利運作下去。他媽其實不太在意布魯諾是否留在聖塔菲，真的不太在乎。她會在火車上還是哪裡與這個混蛋弗雷德見面嗎？布魯諾拖著身子起來，對這個弗雷德・懷利的敵意油然而生。他想告訴母親，他之所以繼續留在聖塔菲是為了幹一件生命中的大事。倘若母親知曉這代表什麼，她就不會任由水流嘩啦啦的，不仔細聽他說話。他會這麼說：媽，我們的生命馬上就會否極泰來，因為除掉船長的計畫就要啟動了。無論蓋伊是否履行他的那一份協議，只要布魯諾成功解決掉蜜莉安，他至少就能證明自己的觀點。這是完美的謀殺。有朝一日，另一個此刻他還不認識的人會出現，然後又能達成某種協議。布魯諾忽然痛苦地將下巴緊壓在胸口。他怎麼能告訴母親這種事？謀殺與他母親完全是格格不入的兩個概念。她會說：「太可怕了！」他用遠眺、受傷的神情望向浴室的門。忽然想到，他不能與任何人談論這件事，只能跟蓋伊說。他又坐了下去。

「瞌睡蟲！」

母親拍了拍手，布魯諾眨了眨眼睛。他面露微笑，呆呆地看著母親拉緊絲襪時屈起雙腿，此刻他才悃悵地反應過來，下次再見到這個景象前，他會經歷多少事情。她雙腿纖細的線條總會振奮他的心情，讓他覺得驕傲。母親的腿是他見過最美的一雙腿，無論幾歲的人都比不上。齊格飛*看中了她，齊格飛難道會看錯人嗎？但她又因為結婚，回到了原本逃離的那種生活。布魯諾馬上就會解放她了，但她還不知道這點。

「別忘了把**那個**寄出去。」他母親說。

布魯諾面露難色地看著兩隻朝他倒去的響尾蛇。這是他們為船長買的領帶架，由交錯的牛角材質製成，上方有兩條小響尾蛇標本，隔著鏡子對彼此吐出蛇信。船長討厭領帶架，討厭蛇、狗、貓、鳥，天底下就沒有他不討厭的東西。他也會討厭這俗氣的領帶架，這正是布魯諾說服母親將東西送給他的原因。布魯諾看著領帶架，露出充滿好感的微笑。他沒有花費太多唇舌就說服母親買下。

＊佛羅倫茲．齊格飛二世（Florenz Ziegfeld Jr.），二十世紀初美國著名百老匯製作人，曾挖掘過無數明星。創辦「齊格飛富麗秀」（Ziegfeld Follies），團中有許多光鮮亮麗的漂亮女郎，稱為齊格飛女郎。

11

可惡的卵石讓他絆了一跤，他裝模作樣地爬起身來，將襯衫好好紮進褲子裡。所幸他暈倒在暗巷裡，而不是街道上，不然警察可能會逮捕他，他就會錯過火車了。他停下腳步，七手八腳翻找起皮夾，比先前還慌忙，因為他想確認皮夾到底還在不在。他的手顫抖得很嚴重，差點就看不清車票上的「早上十點二十分出發」字樣。根據不同的時鐘看來，現在才八點十分。今天是星期天？今天當然是星期天，因為印第安人的襯衫都乾乾淨淨的。他留意威爾森有沒有出現，但他昨天一整天都沒見到對方，應該不可能現在冒出來。他不希望威爾森知道他要出城。

他眼前的廣場讓空間開闊起來，滿滿的雞與小朋友，還有平常的老人家，他們把松子當早餐。他站直身子，清點起州長官邸的柱子有沒有十七根，他還能數到十七。只不過，他已經熟到不適合用數柱子來當清醒與否的評估標準了。除了嚴重宿醉之外，睡在卵石街道上也讓他渾身痠痛。他不禁想著，他怎麼會喝這麼多？眼淚差點流出來。不過，他落單了，他獨自一人的時候就是會喝得比較多。是這樣嗎？哎啊，誰在乎啊？他昨晚收看電視上的沙狐球*遊戲時，看到很棒、很有力量的一句話：「醉眼看世界，美妙不停歇。」世間萬物本該透過醉眼來觀察。當下肯定不是好好欣賞世界的狀態，因為他只要一轉動眼珠，就頭痛欲裂。昨晚，他想慶祝自己在聖塔菲度過的最後一夜。今天，他就會去梅特卡夫，他得機警點。不過，只要幾杯酒就能治好宿醉，這點他還不清楚嗎？他心想，宿醉也許會有幫助，因為他宿醉時，行動速度會放慢，會更謹慎一點。不過呢，他還是一點計畫也沒有，完全沒有。他可以在火車上好好規劃。

「有信嗎？」他不帶感情地問起櫃檯，但沒有信。

他鄭重地洗了個澡，點了熱茶跟要製作「草原牡蠣」†的生雞蛋，接著，他走向衣櫥，站在那裡好一會兒，思索著該穿什麼。為了紀念與蓋伊的情誼，他選了那套紅棕色的西裝。穿上後，他發現這身打扮比較低調，他很滿意自己大概是出於這種無意識的選擇而挑了這套西裝。他一口吞下「草原牡蠣」，順勢流進咽喉，他又活動起手臂，只是，忽然間，房內的印第安裝飾、古怪的錫製檯燈、掛在牆上垂下的長條裝飾都讓他受不了，他倉促地想收拾物品離開，過程中，他又開始渾身顫抖。他有什麼東西要收？他什麼也不需要啊。帶著寫了蜜莉安資訊的那張字條就

＊沙狐球（又稱沙壺球）是一種將圓盤狀的物體在長桌上滑行，爭取得分的遊戲。

†草原牡蠣（也稱草原雞尾酒）是一種美國的傳統飲料，由生雞蛋（通常只有蛋黃）、伍斯特醬、醋或辣醬、食鹽和黑胡椒粉組成。這種混合物號稱「經典宿醉解方」。

夠了。他從手提箱的後方內袋中取出紙張，塞進外套內袋裡。這個動作讓他覺得自己像生意人。他在胸膛的口袋塞了一條白色手帕，接著走出房間，鎖上門。他在想，他明晚就能回來，若他今晚動手，搭上臥鋪，那他就能提早抵達。

今晚！

他步行前往公車站時，實在不敢相信一切就要發生了，他要搭公車去拉米，也就是火車總站。他在想，他也許會興高采烈，或陰鬱寡言，但這兩種情緒都沒有出現。他忽然皺起眉頭，讓那張蒼白的臉與充滿陰霾的雙眼看起來更稚氣了些。是不是有什麼狀況最終會剝奪了其中的樂趣？會是什麼呢？只是，他所指望過的事物，最終都會因為某些狀況而變得無趣。他不許這次出現這種狀況。他逼著自己微笑。也許是宿醉讓他質疑起自己。他走進酒吧，向他認識的酒保買了一瓶七百五十毫升的酒，裝進他的隨身酒壺，然後又跟酒保要容量約莫四百七十毫升的酒瓶，想將剩下的酒倒進去。酒保找了找，發現沒有適合的瓶子。

到了拉米，布魯諾前往車站，身上有紙袋裝著的半瓶酒，一把武器也沒有。他提醒自己，他還沒計畫好，但嚴密繁複的計畫不代表謀殺就會成功。目睹了——

「嘿，小查！你要去哪？」

是威爾森，還有一大票人。布魯諾逼著自己朝他們走去，同時厭倦地搖搖頭。他心想，他們大概剛下火車，看起來疲憊又不堪。

「你這兩天跑哪去了？」布魯諾問威爾森。

「拉斯維加斯。人都到了，我才曉得我去了拉斯維加斯，不然我就找你一起去了。這位是喬・漢諾威。我跟你提過的。」

「嗨呦，喬。」

「你怎麼這麼無精打采的？」威爾森說著就友善地推了他一把。

「噢，小查宿醉啦！」一個女孩高聲地說，她的嗓音聽起來像腳踏車鈴聲一樣尖銳。

「小查・宿醉（Charley Hangover），在下喬・漢諾威（Joe Hanover）！」喬・漢諾威笑得幾乎抽搐。

「哈、哈。」布魯諾輕輕將手臂從脖子上掛著花環的女孩懷裡抽開。「哎啊，我得上這班車。」他的火車到了。

「**你**要去哪裡？」威爾森問，左右皺起的黑色眉毛都要碰在一起了。

「我去了奧克拉荷馬州的淘沙市見個人。」布魯諾咕噥著說，意識到自己講話語無倫次，心想著他必須**現在**就離開。無力感讓他想哭，想要一拳砸在威爾森骯髒的紅色襯衫上。

威爾森做出類似擦黑板的動作，彷彿要把布魯諾抹掉一樣。「淘沙市！」

布魯諾努力地緩緩擠出微笑，並做出同樣的動作，隨即轉身離開。他持續前進，想著他們會追上來，但是沒有。到了火車旁，他轉頭看到那票人像是某種滾滾移動的物體，離開陽光，走進車站屋頂下的陰暗處。他蹙眉看著他們，想著這群人這麼親密的模樣，肯定沒好事。他們有沒有起疑？他們會在他背後竊竊私語嗎？他漫不經心地上了車，還沒找到座位，火車就開動了。

當他從午覺中醒來時，景色已經不同。火車滑順疾駛過涼爽的黛青色山地。深綠色的峽谷陰影不斷。天空灰茫茫的。開有空調的車廂與窗外看起來冷冽的景象令人舒暢，彷彿是冰袋一樣。而他餓了。他在餐車點了美味的午餐，有羊排、薯條、沙拉，還有現烤的蜜桃派，他用兩杯威士忌蘇打水佐餐，接著他漫步走回座位，身心舒暢得猶如百萬富翁。

一種對他來說陌生又甘甜的使命感，在巨大洪流中引領他前進。光是望向窗外，他就感覺到心靈與眼睛的協調，這是不同以往的感受。他逐漸理解他打算做的是什麼樣的行為。他正要去執行一場謀殺，不只是為了滿足多年來的欲想，更是為了朋友好。能夠為朋友出一份力，布魯諾覺得非常歡喜。而且受害者也是活該。想想，其他男性沒機會認識她了，他能拯救多少好男人啊？覺得自己背負著重大使命，這種想法在他腦海中閃耀不已，他一度覺得自己徹底陶醉了，逍遙得不得了。原本渙散的精力彷彿是氾濫的大河，淹過他正穿越的艾斯塔卡多平原，水流平緩又無趣，現在，水流似乎匯流成漩渦，直指梅特卡夫，簡直是突飛猛進的火車。他坐在座位邊緣，希望蓋伊坐在對面。不過，蓋伊可能會想阻止他，他很清楚，蓋伊無法理解他有多想執行這個計畫，或是，這件事多麼易如反掌。不過，看在老天的份上，蓋伊應該能夠理解這麼做利大於弊吧？布魯諾將光滑、堅硬得像橡膠般的拳頭抵在掌心磨蹭，只希望火車能開得更快一點。他全身每一束細小的肌肉都微微顫抖起來。

他拿出寫了蜜莉安資訊的字條，攤平放在他面前的空位上，仔細研究起來。蜜莉安·喬伊斯·海恩斯，約莫二十二歲。他的手寫墨水字跡精確又清晰，因為這是他抄寫的第三張紙。非常漂亮。紅髮。有點豐滿，不是很高。大概看得出懷孕一個月。愛社交、聒噪。大概喜歡俗豔的打扮。應該是短鬈髮，也許是燙捲的長髮。實在沒有多少資訊，但他盡力了。至少紅髮算是好事一樁。他在想，他今晚真的能夠動手嗎？這取決於他是否能夠立刻鎖定她。他也許要造訪所有姓喬伊斯與海恩斯的人。他覺得她應該住在娘家。看到她，他就確定自己認得出來。那個小婊子！他已經恨死她了。想到自己會當場看到她、認出她來，這種期待讓他的雙腳在車廂地板上一蹬。走道上人來人往，但布魯諾始終沒有從紙張上抬起頭來。

蓋伊的聲音傳來：**她懷孕了**。可惡的小蕩婦！到處與人上床的女人讓他憤怒，讓他噁心，就跟他父親過去的多位情婦一樣，這些女人將他的學校假期變成噩夢，因為他不曉得母親究竟是知情，卻假裝一副幸福快樂的模樣，還是她根本就被蒙在鼓裡。他努力回想他與蓋伊在火車上交流的每一句話。這樣就能拉近蓋伊與他的距離。他心想，天底下不會有人比蓋伊更優秀了。他努力贏得了棕櫚灘的工作機會，值得守住這份案子。布魯諾希望自己能夠親口告訴蓋伊，他保住了這份工作。

布魯諾終於將紙張塞回口袋裡，向後靠在椅背上，一條腿舒適地翹著，雙手交疊在膝蓋上，這時，任何一個看到他的人，都會認為他是一位負責又品格優秀的年輕人，大好前程應該就在眼前。說真的，他沒有散發出健康的粉潤膚色，但他反映出的是罕見的沉著與內在的歡愉，這種態度在布魯諾臉上更是從來沒出現過。他的人生到此刻前都沒有出路，探尋不到方向，尋覓不著意義。危機是出現過，他喜歡危機，曾與夥伴、父母間搞出幾次危機，但他總會及時脫身，避免牽連進去。這是因為他發現自己偶爾會無法展現出同理心，就算是父親傷害母親的時候，因此母親覺得他內心有部分相當冷血，父親與其他人則相信他薄情寡義。然而，只要想像某個陌生人冰冷的態度，或是在寂寞的日暮時分，他打電話找朋友，對方卻不能或無法跟他一起共度夜晚，就足以使他陷入悶悶不樂的憂愁之中。不過，只有他母親曉得這種事。他及時從危機中脫身，因為他發現剝奪自己的興奮感也能帶來樂趣。許久以來，他在尋找生命意義的道路上挫折連連，他想採取某些能夠賦予意義的行為，但渴望始終模糊不明，因此他逐漸喜歡上挫敗的感覺，如同習慣追尋單相思的戀人一樣。他從來沒有體驗過，完成一件事後的甜美成就感。他總覺得具備方向與希冀的征途從一開始就令人氣餒，根本無力去嘗試。只不過，再活一天的力量還是存在。話雖如此，他完全不懼怕死亡。死亡只是另一場還沒踏上的冒險罷了。如果遇上什麼危險，那樣更好。他心想，最接近死亡的時刻就是他矇著眼睛開跑車那次，在筆直的道路上，油門踩到底。他沒有聽到朋友象徵停下的槍聲，因為他髖骨骨折，並在水溝中昏迷過去。有時，他太無聊，考慮起充滿戲劇效果的自殺手法。他從來沒有想過，無懼無畏面對死亡算是一種勇敢的表現，他聽天由命的屈服態度就跟印度的某些導師尊者一樣，也不覺得自殺需要某種特別喪志的膽量。這種膽量，布魯諾一直都有。考慮過自殺這種事讓他覺得有點羞愧，因為自殺這麼明顯又沒意思。

此刻在前往梅特卡夫的火車上，他忽然找到了方向。自從他兒時，父母帶他去加拿大之後，他就沒有感受過這種生命力與真實感，覺得自己跟其他人沒有兩樣，他記得，那次旅程也是搭火車出發。他相信魁北克滿是他能探索的城堡，但那裡沒有城堡，甚至沒有時間去尋找城堡是否存在，因為他奶奶生命垂危，這才是他們去魁北克的原因，之後他就對任何旅行的目的興趣缺缺。不過，這次他倒是很有信心。

抵達梅特卡夫後，他隨即找了一本電話簿，搜尋起姓海恩斯的人。眉頭糾結著研究名單時，他幾乎沒有注意到蓋伊的地址。蜜莉安・海恩斯這個名字沒有登記，他原本也不期待就是了。共有七人姓喬伊斯。布魯諾將他們的資訊抄寫在紙張上。有三人住在木蘭街一二三五號，其中一人登記為「M・J・喬伊斯太太」。布魯諾一邊思考，一邊用尖尖的舌頭舔起上唇。這肯定是正確的方向。說不定她媽也叫蜜莉安。從他們居住的環境就可以看出許多事了。他覺得蜜莉安不會住在多高級的社區裡。他連忙跑向停在路邊的黃色計程車。

12

快九點了。漫長的暮色陡然滑進夜空深處，住宅區裡看起來不太牢固的木屋多是黑的，只有偶爾出現在前門門廊的亮光，有人坐在鞦韆吊椅或大門階梯上。

「我在這下車，到這邊就好。」布魯諾對司機說。木蘭街與學院大道，一千多號的房子就在這一區。他開始步行。

站在人行道上的小女孩盯著他看。

「嗨呀。」布魯諾說，好像是緊張地要她讓開一樣。

「哈囉。」小女孩說。

布魯諾望向亮著的門廊，肥胖的男人在搧風，兩個女人坐在吊椅上。他要麼就是醉得超乎想像，要麼就是真的走運了，因為他忽然覺得一二三五號就在附近。這個社區太符合他對蜜莉安住處的想像了。若他猜錯，他還可以去找別的地方。名單就在他的口袋裡。門廊上的扇子提醒他天氣很熱，畢竟他從傍晚開始，整個人的體溫就跟發燒一樣。他停下腳步，點燃香菸，很高興手不抖了。午餐後喝的半瓶酒治好了他的宿醉，讓他處在放慢速度的微醺狀態。周遭都是蟋蟀的聲音。太靜謐了，他聽得到兩個街廓外汽車換檔的聲響。幾個年輕人走到街角，布魯諾的心臟驚跳起來，想著其中可能會有蓋伊，但他們都不是蓋伊。

「你這個老混蛋！」一個人說。

「見他媽鬼，我跟她說，我才不會跟占兄弟便宜的人鬼混呢……」

布魯諾不屑地望著他們離去的背影。他們講的話聽起來像是另一種語言。一點也不像蓋伊的談吐。

布魯諾在某些房子外頭沒有看到門牌號碼。如果他找不到一二三五號怎麼辦？不過，抵達時，金屬材質的一二三五這個數字就清清楚楚地掛在門廊上。看到這棟屋子讓他心中緩緩浮現愉悅的興奮感。他心想，蓋伊肯定經常跳上這段臺階，光是想到這點就讓這棟房子特別了起來。這棟屋子與附近其他房子一樣小小的，但黃棕色的護牆板真的需要好好上點漆了。旁邊有車道，草坪很凌亂，路邊還停了一輛老舊的雪佛蘭轎車。樓下窗戶透出亮光，樓上後方角落也有光，布魯諾覺得那大概是蜜莉安的房間。不過，他為什麼**不清楚**呢？也許真是蓋伊沒有透露足夠資訊！

布魯諾緊張地過了馬路，稍微沿著原路往回走一點。他停下腳步，轉過身去，咬著嘴唇看著那棟屋子。沒看見人影，門廊只開了角落的一盞小燈。他分不清收音機微弱的聲音來自蜜莉安她家，還是隔壁房子。隔壁房子一樓有兩扇透著光的窗戶。他大可沿著車道上去，到一二三五號後方看看。

隔壁的門廊燈亮起時，布魯諾警覺地瞥了過去。一男一女走出來，女人坐在吊椅上，男人步行出門。布魯諾向後退到外凸車庫門口的隱蔽角落裡。

「唐恩，沒有蜜桃，那就買開心果。」布魯諾聽到女人喊著說。

「那我要香草。」布魯諾咕噥起來，從隨身酒壺裡喝了一口。

他不解地望向黃棕色的房子，縮起一隻腳，身子靠在牆邊，他感覺到硬硬的東西貼著他的大腿，這是他在大泉鎮的車站買的獵刀，附刀鞘，刀刃十五公分長。如果不是必要，他不會想用刀。刀子讓他覺得噁心。手槍又有聲音。他能怎麼辦？親眼見到她就會有主意了，會嗎？他以為看到她家就會有靈感，他覺得這裡就是她住的地方，但靈感還沒出現。難道這意味著他找錯了地方？會不會在他還沒搞清楚之前，就因為鬼鬼祟祟的行跡被人趕跑？蓋伊沒有透露多少資訊，真的沒有！他又迅速灌了一口酒。絕對不能擔心，那樣只會搞砸一切！他忽然腿軟。在大腿上抹了抹汗溼的雙手，顫抖的舌頭舔溼嘴唇。他從胸膛口袋抽出字條，上頭寫著多個姓喬伊斯之人的地址，他斜斜拿著，對著街燈。他還是看不清楚上頭的文字。他該離開，試試其他地址嗎？也許晚點再回來？

他可以等上十五分鐘，也許半小時也行。

在火車上的時候，在戶外攻擊她的念頭就已深植於腦海中，因此他所有的構想都基於簡單的實際接觸之上。舉例來說，街道相當昏暗，樹下更是一片漆黑。他想要徒手行凶，或用物品砸破她的腦袋。他沒有注意到自己有多興奮，直到他感覺身子開始隨著他的思緒產生動作，他想像起自己攻擊她時，需要左右跳動。他時不時想到事情完成後，蓋伊會有多高興。蜜莉安成為一件又小又硬的物體。

他聽到男人講話的聲音，然後是笑聲，他很確定聲音來自一二三五號樓上亮著的房間，接著是女孩帶著笑意地說：「好了啦？拜託，求求你啦？」也許是蜜莉安，幼稚又纖細的聲音，但不知為何，同時也相當有力量。

燈光熄滅，布魯諾的雙眼依舊盯著黑暗的窗口。門廊小燈隨即亮起，兩男一女（**蜜莉安**）走了出來。布魯諾屏住呼吸，雙腳穩穩踩在地上。他看到她的紅髮。大塊頭男人也是紅髮，大概是她的哥哥。布魯諾的雙眼立刻捕捉到了各種細節，她矮胖的身材、平底鞋，還有她愜意地轉頭望向另一個男人。

「迪克，我們該去找她嗎？」她用那纖細的嗓音問。「有點晚了。」

屋前窗口的百葉窗拉起一角，一個聲音說：「親愛的？別在外頭待太晚！」

「媽，不會啦。」

他們要開停在路邊的車子出門。

布魯諾消失進街角，尋找起計程車。在這鳥不生蛋的鬼地方，看看招不招得到！他奔跑起來。他已經好幾個月沒有跑步了，卻覺得自己跟運動員一樣健美精壯。

「計程車！」他甚至還沒看到車，但他後來看到一輛，便跳上去。

他請司機迴轉，來到木蘭街，朝雪佛蘭剛剛前進的方向行駛。雪佛蘭已經開走了。夜幕籠罩。他在遠方樹下看到一抹紅色的車尾燈閃過。

「繼續前進！」

當車尾燈因為紅燈停下時，計程車拉近了一點距離，布魯諾看到那正是雪佛蘭的車燈，他暗自鬆了口氣，放鬆繃緊的神經。

「你要去哪？」司機問。

「繼續前進！」接著雪佛蘭轉進一條大道。「這邊右轉。」他在椅墊上如坐針氈。他望向路邊，看到「克羅基特大道」的路牌。他聽說過梅特卡夫的克羅基特大道，是又寬又長的街道。

「你想找的人叫什麼名字？也許我認識。」司機開口。

「等一下、等一下。」布魯諾無意識地表演起另一個人格，假裝翻找塞在內袋裡的紙張，其中包含蜜莉安的資訊。他忽然覺得很好笑、很安全，便竊喜起來。現在他成了外地來的傻子，連自己目的地的地址都不知道放哪兒去了。他低下頭，這樣司機才不會看到他在笑，還順手拿起他的隨身酒壺。

「要開燈嗎？」

「不、不，謝謝你。」他喝下炙熱灼喉的一口。接著雪佛蘭倒車進大道，布魯諾要司機繼續前進。

「去哪？」

「閉嘴，繼續開就是了！」布魯諾高喊，焦慮感充斥著尖細的假高音。

駕駛搖搖頭，嘖了一聲。布魯諾氣呼呼的，但至少還看得到雪佛蘭。布魯諾覺得他們也許永遠不會停車了，而克羅基特大道也可以貫穿整個德州吧。布魯諾兩次跟丟又追上了雪佛蘭。他們經過路邊攤販、汽車電影院，接著兩旁都是漆黑一片。布魯諾開始擔心。他可不能一路尾隨他們出城，或是跟上鄉間道路。此時大大的亮燈拱門出現在道路上方，上頭的告示寫著「歡迎蒞臨梅特卡夫的歡樂國度」，雪佛蘭進了拱門，朝停車場前進。前方樹林裡有各種燈光，還有旋轉木馬的歡快樂曲。遊樂園！布魯諾的心情雀躍起來。

「四塊錢。」司機沒好氣地說，布魯諾直接朝前座窗戶塞了五塊錢。

他在後方徘徊，等到蜜莉安與其他兩個人及他們剛搭訕的女孩一起穿過旋轉門後，他才跟上。在燈光下，他睜大雙眼，好好看清蜜莉安。她帶有女子大學生的可愛圓潤，但布魯諾認為她只能算二流貨色。紅襪搭紅色涼鞋的組合讓他看了就生氣。蓋伊怎麼能跟這種女人結婚？接著他稍微止步，站在原地，發現她沒懷孕！他不解地眯起雙眼。為什麼一開始沒注意到？也許現在還看不出來？他用力咬起下唇。可是考慮到她這麼豐滿，肚子卻比正常體態還要平坦。說不定她是蜜莉安的姊妹？或者，也許她墮胎了？可能流產了？「流什麼產」小姐，**別來無恙**？姊妹，搖擺吧！緊緊的灰色裙子底下是豐腴的屁股。他亦步亦趨緩緩跟著他們，彷彿是受到磁力的吸引一樣。蓋伊說她懷孕是騙人的？但蓋伊不可能撒謊。布魯諾的腦中充滿各種矛盾。他歪著頭盯著蜜莉安。在他還沒有細究前，一個念頭串連起了整件事：如果孩子出了什麼事，那他就更有理由幹掉她，因為蓋伊就無法成功離婚了。舉例來說，她去墮胎，所以此刻才能四處逍遙。

她站在雜耍表演前方，一位吉普賽女子正將物品放進大大的金魚缸裡。另一個女孩看著就笑了起來，整個人靠在紅髮男子身上。

「蜜莉安！」

布魯諾跳了起來。

「噢，太棒了！」蜜莉安跑向卡士達冰淇淋的攤位。

每個人都買了卡士達冰淇淋。布魯諾等得無聊，便面露微笑，抬頭望向摩天輪的弧形燈光，以及在黑色夜空裡，坐在上方小小座椅裡擺盪的人。他看到光線映照在遠處樹林後方的水面上。這座遊樂園真的很不錯。他想去搭摩天輪，他覺得心情好極了。他要慢慢來，不要太激動。旋轉木馬播放起「凱西與金紅頭髮女孩跳華爾滋……」他笑了笑，轉頭望向蜜莉安的紅髮，他們目光交錯，但她隨即將視線移開，他很確定她沒有注意到他，但之後絕對不能跟她對望。湧上心頭的焦慮讓他竊笑起來。他心想，蜜莉安看起來一點也不精明嘛，這點也讓他覺得好笑。他可以理解為什麼蓋伊會厭惡她。他整個人也恨透她了！說不定懷孕的事是她騙蓋伊的。而蓋伊自己這麼正直，就傻傻相信了她。真是個婊子！

一行人拿著卡士達冰淇淋離開，他放開先前在氣球攤販箱子裡把玩的燕尾玩具鳥，轉身買了一隻亮黃色的。這讓他彷彿回到童年，揮舞著玩具的小棍子，聽著尾巴發出咻咻咻的聲響。

一個小男孩與他的父母經過，孩子伸手要抓這隻小鳥，布魯諾一衝動差點把它送出去，但他最後忍住了。

蜜莉安與她的朋友進入摩天輪下方的明亮區域，這邊有許多攤販和餘興節目。他們上方的雲霄飛車跟機關槍一樣，發出噠噠噠噠的聲音。「鏘」的一聲，有人怒吼，一鎚就將紅色的箭頭鎚到頂端。布魯諾心想，他不介意用大榔頭敲死蜜莉安。他檢視起蜜莉安與其他三人，看看他們有沒有注意到他，他相信完全沒有。如果他今晚不動手，那他肯定不能讓對方注意到他。只是，他很肯定自己今晚就會動手。會發生什麼事件讓他有機可趁。今晚是屬於他的夜。夜晚涼風輕拂，彷彿是他能嬉戲在其中的液體。他大動作地揮舞起小鳥玩具。他喜歡德州，這裡是蓋伊的家鄉！每個人都看起來很開心，活力充沛。他從隨身酒壺裡喝了一大口酒，讓蜜莉安一行人走進人群之中。接著他再邁著步子跟上。

他們抬頭望向摩天輪，他希望他們上去搭一趟。布魯諾欽佩地望著摩天輪，心想：德州的東西都做得好大啊。他這輩子沒有見過這麼巨大的摩天輪。中央還有一枚閃著藍光的五角星。

「勞夫，覺得如何？」蜜莉安高呼，將最後一口卡士達冰淇淋甜筒塞入口中，雙手捧著自己的臉。

「噢，那不好玩。旋轉木馬怎麼樣？」

他們朝旋轉木馬前進，整個設施看起來像黑暗森林裡的明亮城市，一根一根鍍鎳柱子上擠著斑馬、駿馬、長頸鹿、公牛、駱駝，這些動物不是向上仰頭，就是向下俯衝，有些頸子在平臺上弓起來，停滯在跳躍或奔跑的模樣，彷彿迫不及待要讓人騎乘。布魯諾站定腳步，目眩神迷的他實在無法將目光從旋轉木馬上移開去觀察蜜莉安，而暗示著隨時會有動作的音樂則讓他感到酥酥麻麻的。他覺得他又要感受到遙遠童年時期那種美好的感覺，靠著蒸汽運作的管風琴發出酸澀空洞的聲響，來來回回不間斷的手搖風琴伴奏，鼓聲與鈸響的碰撞似乎就在他的彈指之間。

大家挑選起要騎乘的動物。蜜莉安跟她的朋友又在吃東西，蜜莉安將手伸進迪克替她拿的爆米花袋裡。真是一群豬！布魯諾也餓了。他買了一根法蘭克福熱狗，再度張望時，他們已經要搭上旋轉木馬了。他七手八腳掏出零錢，跑了過去。他跳上他想騎的那匹寶藍色駿馬，馬兒揚起頭，張著嘴，而且他運氣很好，蜜莉安與她的朋友一直在他前方的柱子附近穿梭，蜜莉安與迪克挑了布魯諾前方的長頸鹿與馬兒。今晚真是太走運了，他該去賭一場才是！

縈繞心頭的副歌
她會在你的腦海中展開一場……砰！馬拉松……砰！

布魯諾跟他母親都很愛這首〈樂曲般的漂亮女孩〉。音樂讓他縮起肚皮，挺直坐在馬背上。他踩在馬鐙上的雙腳歡快地擺動起來。他後腦被某個東西打到，他不滿地轉過頭，發現只是其他人在打鬧。

他們緩緩開始轉動，配上的是激進的〈華盛頓郵報進行曲〉。他的駿馬不斷上揚、上揚、上揚，蜜莉安在長頸鹿上卻不斷往下、往下、往下。旋轉木馬之外的世界在一片光影交錯的模糊中消失。布魯諾一手扯著韁繩，他在馬術課上就是這麼學的，另一隻手則將法蘭克福熱狗往嘴裡塞。

「呦吶！」紅髮男人高喊起來。

「咿吶！」布魯諾也喊回去。「我是德州人！」

「凱蒂？」蜜莉安向前靠在長頸鹿脖子上，她灰色的裙子貼在臀部，看起來渾圓又緊繃。

「看到那邊那個穿格子襯衫的傢伙嗎？」

布魯諾望過去，他看到穿格子襯衫的男人。布魯諾心想，這個人看起來有點像蓋伊呢，因為在想這件事，所以他沒聽到蜜莉安對那個男人的評價。在明亮的燈光下，他看清了蜜莉安臉上長滿雀斑。她看起來真的很討人厭，因此開始不想徒手碰觸她那柔軟溼熱的皮膚。哎啊，他還有那把刀。俐落的工具。

「俐落的工具！」布魯諾興高采烈地高喊，反正其他人也聽不到。他的馬兒在轉盤的外側，旁邊則是兩隻天鵝外型的半封閉雙人座位，沒有人搭乘。他朝雙人座吐痰，還將沒吃完的法蘭克福熱狗扔進去，並將手指上的芥末醬抹到馬兒的鬃毛上。

「凱西與金紅頭髮女孩跳華爾滋，樂團……演奏，噢！」蜜莉安的男伴激動地唱了起來。大家都唱和起來，布魯諾也加入他們的行列。整個旋轉木馬上的人都跟著唱。如果能來點酒就好了！大家都該來一杯！

「他頭暈腦脹，好像要爆炸。」布魯諾引吭高歌，嗓子都要啞了。「可憐的女孩嚇得瑟瑟發抖！」

「嗨，凱西！」蜜莉安對迪克撒嬌，還張開嘴巴接住他扔過來的爆米花。

「進球得分！」布魯諾大喊。

蜜莉安張著嘴巴，看起來又醜又蠢，彷彿是遭到勒斃一樣，臉色脹紅、浮腫。他實在無法繼續盯著她看，只能不懷好意地笑著將頭轉開。旋轉木馬逐漸放慢速度。他希望他們會留下來再坐一趟，但他們手牽著手朝著水邊閃爍的燈光走去。

布魯諾在樹下稍作停留，又從已經快空的隨身酒壺裡喝了一小口。

他們跑去划小艇了。想到能清涼地划船，布魯諾滿開心的。他也搭上一艘船。除了閃爍的燈光外，大大的湖面是一片漆黑，飄蕩小艇上的情侶都在卿卿我我。布魯諾與蜜莉安的小船拉近距離，他看到紅髮男人負責划船，蜜莉安與迪克則湊在後座，有說有笑的。布魯諾低頭用力划了三下，超越他們的船，然後任由船槳在水上拖曳。

「想去島上，還是想隨便逛逛？」紅髮男問道。

布魯諾任性地癱在座位的一側，等著他們做出決定。湖岸的隱密處有如小小的黑暗房間，他聽到那裡傳來的低語、笑聲及收音機微弱的聲音。他仰起酒壺，喝個精光。如果他大喊「蓋伊」會怎麼樣呢？如果蓋伊此刻看得到他，又會作何感想？說不定蓋伊與蜜莉安也來過這座湖約會，說不定搭乘的就是他的這艘船。他的雙手及小腿因為酒精而感覺到酥酥麻麻的。如果蜜莉安與他在同一艘船上，他會樂得把她的頭壓進水中。這裡伸手不見五指，一片漆黑，連月光也沒有。水流抵著他的船發出舔食的聲響。突如其來的不耐感讓布魯諾扭動起身子。蜜莉安船上傳來接吻的聲音，布魯諾也做出同樣的聲響，還配上愉悅的呻吟。他們肯定聽到了，因為他們爆笑出聲。

他等著他們把船划走，接著才不急不緩地跟上。黑色的龐然大物逐漸出現，偶爾在不同地方閃爍起火柴的火光。小島到了。看起來像戀人親熱的天堂。布魯諾咯咯笑著，心想，也許蜜莉安今晚也會找人親熱。

蜜莉安的船靠岸時，布魯諾又往另一邊划了幾公尺，然後他才爬上岸，將船頭壓在一小塊圓木頭上，這樣才能輕鬆區分他的船。他的內心再度湧現無比的使命感，比在火車上時更強烈、更急迫。才到梅特卡夫不到兩個小時，他就與她站在同一座小島上。隔著褲子，他大力按壓起他的刀子。如果他能讓她落單，用手摀住她的嘴巴……她會不會咬人啊？想到她溼溼的嘴巴貼上他的手，他就噁心地扭動起身子，坐立不安。

他從容跟上他們緩慢的步伐，前往樹林密集的崎嶇地區。

「我們不能坐在這裡，地上『斯答答』的。」名為凱蒂的女孩抱怨起來。

「如果妳要的話，『口』以坐在我的外套上。」一個小夥子說。

布魯諾心想，老天，南方口音聽起來也太蠢了吧！

「跟我的寶貝走在蜜月巷……」有人在樹叢裡唱起歌來。

夜晚的低語，蟲子、蟋蟀、蚊子在他耳邊圍繞。布魯諾一巴掌甩向自己的耳朵，忽然耳鳴起來，淹沒了所有的聲響。

「……走開啦。」

「我們為什麼不能找個地方？」蜜莉安叫個不停。

「沒有好地方，小心腳下路況！」

「姑娘，走路小心點！」紅髮男歡快地說。

他們**到底**打算做什麼？他無聊得要命！旋轉木馬的音樂聽起來疲憊又遙遠，只有**叮噹聲**傳了過來。結果他們就在他面前轉過身來，他不得不側身到一旁，假裝要去哪裡的樣子。他們經過他面前時，荊棘灌木叢纏住了他，他花了點時間掙脫開來。之後，他又跟上去，朝低處走。他覺得他聞到了蜜莉安的香水味（如果不是另一個女孩的味道），甜甜膩膩的，熱氣蒸騰的浴室味，他覺得作嘔。

「……此時此刻……」收音機裡傳來聲音。「小心翼翼過來的是……**里昂**……里昂朝著貝比的臉上來了一記結實的右勾拳，**聽聽眾人的反應！**」接著是一陣歡呼。

布魯諾看到一對男女在樹叢中翻滾，彷彿也在戰鬥似的。

蜜莉安站在地勢較高的地方，距離他約莫三公尺處，其他人則沿著堤岸往水邊過去了。布魯諾逐漸接近。水上的燈光照出了她頭部與肩膀的輪廓。一切都觸手可及！

「嘿！」布魯諾壓低聲音開口，看著她轉過身來。「這個，妳是不是蜜莉安啊？」

她面向他，但他很清楚對方看不清楚他。「對啊，你誰啊？」

他向前踏了一步。「我是不是在哪裡見過妳啊？」他嘲諷地說，再度聞到她的香水味。她只是一個散發體溫的醜陋黑點。目標非常明確，他跳了出去，雙手攤開，手腕還相互摩擦到了。

「這個，你是——？」

她話還沒說完，他的雙手就扣住了她的脖子，壓制住她詫異的情緒。他搖晃她。他的身軀彷彿岩石般僵硬，他聽到自己用力咬牙的聲音。她的喉嚨深處發出低低的聲響，但他大力掐住，她叫不出來。他一腿從她下方掃過，將她往後扭，他們一起倒在地上，除了樹葉的聲響外，沒有發出多少動靜。他的手指陷得更深，感受到她身體展現出來的壓力，令人噁心，他必須使出吃奶的力氣，這樣她才不會掙扎到他們一起發出什麼巨大的動靜。她的脖子感覺更燙更肥了。夠了，不要扭了、不要再扭了！他用意志強撐著！頭不再扭動。他很確定自己已經勒得夠久，但他還是沒有放鬆雙手。他望向身後，沒有人出現。他終於鬆開手指的時候，發現自己在她脖頸上留下深深的壓痕，彷彿那裡只是一塊麵團似的。此時，她發出一個普通的咳嗽聲，他卻嚇壞了，以為她起死回生，於是他又壓上去，這次還彎起膝蓋跪地施壓，力道之大，他覺得兩根拇指都要斷了。他全身的力氣都從雙手流瀉出去。要是這樣不夠怎麼辦？他聽到自己哀號起來。此刻的蜜莉安不會動了，整個人軟軟的。

「蜜莉安？」一個女孩的聲音喊道。

布魯諾跳起身來，踉蹌著腳步朝小島中央跑去，接著往左轉，朝他的小船前進。他發現自己忙著用口袋裡的手帕擦拭起雙手上的什麼東西。是蜜莉安的口水。他將手帕往地上扔，隨即又撿了起來，因為上面有他的名字縮寫刺繡。腦子有在動！感覺好極了！大功告成！

「蜜——莉——安——」慵懶又不耐煩的聲音。

不過，要是他沒有解決她呢？要是她現在坐起來，然後開始講話怎麼辦？這個念頭讓他猛然往前撲，差點害他沿著岸堤摔下去。水邊一陣微風拂來。他沒看見他的船。他改變主意，打算隨便搶走一艘船，結果就在靠左幾公尺處找到了他壓在小圓木上的船。

「嘿，她暈倒了！」

布魯諾連忙將船推下水，動作卻不倉促。

「救命啊！誰來幫幫忙！」女孩又是喘大氣，又是尖叫地說。

「天啊！呃，**救命**！」

聲音裡的驚慌讓布魯諾也恐慌起來。他大力划了幾下，然後忽然放手，任船在暗色的水中滑動。拜託喔，他有什麼好怕的？根本沒有人在追他。

「嘿！」

「老天啊，她**死**了！快來人啊！」

女孩尖細又拖長的慘叫劃破寂靜，不知為何，這聲尖叫成為了最後的絕叫。淒美的叫聲，布魯諾以詭異又平靜的欽佩之情評價道。他輕鬆跟著另一條船來到船屋。他以相當從容不迫的態度付錢給船主。

「島上！」一艘船上傳來激動的震驚高呼。「他們說有個女孩死了！」

「死了？」

「誰快報警啊！」

他身後的木製碼頭傳來奔跑聲。

布魯諾朝著園區柵門閒晃過去。是因為緊張、宿醉還是什麼原因，他走得好慢，真是謝天謝地！不過，經過旋轉門的時候，一絲難以抵抗的驚恐還是浮上心頭。隨即又速速消退。甚至沒有人在看他。他穩住陣腳，專心想著他要來一杯。路上有個閃著紅色燈光的地方，看起來像酒吧，他朝那裡前進。

「順風威士忌。」他對酒保說。

「孩子，你打哪兒來？」

布魯諾看著他。右邊的兩個男人也盯著他看。「我要一杯蘇格蘭威士忌。」

「兄弟，這裡沒有烈酒。」

「這裡是哪裡？還在遊樂園裡？」他破音了，彷彿要尖叫。

「德州弄不到烈酒啦。」

「給我一點那個！」布魯諾指著櫃檯旁男人手裡的一瓶裸麥威士忌。

「來，大家都這麼想要來一杯。」一個男人將裸麥威士忌倒在玻璃杯裡，推了過來。

入口時火辣得跟嚥下德州一樣，但下肚後感覺舒暢。布魯諾想要給男人錢，但男人婉拒了。

警笛聲響起，逐漸靠近。

一個男人跑去門口。

「怎麼了？出意外了？」有人問他。

「啥都看不見。」男人不太在乎地說。

布魯諾心想，真是我的**好兄弟**啊！他望向那個人，但現在似乎不是過去攀談的好時機。

他心情暢快。男人堅持要他再來一杯，布魯諾因此快快乾了三杯。舉杯時，他注意到自己手上有抹痕跡，他拿出手帕，冷靜地擦拭虎口的地方。那是蜜莉安的橘色唇膏。在酒吧的燈光下，他幾乎看不清楚這抹顏色。他感謝男人的裸麥威士忌，然後慢條斯理走進黑暗之中，沿著馬路右側行走，要招臺計程車。他絲毫不打算望向燈火通明的遊樂園。他告訴自己，他甚至不願意去想那個地方。一輛電車經過，他跑了上去。他喜歡電車明亮的內部裝潢，他仔細研讀起張貼的所有告示。一個扭來扭去的小男孩坐在走道對面，布魯諾開始與他攀談。他一直想著要打電話給蓋伊、去找蓋伊，但蓋伊根本就不在德州。他想要慶祝一下。他也許會再度打電話給蓋伊的母親，只是為了打而打，但三思後，又覺得這樣不太明智。他無法見到蓋伊，甚至好長一段時間都無法打電話給他，或寫信給他，這只是今晚唯一一個令人稍微不悅的念頭罷了。當然啦，警方會找蓋伊去問話，但他會沒事！已經搞定了、搞定了、搞定了！一陣歡快的感覺襲來，他揉亂了小男孩的頭髮。

小男孩有點嚇到，但為了回應布魯諾善意的笑容，他也露出微笑。

在艾奇遜、托皮卡與聖塔菲的火車總站，他買了凌晨一點半出發的臥鋪上鋪位置，因此他還有一個半小時需要打發。一切相當完美，他開心得不得了。他在車站附近的藥局買了一瓶約莫四百七十毫升的蘇格蘭威士忌，補充他的隨身酒壺。他考慮要不要去蓋伊老家看看，仔細思索後，覺得他的確可以走一趟。就在他要向站在門口的男人問路時（他知道他不能直接搭計程車過去），他忽然發覺他想找個女人樂一樂。他這輩子沒有這麼渴望女人過，他因此覺得非常高興。他到聖塔菲後就沒有渴望過異性了，但威爾森還是幫他找了小姐兩回。他在男人面前掉轉方向，想著最好還是去請教外頭的計程車司機。他顫抖起來，他真的很渴望女人！這種顫抖與酒精的反應不一樣。

「啊，不知道欸。」靠在輪胎擋泥板旁的司機說，他滿臉雀斑，面無表情。

「什麼叫你不知道？」

「就是不知道嘛。」

布魯諾不滿地離開。

路邊的另一位司機就比較親切。他在一張名片背面寫下了地址與兩個人名，距離很近，甚至不用載他過去。

13

蓋伊靠在蒙地卡羅飯店客房床鋪的牆邊，看著小安翻起他的家庭相簿，這是他從梅特卡夫帶來的。與小安共度的最後兩天真是美好的日子。明天他將啟程回梅特卡夫，接著就要去佛羅里達州。布魯哈特先生三天前傳了電報來，說案子還是他的。眼前有六個月的工期，到了十二月，他就會開始蓋自己的家。他現在有錢建設自己的家了。還有錢可以離婚。

「妳知道。」他低聲地說。「如果沒有棕櫚灘的建案，如果我明天就得回紐約工作，我還是會回去，也會接受一切。」不過，就在這話脫口時，他發覺是棕櫚灘的案子給足他勇氣、動力、意志力之類的東西，如果沒有棕櫚灘的委託案，與小安共度的這段日子會讓他覺得內疚。

「但你不用逆來順受了。」小安做出結論。她依舊低頭望著相簿。

他笑了笑。他曉得她根本沒有在聽他說話。事實上，他說了什麼並不重要，因為小安也很清楚這一切。他湊過去，對著相簿介紹她不認識的人，用充滿興味的目光望著她檢視起他母親收藏的照片，他的照片，攤開兩頁滿滿都是，從他嬰孩時期到他二十歲的照片都在這裡。每一張照片裡，他都露出微笑，濃密厚實的黑髮讓他看起來比現在更健壯、更無憂無慮。

「照片裡的我看起來夠快樂嗎？」他問。

她對他眨了眨眼。「而且很帥。有蜜莉安的照片嗎？」她用拇指快速翻過剩下的幾頁。

「沒有。」蓋伊說。

「我很高興你帶了相簿來。」

「如果我媽知道這東西在墨西哥，她肯定會要了我的命。」他將相簿放回手提箱裡，這樣才不會忘記帶走。「這是認識家族成員最人性的方式。」

「蓋伊，我是不是把你逼得太緊了？」

她裝可憐的語氣逗樂了他。「沒有，我一點也不介意！」他坐在床邊，將她拉到身旁。小安每一位親戚他都見過了，在這個場合見過三、兩人，又在福克納家族的週日晚餐及派對上見過十幾位家庭成員。到底有多少福克納、溫德、莫里森家族的人全都住在紐約或長島，這已經是家族間的笑話了。不知為何，他喜歡她擁有這麼多親戚。去年在福克納家過的聖誕節是他這輩子最快樂的時刻。他輪流親吻她的左右臉頰，接著又吻上她的唇。他低頭時，看到在床單上擺著蒙地卡羅飯店的信紙，小安在紙上畫了圖，他隨手將圖畫整理成整齊的一落。他們今天下午造訪墨西哥的國家博物館後，她忽然有了這些設計靈感與發想。線條是黑色的，相當清晰，如同他筆下的草圖一樣。「小安，我在想我們的家。」

「你要大房子。」

他笑了笑。「對。」

「那就大一點。」她在他懷裡放鬆。他們同時心滿意足地嘆了口氣，彷彿是同一個人，他抱緊她，她則稍微笑了出來。

這是她第一次同意了房子的尺寸。房子必須是Y字型的結構，問題是要不要省略一處分岔延伸的空間。只是房子有兩個延伸空間，像兩條胳膊一樣，這才符合蓋伊腦中對房子的想像。雖然這樣會花很多錢，遠超過兩萬美金，但蓋伊覺得棕櫚灘的案子會帶來許多私人的委託案件，那會是報酬豐厚、入帳迅速的工作。小安說，她的父親非常樂意將房子的前翼作為新婚禮物送給他們，但對蓋伊來說，這個選項跟捨棄這個空間不蓋一樣，都難以想像。在房間對面的棕色五斗櫃映襯下，他看到他的新家，閃耀著銳利的白光。房子會從某塊白色巨石上延伸出去，他在康乃狄克州南部的奧頓附近見過這塊岩石。這棟房子長長的，又低又矮，平坦的屋頂，彷彿是用鍊金術從石頭上長出來一樣，就像結晶。

「我也許會叫它『水晶屋』。」蓋伊說。

小安思索地望向天花板。「我不喜歡給房子取名字，不喜歡房子有名字。也許我是不喜歡『水晶』這個名字。」

蓋伊忽然感到受傷。「總比叫『奧頓』好多了，無聊的名字百百種，這個最無聊！你們新英格蘭人就是這樣，現在從德州的角度思考——」

「好啦，你要德州就德州，我走新英格蘭路線就好。」小安笑了起來，打住蓋伊的話，因為事實上，她喜歡德州，而蓋伊也很欣賞新英格蘭。

蓋伊望向電話，他總覺得電話會響，真是奇怪的預感。他覺得有點頭暈眼花，很像是吃了什麼溫和的興奮劑一樣。小安卻說，這是海拔的問題，墨西哥市會帶來這種感覺。「我覺得我今晚好像可以打電話給蜜莉安，跟她談一下，然後一切都能迎刃而解。」蓋伊不急不慢地說。「只要我說對話，一切就會順順利利。」

「電話就在那兒喔。」小安一臉嚴肅地說。

過了幾秒鐘，他聽到小安嘆了口氣。

「幾點了？」她坐直身子。「我跟母親說，我十二點回去。」

「十一點零七分。」

「你餓不餓？」

他們從樓下餐廳點了食物上來。火腿蛋是一盤紅通通的東西，根本看不出是什麼，但他們覺得味道還挺不錯的。

「我很慶幸你來了墨西哥。」小安說。「這裡我很熟，你卻沒來過，我希望你也能見見這個地方。只不過，跟其他地方相比，墨西哥市與眾不同。」她慢慢吃，又繼續說下去。「這裡有種懷舊的感覺，就像巴黎與維也納，無論這裡發生過什麼事，你始終會想回來。」

蓋伊皺起眉頭。一年夏天，他與加拿大工程師羅伯．翠舍一起造訪過巴黎與維也納，當時他們兩人口袋空空。那樣的巴黎、維也納與小安認知裡的截然不同。他低頭看著她給他的奶油小餐包。有時，他很渴望挖掘小安到底有過何種經驗，她童年的每一分、每一秒是怎麼度過的。

「『無論這裡發生過什麼事』，這句話是什麼意思？」

「我是說，就算在這裡生病了，或是遇上搶劫這種事。」她抬頭望向他，露出微笑。不過檯燈的光線照亮她灰藍色的雙眼，在深色的眼珠邊緣投出新月般的光澤，讓她臉上多了一抹神祕的哀傷。「我猜就是這種強烈的對比才讓這裡如此迷人。就跟那些具有強烈對比的人一樣。」

蓋伊盯著她，手指扣在咖啡杯的把手上。不知為何，她的心情或是她的話語讓他覺得自己低人一等。「抱歉，我沒有什麼強烈的對比。」

「噢呵呵！」她隨即爆笑出聲，就算是在笑他，就算她沒打算解釋，這熟悉的歡快大笑還是讓他很高興。

他猛一起身。「來點蛋糕怎麼樣？我會跟精靈一樣變出蛋糕來，相當美味的蛋糕！」他從手提箱角落裡掏出一個金屬餅乾盒。一直到這一刻，他才想起這個蛋糕，母親以前會做給他吃，其中一項材料是他早餐時讚譽有加的黑莓醬。

小安打電話給樓下酒吧，點了一種特殊的利口酒，她之前就知道這種酒。酒的色調跟紫色的蛋糕一樣，是濃郁的紫色，就裝在沒比手指粗多少的高腳玻璃杯裡。侍者才離開，他們正舉起酒杯，結果電話就發出緊張又反覆的鈴聲。

「大概是媽打來。」小安說。

蓋伊接起電話。他聽到遠方傳來對接線生講話的聲音。然後變得大聲，急切且尖銳，這是他母親的聲音。

「喂？」

「嗨，媽媽。」

「蓋伊，出事了。」

「什麼事？」

「是蜜莉安。」

「她怎麼了？」蓋伊將話筒用力壓在耳朵上。他轉頭望向小安，發現她注視他的神情變了。

「蓋伊，她死了，昨晚……」她沒說下去。

「什麼？媽媽？」

「昨晚的事。」她這尖銳而又克制的語氣，蓋伊這輩子大概只聽過一、兩次。「蓋伊，她遭到謀殺。」

「謀殺！」

「蓋伊，**什麼**？」小安站起身來。

「昨晚在湖邊。他們還不清楚詳細狀況。」

「妳——」

「蓋伊，你可以回家嗎？」

「沒問題，媽媽……怎麼死的？」他傻傻地問，手指用力扭絞起話筒，彷彿可以從老舊電話的話筒基座上逼出更多資訊一樣。「她是怎麼死的？」

「勒斃。」短短兩個字，然後是靜默。

「妳……」他開口。「是……？」

「蓋伊，怎麼了？」小安挽住他的手臂。

「媽媽，我會盡快趕回去。今晚就回去。別擔心。我馬上就回家見妳。」他緩緩掛上電話，轉頭面向小安，說：「是蜜莉安，她遭到殺害。」

小安壓低聲音說：「你剛剛說是謀殺？」

蓋伊點點頭，但他忽然覺得其中可能有什麼誤會。如果只是新聞報導——

「幾時的事？」

但那是昨天晚上。「媽說是昨晚。」

「他們知道凶手是誰嗎？」

「不清楚。我今晚得趕回去。」

「我的老天。」

他看著小安，她站在他面前，完全沒有動作。「我今晚得趕回去。」他恍惚地又說了一次。接著，他轉頭去打電話訂機票，但最後是小安操起急切的西班牙語幫他訂妥機票。

他開始收拾行李。將他的少少物品放進手提箱似乎就花了好幾個小時。他望向棕色的五斗櫃，不確定是否已經檢查過抽屜裡還有沒有他的物品。望著他先前幻想起白色屋子的位置，現在他卻在那裡看到一張笑臉，先是新月般揚起的嘴，然後是一張臉，布魯諾的臉。舌頭淫蕩地舔起上唇，接著那個無聲、抽搐的大笑再次出現，讓額頭那撮頭髮擺動起來。蓋伊對小安皺起眉頭。

「蓋伊，怎麼了？」

「沒事。」他說。他臉上現在**浮現的是**什麼樣的表情啊？

14

假設人是布魯諾殺的？他當然不可能殺人，但假設一下？他們逮到他了嗎？布魯諾有沒有告訴他們，這場謀殺只是計畫的一部分？蓋伊完全能夠想像出布魯諾歇斯底里地亂講話。根本沒有辦法預料布魯諾這種神經病小夥子會講出什麼話。蓋伊探索著模糊的記憶，那是他們在火車上的對話，努力回想他有沒有出於憤怒、酒醉，或亂開玩笑，讓布魯諾誤會他認同對方那瘋狂的念頭？沒有啊。面對這個否定的答案，他權衡起布魯諾信裡的字字句句：我一直在構思我們那兩起命案的手法。我相信可以成功。我實在無法向你解釋我對這個想法多有信心——

蓋伊從飛機窗口往外望，只看到下方一片漆黑。他為什麼沒有非常焦慮呢？在昏暗的機身內，火柴的火光點亮某人的香菸。墨西哥菸草幽微的味道聞起來苦苦的，讓人想吐。他望向手錶，四點二十五分。

天快亮時，他睡著了，屈服在引擎震動時發出的轟鳴聲中，這種聲音似乎要撕裂整座飛機，撕扯他的思緒，將碎片拋在空中。他醒來時，晨光一片灰濛濛，他忽然冒出一個新念頭，那就是殺害蜜莉安的凶手其實是她的情人。這個想法非常明顯，可能性也很高。爭執間，他失手殺害她。這種消息太常在報紙上看到了，命案受害者多為蜜莉安這樣的女人。他在機場買的《圖解報》，頭版上就是一則女孩遭到謀殺的新聞（他買不到美國報紙，為了尋找還差點害他錯過班機），配圖是她的墨西哥情人，他手持凶刀，面露微笑，蓋伊才打算讀這篇報導，看到第二段就覺得無聊。

到了梅特卡夫，一位便衣刑警過來接他，問他是否介意回答幾個問題。他們一起搭上計程車。

「他們找到凶手了嗎？」蓋伊問他。

「沒有。」

便衣刑警看起來很累，彷彿徹夜未眠，老舊北區法院裡的其他記者、書記、警察看起來都是這副模樣。蓋伊環視起巨大的木造空間，尋找布魯諾的身影，他甚至沒有意識到自己在找他。蓋伊點燃香菸，身邊的男人問他那是什麼牌子，還接下蓋伊給的一根菸。這是小安的貝爾蒙香菸，他打包時順手帶走了。

「蓋伊・丹尼爾・海恩斯，住在梅特卡夫的安布羅斯街七百一十七號……你幾時離開梅特卡夫的？……幾時抵達墨西哥市？」

椅腳發出滑過地板的聲音。無聲的打字機開始響起敲打聲。

另一位別著警徽的便衣刑警悠哉地走了過來，他外套敞開，啤酒肚圓滾滾的。「你去墨西哥做什麼？」

「去見幾位朋友。」

「什麼朋友？」

「福克納一家。紐約的艾力克斯・福克納。」

「你為什麼不告訴你母親你要去哪裡？」

「我跟她說過了。」

「她說她不曉得你落腳在墨西哥市住何處。」便衣刑警不帶感情地說，接著望向他的筆記。

「週日時，你寄了一封信給你的妻子，要求離婚。她怎麼說？」

「她說她想先跟我談談。」

「但你不願繼續與她糾纏，對不對？」清脆的男高音如是說。

蓋伊望著年輕的員警，什麼都沒說。

「她肚裡的孩子是你的嗎？」

他正要回答，卻遭到打斷。

「你上週為什麼回來德州見你的妻子？」

「海恩斯先生，你難道不渴望離婚嗎？」

「你是不是愛上了小安・福克納？」

一陣大笑。

「海恩斯先生，你知道妻子在外頭有情人，你嫉妒吃醋了嗎？」

「你期待靠那孩子離婚，對嗎？」

「夠了！」某人開口。

一張照片塞到他面前，這張照片隨著他的怒火打轉，然後才平息下來，他這才看清畫面上是長長的黝黑臉孔，人長得滿帥，卻有一雙散發愚蠢目光的棕色眼睛，陽剛的下巴中間有一處凹痕。這張臉也許屬於哪個電影明星，但他不需要任何人開口，就曉得這是蜜莉安的情人，因為三年前，她鍾情的對象也長這個樣子。

「沒有。」蓋伊說。

「你跟他難道沒有先談過嗎？」

「夠了！」

他嘴角露出一抹苦澀的微笑，但他覺得自己好像要哭了，就跟小朋友一樣。他在法院門口招了一輛計程車。回家路上，他讀起《梅特卡夫星報》頭版的雙欄文章。

持續搜查殺害女子的真凶

六月十二日，持續搜索殺害本市市民蜜莉安·喬伊斯·海恩斯（已婚）的凶手，週六夜晚，她在梅特卡夫島遭身分不明的凶嫌勒斃。

兩位指紋專家今日抵達，對從梅特卡夫湖周遭船塢的多艘小艇、船槳上採集的指紋進行分類。警方與警探卻擔憂能夠取得的指紋有限，也不夠清晰。昨日下午，當局表示這場命案可能是瘋子一時興起。除了命案現場搜集到的幾枚可疑指紋與鞋印外，警方尚未公開任何關鍵證據。據信，審理過程中，最重要的證詞將來自三十歲的歐文·馬克曼，他是休士頓的碼頭工人，也是受害者的密友。

海恩斯太太的葬禮將於今日舉行，地點為雷明頓墓園。送葬隊伍本日下午兩點於學院大道的霍威爾葬儀社啟程。

蓋伊用快抽完的菸屁股點燃另一根菸。他的手依舊在顫抖，但感覺已經好多了。他沒有想過會是瘋子幹的。瘋子會讓這場命案簡化成一場可怕的意外。

他的母親就坐在客廳搖椅上，用手帕壓著太陽穴等著他回家，蓋伊進屋時，母親卻沒有起身。蓋伊擁抱母親，親吻她的臉頰，看到媽媽沒有落淚，他鬆了口氣。

「我昨天陪著喬伊斯太太。」她說。「但我實在沒辦法出席葬禮。」

「媽媽，妳沒必要去。」他望向手錶，已經兩點多了。他忽然覺得蜜莉安會遭到活埋，她也許會醒來，尖叫抗議。他轉過身，用手抹了抹額頭。

「喬伊斯太太問我，你是否知道什麼？」他母親溫柔地說。

蓋伊再次面向母親。他很清楚喬伊斯太太本就對他心懷不滿。她不曉得對他母親說了什麼，現在他也痛恨這位岳母了。「媽媽，別再與她見面了。根本沒這個必要，對嗎？」

「對。」

「謝謝妳特別跑那一趟。」

上了樓，他在櫃子上看到三封信，還有一份小小的方形包裹，包裹上頭有聖塔菲商家的標籤。裡面是一條細細的皮帶，由蜥蜴皮編織而成，銀色的皮帶頭是H字母的形狀。包裹裡有一張字條，寫著：

去郵局途中弄丟了你的柏拉圖。希望這能補償你。

小查

蓋伊拿起上頭有鉛筆字跡的聖塔菲飯店信封。裡頭只有一張小小的卡片，背面印著：

梅特卡夫好地方

翻過來，他面無表情地讀起上頭的文字：

二十四小時不打烊
唐納文計程車服務
無論晴雨
請撥：二—三三三三
安全快速，不忘禮貌

背面的訊息下方有東西被擦掉了。蓋伊將名片對著光看，認出了「金妮」這兩個字。這是梅特卡夫一家計程車公司的名片，卻是從聖塔菲寄過來的。他心想，這不代表什麼，也不能證明什麼。不過，他揉爛名片、信封與包裝紙，統統扔進垃圾桶裡。他發覺自己恨透了布魯諾。他打開垃圾桶裡的盒子，將皮帶也塞進去。皮帶好看是好看，但他碰巧不喜歡蜥蜴皮與蛇皮。

當天晚上，小安從墨西哥市打電話給他。她想知道發生了什麼事，他把掌握到的情況解釋給她聽。

「他們完全沒有找到任何嫌疑犯？」她問。

「似乎是沒有。」

「蓋伊，你聽起來精神不太好。你休息過了嗎？」

「還沒。」他不能現在告訴她布魯諾的事。母親說，有個男人打過兩次電話，要找蓋伊，蓋伊很清楚這個人會是誰。不過，他覺得還是得非常確定之後，才能跟小安解釋布魯諾的存在。他根本開不了這個口。

「親愛的，我們剛把宣誓書寄出去。你知道的，說明你跟我們一直在墨西哥。」與警探談過後，他發電報給小安，請她處理宣誓書的問題。「審訊過後一切都會沒事。」他說。

不過，他因為沒有跟小安提布魯諾的事，整個晚上都心神不寧。他不是為了讓她不要去想可怕的場景。而是因為他無法承受內心的罪惡感。

有篇報導說，在蜜莉安流產後，歐文·馬克曼就不想娶她了，蜜莉安因此要對他提起違反婚約的訴訟。蓋伊的母親說，蜜莉安真的是不小心流產的。喬伊斯太太說，蜜莉安踩到她很喜歡的一件黑色絲質睡袍，還是歐文送她的，她因此從自家樓梯上摔下去。蓋伊默默相信了這個說法。同情與悔恨油然而生，面對蜜莉安，他從來沒有感受過這種情緒。現在她似乎命運多舛、全然無辜。

15

「大概四到六公尺間。」椅子上態度沉重又相當自信的年輕人如是說。「不，我什麼人也沒有見到。」

「我想差不多是四尺左右。」雙眼圓睜的女孩凱瑟琳．史密斯指出，她看起來驚恐不已，彷彿命案才剛發生。「也許更遠一點。」她低聲補充道。

「大約十公尺。我是第一個到船邊的人。」勞夫．喬伊斯說，他是蜜莉安的哥哥。他跟蜜莉安一樣，有一頭紅髮及灰綠色的雙眼，但穩重的方形下巴讓兩人看起來截然不同。「我不認為她有什麼仇人。根本不足以幹出這種事。」

「我什麼都沒聽到。」凱瑟琳．史密斯急切地說，猛搖起頭。

勞夫．喬伊斯說他一點聲響都沒聽到，理查．夏勒肯定的證詞也為此做出總結：「一點聲音也沒有。」

對蓋伊來說，一而再，再而三重複的事實失去了駭人的效果，甚至連戲劇張力也不復存在。

這些話語彷彿呆板地敲著鐵鎚，將這個故事一個釘子、一個釘子地永遠固定在他腦海之中。令人難以置信的是這三個人居然距離這麼近。蓋伊心想，只有瘋子才敢在這麼近的距離下犯案，這點無庸置疑。「海恩斯太太流產的孩子，父親是你嗎？」

「對。」歐文・馬克曼雙手交握，向前彎腰駝背。蓋伊在照片上見過的瀟灑外表因為陰鬱沮喪的儀態而失色不少。他穿了一雙灰色的鹿皮鞋，彷彿剛從休士頓結束工作趕來一樣。蓋伊心想，這位先生今天可不會讓蜜莉安覺得驕傲。

「你知道誰會希望海恩斯太太死於非命嗎？」

「知道。」馬克曼指向蓋伊，說：「就他。」

大家轉頭望過去。蓋伊緊張地坐在原位，對著馬克曼蹙眉，這是他首度懷疑馬克曼可能才是凶手。

「怎麼說？」

歐文・馬克曼猶豫了好一陣子，咕噥低語起來，最後才擠出兩個字：「吃醋。」

馬克曼沒有辦法指出吃醋的可信理由，但此話一出，各方都朝這個方向做出指控。就連凱瑟琳・史密斯都說：「我想是這樣沒錯。」

蓋伊的律師輕笑一聲。他手裡握著福克納一家的宣誓書。蓋伊不喜歡這聲笑，他對法律程序向來沒有好感。法律似乎是一場惡毒的遊戲，目的不在於公開真相，而是讓檢辯雙方相互比拚，用技術性的細節擊潰對方。

「你放棄了重要的委託案——」驗屍官開口。

「我沒有放棄。」蓋伊說。「我是在我還沒得到委託前，先寫信告訴對方，我不想接。」

「你發了電報。因為你不希望你太太跟去，但是，你在墨西哥得知她流產後，又發了另一封電報去棕櫚灘，說你還是希望對方將案子委託給你，為什麼？」

「因為那時我覺得她就不會跟去了。我懷疑她想一直拖著不離婚。不過，我原本這個禮拜會與她見面，要討論離婚的事。」蓋伊抹了抹額頭的汗水，注意到他的律師扁起了嘴，一副懊惱的模樣。律師不希望他提到離婚與他對委託案改變主意的關聯。蓋伊才不在乎。事實就是這樣，他們要怎麼解讀也不關他的事。

「喬伊斯太太，就妳的觀點，她的丈夫完全有能力進行這種謀殺，對嗎？」

「對。」喬伊斯太太昂首挺胸，只有微微顫抖。狡詐的暗紅色睫毛幾乎緊閉，蓋伊常常看到這個表情，這樣其他人才不會知道她的眼睛在看哪裡。「他就想離婚。」

律師提出了「異議」，因為喬伊斯太太剛剛才說是她女兒想要離婚，而蓋伊．海恩斯不願意，因為他還愛著她。「如果雙方都想離婚，海恩斯先生也證實想離，為什麼他們不能順利離婚？」

此言逗樂了庭內眾人。指紋專家無法就他們的樣本分類達成共識。蜜莉安過世前一天去過的五金行，老闆卻搞錯了陪她去店裡的人是男還是女，同時笑聲也掩蓋了有人指示他要回答說是男人。蓋伊的律師高談闊論，說起地理位置的問題，提出喬伊斯一家人不連貫的說辭，還掌握了宣誓書，但蓋伊確信，光是他的坦白直接就能排除一切嫌疑。

驗屍官得出結論，命案凶嫌似乎是一位不認識受害者與其他人的瘋子。裁決結果是「一名或多名身分不明的人犯案」，案子移交給警方。

隔天一封電報送達，這時蓋伊正要離開母親的家。

來自黃金西部的美好祝福。

沒有署名

「是福克納夫婦寄來的。」他連忙對母親說。

她笑了笑。「請小安好好照顧我的兒子。」她溫柔地拉著他的耳朵，讓他低下頭，她才好親吻他的臉頰。

抵達機場時，他還將布魯諾的電報捏在手裡。他把紙張撕成碎片，扔在機場盡頭的鐵絲網垃圾桶裡。每一張碎片都吹散了出去，在柏油路上飄舞，歡快得有如豔陽下迎風飛揚的五彩碎紙。

16

蓋伊沒有辦法得出布魯諾到底有沒有殺人的答案，他放棄了。實在很難相信布魯諾可能犯案。梅特卡夫計程車公司的名片能占多少份量？布魯諾很可能是在聖塔菲找到這張名片，後來寄給蓋伊。驗屍官與其他人都相信凶手是個瘋子，但如果真的另有其人，比較有可能是歐文・馬克曼安排的吧？

他暫時放下梅特卡夫、蜜莉安、布魯諾，專注在棕櫚灘的工作上，他從第一天起就知道這份工作會運用上他的交際手腕、技術知識，以及大量的體力。除了小安，他不再去想自己的過往，儘管他有充滿理想的目標，也為之奮鬥，並且還小有成就，但相較鄉村俱樂部雄偉的建築而言，那些都不值一提。他越是投入在新的事業中，就越覺得自己是以一種不同以往、更加完美的姿態重生。

報紙與新聞雜誌的攝影師在工程早期為主要大樓、游泳池、澡堂、露天階梯看臺拍照。巡視基地的俱樂部會員也入了鏡，蓋伊很清楚，這些人的照片下方會明列出他們為了這座奢華的休閒場所捐了多少錢。有時，他會想，他的熱情是否來自意識到建案背後涉及的金額，還有他必須使用的奢華空間與材料，以及這些有錢人會恭維他，一直邀請他去家裡。蓋伊從不接受他們的邀請。他知道他很可能會失去明年冬天所需的小規模委託案，但他也很清楚，他永遠不會逼迫自己扛下多數建築師視為理所當然的社交責任。在他不想獨處的夜晚，他會搭公車前往克萊倫斯・布魯哈特的家，就在幾公里外，他們會一起吃晚餐，聽留聲機播放的唱片，聊聊天。帕米拉俱樂部的經理克萊倫斯・布魯哈特是退休的經紀人，身材高䠷，一頭白髮，上了年紀的紳士模樣，蓋伊經常幻想，如果布魯哈特是他父親，那該有多好。蓋伊喜歡他那種從容不迫的態度，無論是在人來人往的混亂建築工地，還是在他自己的住所，他都沉著鎮定。蓋伊希望自己老了以後，也能學會這種從容，但他覺得自己太毛躁了，總是動作太快。他覺得快速行動就會呈現一種沒那麼莊重的感覺。

多數夜晚，蓋伊會讀點東西，寫長信給小安，或是早早上床睡覺，因為他每天清晨五點就要起床，通常一整天都要與噴燈、灰漿、鏝刀為伍。幾乎整個工班團隊的名字他都瞭然於心。他喜歡評估每個人的性格，明白哪些特質能夠為他的建築精神有所貢獻。他在信裡是這樣跟小安說的：「彷彿是在指揮交響樂。」日落時分，他會坐在高爾夫球場裡的灌木旁，叼著菸斗，凝視四棟白色建築，覺得帕米拉的建案成果會相當完美。看到第一批橫梁水平安放在主要大樓的大理石立柱上時，他就知道了。匹茲堡的商店在最後一刻，因為客戶對櫥窗區域改變構想，因此毀了他的設計。蓋伊心想，芝加哥醫院的小型附屬診療所也算是毀了，因為簷口的石料顏色太深。然而，布魯哈特不允許任何意見介入，帕米拉會跟蓋伊最原初的概念一樣完美，他先前所打造的一切都沒有這種十全十美的感覺。

八月，他北上見小安。她在曼哈頓紡織公司的設計部門工作。秋天的時候，她打算與另一位認識的女性設計師，一起合夥開店。直到蓋伊來訪的第四天，也就是最後一天，他們才聊起蜜莉安。當時，他們站在小安住所後方的溪邊，這是他們相處的最後幾分鐘，等等小安就會開車送他去機場。

「蓋伊，你覺得是馬克曼嗎？」小安忽然問起。蓋伊點點頭，她又說：「太可怕了，但我幾乎可以斷言凶手就是他。」

然後有天晚上，他從布魯哈特家返回他自帶家具的住處時，等著他的除了有小安的來信，還有布魯諾捎來的消息。這封信從洛杉磯寄出，由蓋伊的母親從梅特卡夫轉寄過來。信裡先恭賀他得到棕櫚灘的工作，祝福他順利成功，同時也懇求得到回音。附注是這麼說的：

希望這封信沒有打擾到你。我寫了很多信，但都沒有寄出去。打電話向你母親請教你的地址，但她不願提供。蓋伊，真的沒有什麼好擔心的，不然我也不會寫信給你。你難道不知道，我才是該謹慎小心的人嗎？盡快回信。我大概短時間內會去海地一趟。你的朋友與仰慕者。C.A.B.

一股痠痛感緩緩直達他的雙腳。他無法忍受自己單獨待在房裡。他前往酒吧，在他還沒意識到自己的行為前，兩杯、三杯裸麥威士忌就已經下肚。在吧檯後方的鏡子裡，他看到自己正在凝視曬傷的臉，他忽然覺得這雙眼睛似乎閃爍躲藏，不怎麼老實。**人是布魯諾殺的**。這個念頭有如五雷轟頂，完全沒有任何質疑的空間，如同一場大災難，只有瘋子的不可理喻才能讓這個想法懸宕至今。他望向小小的吧檯，彷彿期待牆壁會傾倒，壓在他身上一樣。**人是布魯諾殺的**。布魯諾因為蓋伊此刻的自由而感到自豪，這點毋庸質疑。還有信裡的「附注」，或是要去海地走一趟這種事情上。不過，布魯諾到底是什麼**意思**？蓋伊對鏡子裡的倒影顯露愁容，放低了目光，他望著自己的雙手、粗花呢外套的正面、法蘭絨長褲，他忽然想到，今早穿上這身服飾時，他以為自己是某種人，今晚脫下時，他會判若兩人，從這一刻起，他已經不再是過往的自己了。現在他終於明白了。就是這一刻，他說不清到底發生了什麼事，但他覺得自己的人生不一樣了，從此時此刻起，已經改變了。

如果他知道人是布魯諾殺的，他為什麼不檢舉他？除了憎恨與反感外，他對布魯諾還有什麼樣的情緒？他怕了嗎？蓋伊顯然搞不懂。

他一直壓抑著想要打電話給小安的衝動，直到很晚的時候，凌晨三點，他終於再也按捺不住。黑暗中，他躺在床上，用相當平靜的語氣與她對話，聊的卻是普通的話題，他一度還笑了出來。不得不掛電話時，他心想，就連小安也沒有察覺到任何異樣。不知為何，稍微的驚慌浮上心頭。

母親寫信來，說他在墨西哥時，有個自稱菲爾的男人打電話來，第二次打來時，還問該怎麼聯絡蓋伊。母親擔心也許這個人與蜜莉安有關，不曉得該不該告訴警察。

蓋伊的回信寫道：「我知道這個打電話找我的討厭鬼是誰了，他叫菲爾·強森，是我在芝加哥認識的傢伙。」

17

「小查，這些剪報是怎麼回事？」

「媽，那是我的朋友！」布魯諾隔著浴室門對外頭大喊。他將水龍頭的水轉大，靠在洗臉檯上，目光聚焦在閃著光澤的鎳製排水孔塞上。之後，他伸手去拿藏在衣物籃毛巾下方的威士忌酒瓶。握著摻水的蘇格蘭威士忌，他覺得手沒有抖得那麼厲害了，他還凝視起袖口的銀色編織裝飾，這是新買的吸菸外套。他很喜歡這件外套，也拿來當浴袍穿。鏡子裡，橢圓形的翻領框出了一位年輕人的輪廓，這個人安逸享樂、膽大妄為，喜歡神祕的冒險，這位年輕人幽默又有深度，擁有權力也溫柔（看看他用拇指、食指輕輕扣住的酒杯，敬酒時充滿帝王般的氣質），這位年輕人擁有兩種生活方式。他對自己先乾為敬。

「小查？」

「媽，等等，馬上就好！」

他驚慌地環顧浴室四周，裡頭沒有窗戶。最近一個禮拜他發作了兩次。在他起床後半小時左右，他會感覺彷彿有人用膝蓋頂著他的胸口，喘不過氣來。他閉上雙眼，迅速吸氣吐氣好幾回。然後酒精起作用了，彷彿是溫柔的大手輕撫他的身子，安撫他躁動的神經。他站直身子，開了門。

「在刮鬍子呢。」他說。

他母親穿著網球短褲與繞頸露背裝，彎腰望著他沒摺被子的床鋪，剪報統統散落在床上。

「這女的是誰？」

「朋友的太太，紐約過來的火車上認識的，他叫蓋伊・海恩斯。」布魯諾笑了笑。他喜歡念起蓋伊的名字。「有意思吧？他們還沒逮到凶手呢。」

「大概是什麼神經病。」她嘆了口氣。

布魯諾的神情嚴肅了起來。「噢，這點我存疑。狀況實在是太複雜了。」

艾珥希站起身子，拇指扣在腰帶上。皮帶下方的小腹消失了，她一度恢復成布魯諾印象裡去年的模樣，從頭到腳纖細得跟二十歲的小姑娘差不多。「你的朋友蓋伊長得真帥哩。」

「沒見過這麼優秀的人。可惜他牽扯到命案之中。他在火車上告訴我，他兩年沒見過自己的妻子了。蓋伊跟我都不是當殺人犯的料！」布魯諾無意間的俏皮話逗樂了自己，為了掩飾，他又說：「反正他老婆就是個蕩婦——」

「親愛的。」她扯著他邊緣有編織裝飾的翻領。「這段期間你講話可不可以注意一下用詞？我知道外婆有時很容易受驚嚇。」

「外婆才不會知道蕩婦是什麼意思。」布魯諾用沙啞的嗓音說。

艾珥希仰頭尖叫一聲。

「媽，妳太陽曬太多了。我不喜歡妳的臉那麼黑。」

「那我不喜歡你臉這麼蒼白。」

布魯諾皺起眉頭。他母親皮革般的額頭讓他看了很不舒服。他忽然在她臉頰上吻了一下。

「答應我，你今天會在太陽下坐個半小時。大家不辭萬里跑來加州，結果你卻成天待在室內！」

布魯諾不開心地皺起鼻子嘟囔著說：「媽，妳都不關心我的朋友！」

「我很關心你的朋友啊。是你沒有好好跟我介紹他。」

布魯諾靦腆地笑了笑。不，他很乖的。今天是他第一次將剪報公開放在房間裡，因為他很確定他跟蓋伊都安全了。就算他現在花十五分鐘好好介紹蓋伊這個人，他母親大概也不會記得。如果有必要讓她忘記的話。「那些妳都看過了？」他朝著床鋪點點頭。

「沒有，沒有全看。今早喝了幾杯？」

「就一杯。」

「我聞到兩杯。」

「好啦，媽，我喝了兩杯。」

「親愛的，早上喝酒能不能緩一緩？一早酗酒就完蛋了啊，我見過一個又一個的酒鬼——」

「酒鬼這個詞很不堪。」布魯諾在房裡緩緩踱步起來。「媽，多喝一點感覺比較好。妳自己也說，我更開朗，胃口更好了。蘇格蘭威士忌是很純的酒，很適合某些人喝。」

「你昨晚喝太多，外婆也注意到了。你知道，別以為她都不曉得。」

「昨晚就別問我了。」布魯諾笑了笑，擺擺手。

「山米今早會過來。你何不換身衣服，下來幫我們計分？」

「見到山米，我渾身不適。」

她歡快地朝門口走去，彷彿沒聽見他的話。「答應我，你今天會想辦法曬曬太陽。」

他點點頭，舔舔乾燥的嘴唇。母親關上房門時，他沒有回應她的笑容，因為他感覺彷彿有個黑色的蓋子忽然罩住他，他要趕緊逃離，不然就來不及了。他得見**蓋伊**一面，不然就來不及了！他得幹掉他的父親，不然就來不及了！他有好多事要做！他不想待在外婆家，這裡的裝潢跟他家一樣，都是路易十五的風格，永恆的路易十五風格！不過，他也不知道自己還想去什麼地方。距離母親太遠，他也不高興，對嗎？他咬起下唇，皺起眉頭，但他灰色的小小眼睛卻很空洞。她為什麼說他早上不需要喝酒？明明早上就是最需要來一杯的時刻。他緩緩扭動肩膀放鬆筋骨。他為什麼感覺心情低落？床上的剪報都在報導他。時間一週一週過去，蠢警察還沒查到他身上，警方掌握了鞋印，而布魯諾早就把那雙鞋扔了！如果蓋伊願意現在和他一起慶祝，那上週與威爾森在舊金山飯店舉辦的派對就根本不值一提了。完美謀殺案！多少人能在幾百人聚集的小島上進行完美謀殺案啊？

他不是報紙上說的那種笨蛋，為了「感覺一下殺人的滋味」而殺人，報導結尾只會來一句「沒有我想像中那麼舒暢」，才不呢。如果他接受訪問，他會說：「感覺美妙極了！人世間的事物都比不上！」（「布魯諾先生，你會再次殺人嗎？」）「這個嘛，說不定喔。」他一邊沉思一邊說，彷彿是記者問起極地探險家，來年他會不會在北邊某處過冬一樣，這種回答不會給出什麼承諾。（「可以跟我們分享一點你的感受嗎？」）他會把麥克風稍微移向自己，抬起頭，思索起來，而全世界都在等待他講出的第一個字。感覺如何？哎啊，只有**那個行為**，其他什麼東西都比不上。你要知道，她本來就是水性楊花的女人。就跟殺死溫熱的小老鼠一樣，只不過她是女孩，所以這就成了謀殺。她溫暖的體溫讓人作噁，他還記得自己將手指抽開前，她的體溫沒有繼續散發出來，在他拋下她後，她會變得冰冷又醜惡，這才是她的真面目。（「布魯諾先生，醜惡？」）對，醜惡。（「你覺得屍體醜惡嗎？」）布魯諾皺起眉頭。不，他覺得屍體並不醜惡。如果受害人很邪惡，好比說蜜莉安，那看到這具屍體，世人應該非常慶幸才對，不是嗎？（「布魯諾先生，是權力議題嗎？」）噢，的確，他感覺到了無比的力量。就是這樣。他奪走了一條生命。這個，沒有人曉得生命是怎麼回事，每個人都無比捍衛，這是最珍貴的無價之寶，他卻奪走了一條命。那天晚上，他經歷了危急的狀況，他的雙手痠痛不已，害怕她會發出任何聲響，但在他感受到生命離開她的那一剎那，其他的一切也隨之崩解，只留下他所執行的費解**犯行**，也就是終結生命的奧祕與奇蹟。世人會談論出生的奧祕、生命的起始，但那是很容易解釋的話題！不就是兩顆活生生的生殖細胞嘛！那終結生命的奧祕呢？為什麼當他大力掐住女孩的脖子時，生命就終止了？生命到底是什麼？他把手抽開後，蜜莉安感覺到了什麼？她去哪裡了？不，他不相信死後還有來生。她的生命遭到終結，這也是很奇蹟的事情。噢，媒體採訪，他能說的可多了！（「受害者是女性，對你來說具有什麼意義嗎？」）這問題打哪兒來的？布魯諾遲疑了一下，接著又恢復沉著的態度。哎啊，她是女人這點讓他非常享受呢。不，不是因為性那方面的享受。不，他也不恨女人。真的沒有！你要知道，愛與恨是一體兩面。這誰說的？他完全不信這種鬼話。他心想，他只能這麼說，如果受害者是男人，那他不會這麼享受殺人的過程。除非這個男人是他父親。

電話……

布魯諾一直盯著電話看。每一通都可能是蓋伊打來的。只要打兩通對的電話，他現在就能找到蓋伊，但可能會打擾到對方。蓋伊也許還很緊張。他會等蓋伊寫信來。他隨時可能收到信，因為蓋伊上週末時肯定收到他的信了。布魯諾的幸福要圓滿，就只差聽到蓋伊的聲音了，聽到他說他很高興。蓋伊與布魯諾之間的羈絆現在比兄弟之情還要深。沒有多少對兄弟之間的情誼能超越他對蓋伊的喜愛。

布魯諾一腿跨出窗外，站在鍛鐵陽臺上。早晨的太陽曬起來挺舒服。草坪寬廣平坦，彷彿是一路延伸到大海裡去的高爾夫球場。下一秒，他就看見山米．富蘭克林，這傢伙穿了一身全白的網球服，球拍夾在腋下，一路笑嘻嘻地朝布魯諾的母親走去。山米塊頭大，但不結實，像發福的拳擊手。他讓布魯諾想起三年前也有另一個好萊塢丑角跟他媽糾纏不清。那人叫做亞歷山大．菲普斯，這麼假的名字，他為什麼會記得啊？他聽到山米向他母親握手時發出的笑聲，昔日的敵意此刻又爬上布魯諾的心頭，接著又平息下來。**該死**。他輕蔑地將目光從山米巨大的法蘭絨臀部上移開，從左到右檢視起整個地景。幾隻鵜鶘笨拙地飛過籬笆，撲通一聲栽在草地上。遠處的白浪間有艘帆船。三年前，他求外婆買一艘小帆船，她現在有船了，布魯諾卻不想搭了。

房子黃褐色的灰泥角落響起擊打網球的聲音。樓下傳來清脆的鐘聲，布魯諾已經回到自己房間，因此不曉得現在幾點了。他喜歡在很晚的時候才不小心望向時鐘，發現實際時間比他想像還要晚。他心想，如果中午收不到蓋伊的信，那他就要搭火車去舊金山。只是話又說回來，他上回在舊金山的回憶也不是很愉快。威爾森帶了兩個義大利人回飯店，布魯諾請每個人吃晚餐，還點了好幾瓶裸麥威士忌。他們用他房裡電話打去芝加哥。飯店列出兩通打去梅特卡夫的電話，但第二通他完全沒印象。最後一天的時候，付帳時他差了二十元。他沒有活期存款的帳戶，因此這座全市區最豪華的飯店不得不扣押了他的手提箱，直到他母親轉帳過來。不，打死他也不回舊金山了。

「小查？」外婆尖細討喜的聲音喊道。

他看到圓弧的門把開始轉動，便不由自主地撲向床上的剪報，只是他又繞回浴室，將牙粉倒進嘴裡。外婆的鼻子對酒味非常敏感，宛如克朗代克淘金熱時期的資深老礦工*。

「你不準備跟我一起共進早餐嗎？」外婆問。

他一邊梳著頭髮一邊走出來。「老天，妳都盛裝打扮好了！」她嬌小、腳步不穩的身軀面向他，擺出時尚模特兒的姿態，布魯諾露出微笑。他喜歡透出粉紅色緞面襯裙的黑色蕾絲洋裝。

「看起來就跟那邊的陽臺一樣美！」

「小查，謝謝你。稍晚我會進城。想說你也許會想一道去。」

「說不定喔。好啊，外婆，我想陪妳去。」他親切地說。

「原來是**你**在剪我的《紐約時報》！我以為是哪個傭人呢。這幾天你一定非常早起。」

「就是說啊。」布魯諾應和道。

「年輕時，我們會剪報紙上的詩歌，貼在剪貼簿裡。太陽下的新鮮事都被我們黏在其中。你剪那些報紙要幹嘛？」

---

*當時的淘金礦工又稱為「酸種」，因為他們隨身攜帶酸種麵團，以自身體溫替麵團發酵。這句話在此意味著老礦工對自然發酵的條件相當敏感，如同外婆能夠立刻察覺到酒氣一樣。

「噢，就留著而已。」

「不製作剪貼簿嗎？」

「免了。」外婆看著他，布魯諾卻希望外婆看一眼那些剪報。

「噢，你只是個**小寶寶**！」她捏起他的臉頰。「你這下巴根本一點毛也沒有！真不曉得你媽為什麼要擔心你——」

「她才沒有擔心我。」

「——你只是需要時間長大罷了。快下樓來和我一起吃早餐。對，穿睡衣就好了。」

布魯諾在樓梯上伸出手臂讓外婆勾著。

「我得去買點東西。」外婆一邊替他倒咖啡一邊說。「然後我想我們可以來點有趣的活動。也許看場好電影，有命案的那種，或是去遊樂園。我已經幾－百－年－沒有去過遊樂園了！」

布魯諾的眼睛睜得好大。

「你喜歡哪個？哎啊，到了之後我們可以去看看有哪些電影。」

「外婆，我想去遊樂園。」

布魯諾這天過得非常愉快，扶外婆上下車，帶著她逛遊樂園，雖然外婆沒辦法玩很多設施，或是吃很多點心。不過，他們一起搭乘了摩天輪。布魯諾告訴外婆，梅特卡夫那邊有一座巨大的摩天輪，但外婆沒有多問他是什麼時候去的。

他們到家時，山米·富蘭克林還沒走，他要留下來吃晚餐。一看到男人，布魯諾的眉頭就糾結起來。他曉得外婆跟他一樣不喜歡山米，因此他對外婆很有好感，外婆接受山米，沒有怨言，外婆接受布魯諾母親帶回來的每一個野男人。他媽媽跟山米一整天都在忙什麼？他們說，去看了山米的電影。有人寫了封信給布魯諾，放在他房裡了。

布魯諾一路跑上樓。信件來自佛羅里達州。他顫抖的雙手撕開信封，抖的程度好比十次宿醉。他這輩子沒有這麼迫切期待收到信件過，就算在夏令營等母親來信都比不上這種期待。

九月六日

親愛的查爾斯：

我不明白你寫給我的內容，也不懂你為什麼對我這麼感興趣。我對你的了解有限，但這樣的理解已經讓我明白，我們沒有任何足以構成友誼的共通點。我在此請你不要再打電話給我的母親，不要再與我聯絡了。

謝謝你打算將書還給我。弄丟了也不要緊。

蓋伊·海恩斯

布魯諾將信湊到眼前，又仔細讀了一遍，他不敢置信的目光停留在某些字眼上。他尖尖的舌頭伸向上唇，隨即收進嘴巴裡。他覺得自己遭到剝奪，像是哀傷，又像死亡，不，感覺更糟！他環視房內，厭惡起家具，討厭起他所擁有的一切。接著一陣劇痛集中在心口，他不由自主地哭了起來。

晚餐後，山米．富蘭克林與布魯諾就苦艾酒爭執了起來。山米說，製作馬丁尼時，越是不甜的苦艾酒，使用的量就要多一點，但他也坦言，他不是很愛喝馬丁尼。布魯諾說他也不太喝，但曉得山米說的不對。甚至是外婆道過晚安、先行離席的當下，他們依舊沒吵完。他們就著夜色去樓上的露臺，母親坐在搖椅上，他與山米站在矮牆旁邊。布魯諾跑去樓下吧檯找材料，證明自己才是對的。他們各自製作了馬丁尼，品嘗味道之後，發現顯然布魯諾是對的，山米還是不服氣，一直笑說他先前又不是認真的，因此讓布魯諾非常不快。

「去紐約見識見識吧！」布魯諾大喊。他母親這時才剛離開露臺。

「你又怎麼知道你在說什麼？」山米反駁。月光讓他得意竊喜的肥臉透起藍綠黃的色調，像極了藍紋起司。「你成天醉醺醺的，你——」

布魯諾一把揪住山米胸膛的襯衫，將他往後壓在矮牆上。山米的雙腳在磁磚上胡亂踩著。他的襯衫扯破了。當他側著身子掙扎到安全地帶時，藍色已經從他臉上褪去，只剩毫無血色、沒有陰影的白中帶黃。

「你、搞什麼鬼啊？」他怒吼道。「你打算把我推下去，是吧？」

「才沒有！」布魯諾尖聲地說，嗓門比山米還大。忽然間他呼吸困難，就跟早上一樣。他用僵硬的汗溼雙手抹起臉。他殺過人，對吧？為什麼要再殺一個人呢？不過，他腦海閃過山米在下方尖銳的鐵柵欄上掙扎的畫面，他希望山米死在那裡。他聽到山米迅速攪拌起高球杯的聲音。布魯諾跌跌撞撞地跨過落地窗的門檻，進入室內。

「你給我**滾遠點！**」山米對著身後大喊。

山米聲音裡顫抖的盛怒讓他害怕得心臟怦怦跳。布魯諾在走廊與母親擦身而過時，他什麼話也沒有說。下樓時，他用雙手緊握住扶手，咒罵起腦海中嗡嗡作響、疼痛不已又理不出頭緒的一團糟，責備起害得他跟山米喝得醉醺醺的馬丁尼。他踩著踉蹌的腳步進了客廳。

「小查，你對山米做了什麼？」母親跟著他過去。

「啊，我對山米做了什麼？」布魯諾朝她不怎麼清晰的身影擺擺手，一屁股癱坐在沙發上。

「小查，過來道歉。」她模糊的白色晚禮服逼近，一條小麥色的手臂朝他伸過來。

「妳是不是跟那傢伙睡了？**妳是不是跟那傢伙睡了？**」他曉得他只要一躺在沙發上，他就會立刻不省人事，所以他躺了下去，完全沒有感覺到母親的碰觸。

18

蓋伊回到紐約的這個月裡，他心神不寧，對自己、對工作、對小安的不滿，又逐漸聚焦在布魯諾身上。都是布魯諾害的，現在他只要看到帕米拉的照片，仇恨的感覺就會爬上心頭，從棕櫚灘回來後，沒有其他委託案，他也把這件事的責任怪罪在布魯諾頭上。布魯諾害他前天晚上跟小安吵架，根本沒道理，只是在吵要不要換更豪華的辦公室，要不要買新家具跟新地毯而已。布魯諾害他告訴小安，他並不覺得自己成功，帕米拉根本毫無意義。布魯諾害得小安那晚默默轉身離去，也害得他一直等到聽見電梯關門的聲音後，他才急忙跑下八層樓梯，求她原諒他。

誰曉得呢？也許正是因為布魯諾，他現在才接不到新的案子。建築的誕生是一種靈性的行為。只要在心底揣藏布魯諾的罪過，某種程度，他就是在玷汙自己。他覺得，這種罪疚其他人在他身上也察覺得到。他的理智要他下定決心，讓警方逮捕布魯諾。不過，隨著幾個星期過去，他們依舊沒有逮到對方，該採取行動的念頭糾纏著他。阻止他的是指控某人謀殺的反感，以及不合乎邏輯，卻又揮之不去的疑慮，也就是，說不定布魯諾根本沒有殺人。有時，認為布魯諾犯下罪行的念頭感覺太荒誕，先前的篤定都會暫時一掃而空。有時，他覺得就算布魯諾親筆寫下認罪書，寄給他，他還是會懷疑。不過呢，他還是向自己坦誠，他**確定**人是布魯諾殺的。過了幾週，警方依舊沒有發現任何有利證據，這點似乎就是證明。跟布魯諾說的一樣，沒有動機，怎麼查呢？他九月時寫給布魯諾的信讓對方安分了整個秋天，但就在他離開佛羅里達之前，布魯諾寫了一封口氣嚴肅的信，說明自己十二月會回紐約，希望能夠跟蓋伊談談。蓋伊決定不要再跟布魯諾糾纏下去。

他還是心煩意亂，什麼都煩，卻也沒有具體的事件，但主要還是跟工作有關。小安要他有耐心點。她提醒蓋伊，他已經在佛州證明了自己的能力。她給了他前所未有的溫柔與寬慰，而他的確需要這份柔情，但也發現在自己最低潮、最固執的時刻，他不見得每次都能欣然接受。

十二月中的早晨，一通電話打來，蓋伊當時正意興闌珊地研究起康乃狄克州房子的草圖。

「喂，蓋伊，是小查。」

蓋伊認得這個聲音，他感覺到自己的肌肉緊繃起來，準備好要展開戰鬥。

不過梅爾斯在同一個空間裡，聽得到他講話。

「你好嗎？」布魯諾的語氣裡帶著笑意與溫暖。「聖誕快樂啊。」

蓋伊緩緩將話筒掛回去。

他瞥向梅爾斯，這位建築師同行跟他共享同一間偌大的辦公室。梅爾斯依舊俯首在製圖板上。綠色百葉窗邊緣下方，鴿子探頭探腦，啄食他與梅爾斯剛撒在窗臺上的雜糧。

電話再度響起。

「蓋伊，我想跟你見一面。」布魯諾說。

蓋伊站起身。「抱歉，我不想見你。」

「怎麼了啦？」布魯諾勉強擠出笑聲。「蓋伊，你是在緊張嗎？」

「我只是不想跟你見面。」

「噢，好吧。」布魯諾沙啞的嗓音聽起來很受傷。

蓋伊默默等待，覺得不能先讓步，最後是布魯諾掛斷電話。

蓋伊口乾舌燥，走去角落對著飲水機喝水。飲水機後方，對角線斜斜照進來的陽光正巧打在帕米拉俱樂部即將竣工的四座建築大樓空拍照上。他背過身去。芝加哥的母校邀請他回去演講，小安屆時會提醒他。他還要替首屈一指的建築雜誌撰文。不過，就委託案而言，帕米拉俱樂部也像是公開宣布，他在業界應該遭到抵制一樣。怎麼不抵制呢？難道帕米拉不算他欠布魯諾一個人情嗎？或該說，他欠殺人凶手的人情？

幾天後，下雪的傍晚時分，他與小安走下他在西五十三街公寓的褐石階梯時，蓋伊看到人行道上有個沒戴帽子的人影抬頭望向他們。警戒感流竄到他的肩膀，他的手也不由自主地握緊小安的手臂。

「你好。」布魯諾說，語氣溫柔，帶著憂愁。暮色中，幾乎看不清他的面容。

「你好。」蓋伊回答，彷彿不認識對方，接著他繼續走。

「蓋伊！」

他與小安同時轉過身去。布魯諾朝他們走來，雙手插在大衣外套裡。

「什麼事？」蓋伊問。

「只是想打聲招呼，問候問候你。」布魯諾盯著小安看，目光困惑，笑裡藏著怨恨不滿。

「我很好。」蓋伊低聲回答，隨即拉著小安轉過身去。

「他是誰？」小安壓低聲音問。

蓋伊很想往回望。他曉得布魯諾會站在原地，曉得布魯諾會望向他們離去的背影，也許會掉幾滴眼淚。「上週來找工作的傢伙。」

「你幫不上忙嗎？」

「愛莫能助，他酗酒成性。」

蓋伊故意聊起他們的新家，因為他曉得此時此刻，他沒有辦法用正常的語氣聊別的話題。地已經買好了，地基也打下去了。新年過後，他就會前往奧頓待上幾天。看電影的時候，他盤算起到底該怎麼擺脫布魯諾，嚇跑對方，好讓這個人怕到永遠不要聯絡他。

布魯諾找他到底想幹嘛？坐在戲院裡的蓋伊緊握雙拳。下次，**下次**，他會用警方調查來威脅布魯諾。他也會真的說到做到。建議警察去調查某個人，這樣是能造成什麼樣巨大的傷害呢？

不過，布魯諾到底打算從他這裡得到什麼？

19

布魯諾並不想去海地，但這一趟提供了逃離的機會。紐約、佛羅里達，或是美洲大陸的各處對他來說都是折磨，因為蓋伊也在這片大陸上，而且不願意見他一面。為了抹去他的痛苦與憂鬱情緒，他在大頸區的家裡成天喝得醉醺醺，為了找事做，他用腳步丈量屋子與庭院的距離，用布尺測量父親的房間，他固執地移動、彎腰、測量、重新測量，彷彿是不會疲累的自動機器，只是偶爾會偏離原本的路徑軌道，顯露出他只是喝醉，並不是精神錯亂。與蓋伊見面後的十天就是這樣度過的，他等著母親與她的朋友愛麗絲・萊弗威爾準備好啟程去海地。

他幾度覺得自己處在某種費解的蛻變階段。那件事他的確幹了，他在家、在自己房裡獨處時，他會覺得「那件事」有如戴在頭上的皇冠，但其他人都看不到。他也容易一下就哭哭啼啼起來。有次，他午餐想吃魚子醬三明治，因為他值得最好的，大顆大顆的黑色魚子醬，結果他發現家裡只有紅色的鮭魚卵，他就叫赫伯去外面買黑色的魚子醬。吐司三明治他吃了四分之一，配著摻水的蘇格蘭威士忌，結果盯著三角形的吐司麵包，看得都要睡著了，只見麵包的邊角開始翹了起來。他一直看，三明治已經不像三明治了，杯中的酒水也不像酒水了，只是金色的液體，是他的一部分，他一飲而盡。空酒杯與捲曲的吐司麵包是嘲笑他的活物，挑戰他吃喝它們的權利。與此同時，肉販的卡車駛離車道，布魯諾對著車聲皺起眉頭，因為一切事物忽然間都活了過來，都在逃離他，卡車、三明治、玻璃酒杯，樹木跑是跑不了，但露出不屑的態度，就跟禁錮他的這座房子一樣。他同時用雙拳重搥牆面，一把抓起三明治，撕裂它傲慢的三角形大口，一塊一塊扔進空蕩蕩的壁爐，魚子一顆一顆爆裂開來，彷彿是什麼即將殞命的小人，一顆就是一條命。

一月中的時候，他、母親、愛麗絲·萊弗威爾，以及四名船員（其中包括兩名波多黎各人）出發前往海地，他們搭乘的是蒸氣遊艇「夢幻王子」號，這是愛麗絲花了整個秋冬，才從前夫那裡搶來的船。這一趟是為了慶祝她的第三度離婚，她之前就邀請布魯諾與他母親一道出遊。頭幾天裡，布魯諾對旅行的欣喜促使他裝出一副冷漠又無聊的模樣。只是沒有任何人注意到。愛麗絲與他母親每天下午、晚上都在船艙裡絮絮叨叨，早上則都在睡覺。想到要跟愛麗絲這種老太婆一起關在船上長達一個月，面對這無趣的前景，他必須找藉口來合理化自己愉悅的心情，他說服自己，他處在極大的壓力下，還要提防警方追蹤到他，再說，他需要閒暇時間策劃除掉父親的細節。他也認為，隨著時間過去，蓋伊的態度會轉變。

在船上的時候，他鉅細靡遺地策劃出兩、三個謀殺父親的關鍵計畫，其他在豪宅中想出的手法只是這幾個計畫的變體罷了。這些計畫讓他相當得意，一是在父親臥室裡用槍，再來是用刀，還有兩個逃離現場的選項，最後一個計畫則是在車庫裡用刀或槍或徒手掐死父親，因為父親每天傍晚六點半會把車子開進去。最後一個計畫的缺點是現場不夠黑，但相對來說比較簡單彌補了這個缺點。他幾乎能在耳朵裡聽到計畫有效實施的「喀啦、喀啦」運作聲。不過，每次畫完謹慎的草圖後，他覺得有必要撕毀圖紙，這樣比較安全。最後他就一直畫，一直撕。當夢幻王子號繞過梅錫角，開往太子港時，從緬因州巴港到加勒比海維京群島最南端之間的海域，都散布著他細細碎碎的雛形構想。

「配得上我家王子的王子港口！」愛麗絲與他母親聊天聊到一個段落時，她放鬆心情地高呼起來。

在她們不遠的陰暗角落裡，布魯諾笨手笨腳地收起剛剛在畫的紙張，抬起頭來。在地平線靠左邊四分之一的位置，看得見灰色的模糊線條，那裡就是陸地了。海地。相較於看不見的時候，在親眼目睹後，感覺海地更遙遠、更陌生了。他距離蓋伊越來越遠。他拖著身子從甲板椅上起來，走去左舷圍欄旁邊。他們會先在海地待上幾天，然後繼續前進，前往更南端的地方。布魯諾一動也不動地站在那裡，感覺到挫敗感侵蝕他的內心，有如向外輻射的熱帶豔陽，照射在他蒼白的雙腿後側上。忽然間，他撕碎了剛剛的計畫，將雙手對著旁邊張開，任由碎紙飄散。乖張頑固的海風帶著紙片前進。

當然啦，跟計畫一樣重要的關鍵莫過於找人來執行了。他心想，要不是因為，無論他策劃得多謹慎，父親的私家偵探傑哈最終都會查到他頭上來，不然他也想親自動手。再說，他想再次驗證他的「沒動機方案」。麥特．萊文或卡羅也不錯，問題在於，他認識這兩個人。而且，在不確定對方是否會答應前，跟他們討論殺人計畫實在很危險。布魯諾跟麥特見了幾次面，但都無法提起這件事。

在太子港的事件讓布魯諾終身難忘。第二天下午，回到船上時，他從橫跨碼頭與船之間的跳板上摔了下去。

蒸騰的熱氣讓他昏昏沉沉，萊姆酒也完全沒有幫助，只讓他覺得更加悶熱。他從城堡飯店前往船上，準備去拿母親的晚宴鞋，途中，他在岸邊附近的酒吧稍作停留，來了杯加冰的蘇格蘭威士忌。其中一位波多黎各籍的船員也在酒吧裡，喝得爛醉，布魯諾從看到這個人的第一眼就不喜歡他，這位船員到處大呼小叫，彷彿這個鎮、夢幻王子號、整個拉丁美洲都是他的一樣。他喊布魯諾是「白皮廢物」，還說了很多布魯諾聽不懂的話，但逗得其他人捧腹大笑。布魯諾帶著尊嚴離開了酒吧，實在是太累太煩，不屑跟他爭執，只是布魯諾在心底決定要跟愛麗絲打小報告，炒了這波多黎各人，讓他登上黑名單。再走一個街廓就能上船，這時，波多黎各人追上了布魯諾，嘴巴依舊沒停過。接著，跨越跳板時，布魯諾忽然倒向護欄繩，整個人跌進骯髒的水中。他不能說是波多黎各人推他的，因為人家真的沒有動手。波多黎各人與另一位水手一邊大笑，一邊將他從水中打撈出來，將他拖上他的床。布魯諾從床上爬起來，抓起他的那瓶蘭姆酒。仰頭就喝，然後才癱倒在床上，穿著溼答答的內衣褲沉沉睡去。

不知過了多久，母親與愛麗絲進來，搖醒他。

「出了什麼事？」她們一直問，咯咯笑個不停，根本不能好好講話。「小查，出了什麼事？」她們的身影模模糊糊，但笑聲尖銳刺耳。他避開愛麗絲壓在他肩上的手指。他無法開口，但他曉得自己想說什麼。如果她們沒有蓋伊的來信，那她們來他房間做什麼？

「什麼？哪個蓋伊？」他母親問道。

「走開啦！」他喊了起來，要她們統統出去。

「噢，他要離我們而去了。」母親用悲痛的語氣講話，彷彿他是性命垂危的醫院病患似的。「可憐的孩子，悲慘又可憐的孩子。」

布魯諾猛力將頭別開，躲過冰冷的毛巾。他恨這兩個女人，他也恨死蓋伊了！為了蓋伊，他殺人、替蓋伊躲警察；要他低調，他也閉嘴了，現在還為蓋伊摔進臭烘烘的髒水之中，而蓋伊連見他一面都不願意！蓋伊都跟女生泡在一起！蓋伊不是害怕，也沒有不高興，只是沒時間應付布魯諾！他在蓋伊紐約的住所看過那個女的三次！如果那女人就在這裡，他會親手殺死她，如同殺害蜜莉安那樣！

「小查、小查，噓！」

蓋伊梅開二度，永遠沒時間見布魯諾了。等著看這女人給他戴綠帽的時候，看誰還同情他！

蓋伊跑去墨西哥就是為了找這女人，才不是什麼見朋友呢。難怪他千方百計想擺脫蜜莉安！而且，在火車上的時候，他甚至完全沒有提到小安・福克納這個人！蓋伊利用了布魯諾。或許不管蓋伊願不願意，最終都會殺了布魯諾的父親。謀殺人人都辦得到。布魯諾想起，蓋伊不相信這點。

20

「跟我喝一杯。」布魯諾說。他突然不知道從哪裡冒出來，站在人行道上。

「我不想見到你。我不會多問。我只是不想看見你。」

「你有沒有問題，我不在乎。」布魯諾露出無力的微笑。目光謹慎。「就在對面，十分鐘就好。」

蓋伊張望起來。他心想，這傢伙就在眼前。報警，撲向他，讓他倒在人行道上。不過，蓋伊只是全身僵硬地站在原地。他看到布魯諾的雙手用力壓在口袋裡，彷彿身上有槍一樣。

「就十分鐘。」布魯諾說，又露出試探的微笑引誘他。

蓋伊已經好幾週沒有收到布魯諾的來信。他試圖回想上次那個雪夜的憤怒，那時他決定向警方檢舉布魯諾。這是關鍵時刻。蓋伊跟著他走。他們走進第六大道上的一間酒吧，選了後面的包廂座位。

布魯諾的笑容變得燦爛。「蓋伊，你是在怕什麼？」

「什麼也不怕。」

「你快樂嗎？」

蓋伊坐在坐墊的邊緣，渾身僵硬。他心想，他面前是一名殺人凶手。那雙手硬生生掐住了蜜莉安的喉嚨。

「聽著，蓋伊，你怎麼不跟我說小安的事？」

「小安的什麼？」

「我只是想多了解她一點，我的意思是，在火車上的時候。」

「布魯諾，這是我們最後一次見面。」

「為什麼？蓋伊，我只是想跟你當朋友。」

「我要向警察檢舉你。」

「檢舉？你怎麼不在梅特卡夫檢舉？」布魯諾開口，眼裡流露出最微弱的粉紅色光澤，彷彿這個問題只能用這種冷漠、哀傷，卻又得意洋洋的語氣提出。怪的是蓋伊感覺到自己的內心也用相同口氣問起這個問題。

「因為我那時還不確定。」

「我該怎麼做？寫份聲明？」

「我還是可以讓警察調查你。」

「不，你辦不到。你的嫌疑比我還大。」布魯諾聳聳肩。

「你在說什麼？」

「你覺得他們能抓到我什麼把柄？什麼都沒有。」

「我可以告訴他們！」他忽然怒火中燒。

「如果我說，是你付錢雇我殺妻，」布魯諾自認有理地皺起眉頭，「零星的線索就可以拼得天衣無縫！」

「我才不在乎那些線索！」

「也許你不在乎，但法律在乎啊。」

「什麼零星的線索？」

「你寫給蜜莉安的那封信。」布魯諾緩緩道來。「掩飾取消工作的事，還有那趟剛好跑去墨西哥的旅行。」

「你這瘋子！」

「蓋伊，面對事實吧！你根本說不通！」布魯諾歇斯底里地提高嗓門，音量壓過了附近播放音樂的點唱機。他一手壓在蓋伊面前的桌面上，隨後又握拳。「蓋伊，我發誓我喜歡你。我們不該用這種方式交談！」

蓋伊沒有動作。長椅的邊緣緊緊咬住他的大腿後側。「我不希望你這種人喜歡我。」

「蓋伊，如果你報警，你只會害我們兩個人一起去坐牢，這你還不明白嗎？」

之前蓋伊就考慮過這件事。若布魯諾繼續滿口謊言，庭審過程就會拖上很久，除非布魯諾鬆口，不然這個案子就不可能結束，而布魯諾不會崩潰。從布魯諾此刻注視他的狂熱、專注目光看來，他曉得布魯諾不會崩潰。蓋伊心想，別理他，躲得遠遠，讓警察逮捕他吧，如果你採取任何行動，這個傢伙肯定會瘋到殺害你。

「蓋伊，你沒有在梅特卡夫檢舉我，因為你喜歡我。某種程度上，你是喜歡我的。」

「我一點都不喜歡你。」

「但你不會檢舉我的，對吧？」

「不會。」蓋伊咬牙切齒地說。布魯諾的沉著讓他驚訝，完全不怕他。「別替我點第二杯了。我要走了。」

「等等。」布魯諾從皮夾裡抽出鈔票，交給服務生。

蓋伊依舊坐著，沒有結論讓他動彈不得。

「西裝真好看。」布魯諾對著蓋伊的胸膛點點頭。

他新買的西裝，灰色法蘭絨上頭有白色的線條。蓋伊心想，用帕米拉案子的酬勞買的，他的新鞋也是，放在座位旁的新鱷魚皮公事包也是。

「你要去哪啊？」

「市區。」他跟準客戶的代表約好七點在第五大道的飯店見面。蓋伊凝望布魯諾銳利又嚮往的目光，相信布魯諾以為他是要趕著去見小安。「布魯諾，你在搞什麼把戲？」

「你很清楚。」布魯諾低聲地說。「我們在火車上講的事，交換受害者。你要殺了我父親。」

蓋伊發出不屑的聲音。早在布魯諾開口前，他就料中這個答案，自從蜜莉安死後，他就懷疑是為了這個。他望進布魯諾那雙執著、依舊流露嚮往的雙眸，冷冽的瘋狂深深吸引著他。他小時候也在街車上這樣盯著一位唐氏症患者，臉上浮現難以撼動的好奇神情，完全不明白何謂羞恥。好奇，加上恐懼。

「就跟你說，我會安排好所有的細節。」布魯諾嘴角揚起愉悅又帶著歉意的微笑。「一點也不難。」

一個念頭忽然湧上蓋伊心頭：他恨我。他也想殺死我。

「如果你不照辦，你知道我會怎麼做的。」布魯諾做出彈指的動作，但他擱在桌上的手軟弱無力。「我就叫警察去調查你。」

蓋伊心想：別理他，別理他就好！「你一點也嚇不到我。要證明你瘋了簡直易如反掌。」

「我跟你一樣，都沒瘋！」

沒過多久，主動結束這場對話的人是布魯諾。他說，他跟他母親約好七點要見面。

下一次的相遇簡短許多，蓋伊雖然當下以為自己贏了，但他又認為自己還是輸了。週五下午，蓋伊離開辦公室，要前往長島去見小安，布魯諾打算攔截他。蓋伊只是與他擦身而過，就坐上了計程車。然而，實際夾著尾巴逃跑讓他覺得很沒面子，這種羞恥感開始侵蝕他的尊嚴，在此刻之前，他的尊嚴本來完好無缺。他只希望當時能跟布魯諾說點什麼，只希望自己就算是短暫面對那個男人也好。

21

接下來幾天，布魯諾幾乎每天傍晚都會站在蓋伊辦公大樓對面的人行道上，不然就是站在蓋伊住處的對街，彷彿是知道有哪些夜晚蓋伊會直接回家一樣。現在布魯諾都不講話了，也不會示意打招呼，只是一個高高的人影，雙手插在長長的軍裝風格大衣口袋裡，衣服滿服貼的，整個人瘦瘦長長，看起來像火爐的煙囪。雖然蓋伊在走出對方視線範圍前都沒有回頭，但他曉得那個人現在只有目光會跟著他移動。就這樣僵持了兩週。然後，第一封信寄到了。

薄薄兩張紙，第一張是布魯諾家、庭院、周遭道路的地圖，還有用虛線及尺畫的線條，引導蓋伊該怎麼走；第二張紙則是打字打得密密麻麻的信，清楚說明殺害布魯諾父親的嚴密計畫。蓋伊撕毀這封信，隨即又後悔了。他該把信留起來，作為對付布魯諾的證據。他留下了撕碎的信紙。

只是根本沒必要留。因為每隔兩、三天，他就會收到類似的信件。全部都是從大頸區寄出，彷彿布魯諾現在都待在家裡一樣，開始收到信後，他就沒有見過布魯諾了，說不定那傢伙還是用父親的打字機打的呢，肯定每次都得花兩、三個小時準備。信件有時讀起來「充滿酒味」，從打錯的文字及情緒噴發的最後幾段就看得出來。若布魯諾清醒，最後一段會讀起來相當親切，保證謀殺絕對簡單。若布魯諾醉了，最後一段則會讀起來充滿兄弟之情，或是威脅要糾纏蓋伊一輩子，摧毀他的職業生涯及他的「戀情」，同時還不忘提醒，布魯諾才是發號施令的人。隨便一封信都記載了所有必須要知道的資訊，彷彿是布魯諾預期到他看也不看，就把大部分的信撕掉一樣。不過，雖然蓋伊決定下一封信就直接撕掉，但他每次收到都會打開，好奇查看最後一段的差異。布魯諾提供了三個版本，最常出現的是持槍從後門進屋的計畫，但每封信都邀請他選擇他想進行的方式。

這些信件以相當古怪的方式影響他。從第一封信帶來的驚訝過後，接下來幾封信幾乎沒有打擾到他。然後隨著第十封、第十二封、第十五封信出現在他的信箱裡時，他覺得這些信似乎用一種他無法分析的方式重重砸在他的意識與神經上。他在自己的房間裡，花上一刻鐘又一刻鐘的時間，想要釐清他的傷痛，修復這些傷痛。他告訴自己，他的焦慮根本沒道理，除非他覺得布魯諾會對付他，想要殺了他。他覺得這種事完全不可能發生。布魯諾從來沒有做出這種威脅。不過理性思考還是不能緩解他的焦慮，或是讓他不要那麼疲憊。

第二十一封信提到了小安。「你不會希望小安知道蜜莉安的死跟你有關吧？哪個女孩會想嫁給殺人凶手啊？肯定不是小安這種女孩。時間不多了。我的最後期限是三月的頭兩週。在那之前，一切都輕鬆簡單。」

然後槍寄到了。房東太太交給他的，裝在大大的咖啡色牛皮紙袋裡。黑色的手槍掉出來時，蓋伊笑了一聲。那是一把大大的魯格手槍，閃爍著光澤，看起來很新，不過防滑交叉紋路的槍柄上敲掉了一小塊。

出於某種衝動，蓋伊從最上面的櫃子抽屜深處拿出他的小小左輪手槍，魯格手槍放在床上，他在上方握起他精美的珍珠握柄手槍掂掂重量。他對自己的行為面露微笑，又將來自德州的槍拿到眼前，仔細端詳起來。他大概十五歲時，在梅特卡夫的主街南段，一間展示品眾多的當鋪看見這把槍，他用送報賺來的錢買下這把槍，不是因為這是一把槍，而是因為它很漂亮。袖珍的設計、短短的槍管都讓他很滿意。他對機械設計的理解越深，就越是喜歡這把槍。過去十五年間，這把槍曾經收納在各種不同櫃子的上層抽屜裡。他打開膛室，取出子彈，就三顆，接著轉動彈巢，扣下六次扳機，欣賞起完美工藝所發出來的低沉喀啦聲。他又將子彈填裝回去，把槍放回薰衣草色的法蘭絨袋子中，擺回抽屜裡。

他有什麼辦法可以擺脫這把魯格手槍？從堤岸扔進河裡？丟垃圾桶？跟他的垃圾一起拿出去？他所想到的方法要麼嫌疑重大，要麼太過誇張。他決定把槍放進最底下擺放襪子與內衣褲的抽屜裡，之後再想該怎麼處理比較好。蓋伊忽然想到了山謬．布魯諾，首度將他想像成活生生的人。魯格手槍的存在將這個人與他可能會死掉這件事並列在蓋伊的腦海中。此刻，在蓋伊的房間裡完整呈現出這位老人、其生活的全貌，以及謀殺他的計畫（這是布魯諾的用詞）；這天早上，等待蓋伊的還有信箱裡的一封信，現在除了用來殺害這個人的槍外，信件也擺在床上，還沒打開。蓋伊從底下的抽屜裡，抽出一封布魯諾這幾天寄來的新信。

在美國社會製造的敗類中，山謬・布魯諾（布魯諾鮮少稱他「我的父親」）是最具代表性的一個好例子。他出身自匈牙利的底層農民家族，生活條件只比牲口好一點點。當他賺夠了錢，他就選了一位家境富裕的妻子，畢竟他這種人就是貪。婚後，家母總是默默容忍他的出軌與不忠，她認為婚姻契約神聖不可打破。現在他老了，他想把握時間裝出虔誠的模樣，但已經來不及了。只希望我能親自動手，但我跟你解釋過了，礙於他的私家偵探傑哈，我沒辦法親手殺了他。如果你們有什麼交集，那他也會成為你的敵人。建築、美感，每個人都該住在適合他們的房子裡，你的這些想法，他都會覺得很愚蠢，只要屋頂不會漏水，不會毀了他的機器設備，他根本不在乎工廠蓋成什麼樣子。也許你會感興趣，他的員工正在鬧罷工。請見上週四的《紐約時報》第三十一頁，左下方有報導。他們罷工是為了爭取最低生活工資。山謬・布魯諾連自己兒子的便宜都要占……

就算蓋伊講出去，誰會相信這種故事？誰會接受這種幻想？信件、地圖、手槍，看起來不過是戲劇表演的道具，只是在永遠不可能成真的虛構故事裡，增添逼真色彩的物品罷了。蓋伊把信燒了，所有的信都燒了，接著就急忙準備前往長島。

今天晚上，他跟小安會驅車，在樹林裡漫步，明天開車上奧頓去。房子會在三月底竣工，在婚禮前，他們有充裕的兩個月時間可以裝潢新家。蓋伊面帶微笑，從火車窗口望出去。小安沒說過想在六月結婚，一切就是這麼水到渠成。她也沒說過想舉辦正式的婚禮，只說：「我們不要太草率。」而他說，若她不介意，他考慮的是正式的婚禮時，她只發出鬆了一口氣的「噢——」，然後抱著他親吻了起來。不，他不願舉辦另一場只花費三分鐘的婚禮，見證人還是陌生人。他在信封背面開始作畫，這是一棟二十層樓的辦公建築，他上週聽說這個案子很可能會發包給他，這是他保留給小安的驚喜。他覺得未來忽然成為了現實。他所夢想的一切，他都擁有了。他一路跑下月臺階梯，在車站門外的一小撮人中，看到了小安的豹紋外套。他心想，他會永遠記得她在這裡等他的樣子，瞥見他時，她總會踏起急切又羞赧的步子，她露出微笑，稍微側過身去，彷彿是多等三十秒都辦不到一樣。

「小安！」他一手攬住她，親吻她的臉頰。

「你沒戴帽子！」

他笑了笑，因為他早就料到她會這麼說。「哎啊，妳也沒戴。」

「我開車來。在下雪呢。」她牽起他的手，他們小跑穿過凍硬的灰白小巷，朝車子前進。

「我有一個驚喜！」

「我也有。妳的驚喜是什麼？」

「我獨自設計的作品，昨天賣了五件出去。」

蓋伊搖搖頭。「我的驚喜比不上妳。我得到了辦公大樓的案子，大概啦。」

她露出微笑，眉毛上揚。「大概？太好了！」

「對、對、對！」他說，又吻了她一下。

這天晚上，站在小安家後方橫跨溪流的小小木橋上時，蓋伊打算說：「你知道布魯諾今天寄了什麼給我嗎？一把槍。」接著，不是因為他差點脫口而出，而是因為他跟小安的生活與他跟布魯諾之間的關係格格不入，了解到這點讓他相當震驚。他不想要瞞著小安，但這件事比他告訴過她的所有祕密都還要重大。布魯諾，這個糾纏著他的名字，對小安來說根本一點意義也沒有。

「蓋伊，怎麼了？」

他心想，她曉得事情有異。她就是察覺得出來。「沒事。」

她轉身朝屋子前進，他也跟上去。夜色染黑了大地，實在難以辨別出積雪的地面與樹林和天空的界線。蓋伊又感覺到了，從屋子東側樹林散發出來的惡意。他前方的廚房朝著草坪流瀉出些許溫暖的黃光。蓋伊再度轉身，讓雙眼停留在樹林邊緣的黑暗之中。望過去時，不舒服與鬆了口氣的感受同時出現，彷彿是用發疼的牙齒咬東西似的。

「我再走一走。」他說。

小安進屋，他轉回先前的方向。他想看看小安不在時，那種感覺會越發強烈還是減弱。他試著感受，而不是用眼睛看。就在樹林邊緣黑影深幽之處，那種感覺依舊存在，幽微又若隱若現。當然沒什麼啦。有沒有可能是陰影與他思緒的聲音加乘在一起的結果？

他將雙手插在大衣口袋裡，堅持要走近一點。

小樹枝斷裂的悶響讓他的意識重重砸回現實，他將注意力放在某一處上。他朝音源大步跑去。灌木叢也發出噼啪聲響，黑暗中，一個黑色的人影移動起來。蓋伊使盡全身肌肉的力量，拉長身子撲過去，一把抓住人影，隨即認出了布魯諾沙啞的吸氣聲。布魯諾在他懷中掙扎，彷彿是水下健壯的大魚，扭動著身體出手，一拳擊中他的顴骨。兩人扭打在一起，同時摔倒，拚命掙脫對方的手臂，彷彿要打個你死我活。布魯諾的手指瘋狂地抓撓蓋伊的頸子，蓋伊卻將雙臂伸得長長的。布魯諾咬牙切齒，嘶嘶氣息從唇齒間噴發出來。蓋伊用感覺已經受傷也無法緊握的右拳再度擊中了這張嘴。

「蓋伊！」布魯諾憤慨地喊了一聲。

蓋伊扯著對方的衣領。兩人忽然間都停下了打鬥。

「你明知道是我！」布魯諾氣憤地說。「下流的混蛋！」

「你在這幹嘛？」蓋伊把他拉起來。

滲血的嘴張得更開，彷彿要哭了一樣。「放開我！」

蓋伊推了他一把。他彷彿是一包掉到地上的物品，接著又搖搖晃晃地爬起來。

「好啊，如果你要，你就殺了我！你可以說你在自衛！」布魯諾哀訴著說。

蓋伊望向屋子。他們的打鬥一路往樹林裡前進。「我不想殺死你，但下次讓我發現你在這裡，你就死定了。」

布魯諾大笑起來，還得意地拍了一下手。

蓋伊惡狠狠地湊上前。他不想再次碰觸布魯諾。不過，就在剛剛，他還跟腦海裡「殺死他、殺死他」的聲音搏鬥了一下。蓋伊很清楚，就算殺死布魯諾，也無法抹去對方臉上那道得意的笑容。「給我滾。」

「你準備在兩週內動手了嗎？」

「準備將你扭送警局了。」

「那你準備好自首了嗎？」布魯諾尖聲嘲諷起來。「準備好要跟小安坦白了？準備好要在監獄裡度過接下來二十年的人生？當然，我早就準備好了！」他緩緩搓揉起雙掌。雙眼似乎泛起紅光。他搖晃的身影就像惡靈，彷彿才從身後那棵扭曲的黑色大樹中走出來一樣。

「找別人來替你幹這種骯髒的事情。」蓋伊沒好氣地說。

「你還有臉說呢！我就是看上你了，把你玩弄於股掌之中！行吧！」一陣歡笑。「我來起頭，我會跟你女朋友解釋整件事的來龍去脈。我今晚就寫信給她。」他拖著踉蹌的腳步離開，還重重絆了一跤，他歪歪斜斜起身，彷彿是一個軟弱又無形的東西。他轉過身來，高聲地說：「除非我在一、兩天裡收到你的回覆。」

蓋伊告訴小安，他在樹林裡跟潛伏的小偷打了一架。打鬥後，他只有一眼紅腫，但除了假裝受傷，他找不到其他待在這裡、明天不去奧頓的理由。他說，他腹部挨了一拳，感覺不對勁。福克納夫婦相當警覺，要求前來莊園查看的警察在接下來幾晚裡，都要加派人手戒備。不過，一個人站哨還不夠。若布魯諾回來，蓋伊想要親自在場。小安建議他一路待到週一，如果他身體不適，這裡還有人可以照顧他。蓋伊果真留了下來。

在福克納家待的兩天讓他無比羞恥。他感到蒙羞，因為他覺得自己必須留下來；他感到羞愧，因為週一一早，他跑去小安的房間，檢查起她的書桌，女傭會將她的信件擺在桌上，他想確認布魯諾有沒有寫信來。結果沒有。小安每天早上會在信件還沒送達前，出門前往紐約的店鋪工作。週一早晨，蓋伊檢查起她桌上的四、五封信，然後又跟做賊一樣，急急忙忙跑出去，深怕女傭會看到他。不過，他提醒自己，以往小安不在的時候，他也經常跑來她的房間啊。有時，屋內擠滿了人，他就會稍微逃進小安的房裡喘口氣。她喜歡在這裡找到他。他在門口，頭靠在門框上，打量起亂糟糟的房間，沒整理的床鋪，書櫃無法容納的大開本藝術書，牆上用大頭釘固定在一片綠色軟木板上的是她最新的設計，桌角邊緣擺著她忘記倒掉的一杯水，玻璃杯已經泛出藍藍綠綠的色調，披在椅背上的咖啡色、黃色相間絲巾，顯然是她改變主意，沒有戴出門。最後一刻，她輕點在頸部的梔子花古龍水依舊飄蕩在空氣中。他渴望將自己的生活與她的融為一體。

蓋伊一路待到週二早上，依舊沒有布魯諾的來信，他只能回到曼哈頓。工作堆積如山。有一千件事讓他惱火。肖恩地產公司的新辦公大樓合約還沒談妥。他覺得生活雜亂無章，沒有方向，遠比在聽說蜜莉安命案後還要混亂。這禮拜沒有收到布魯諾寄來的新信，只有一封週一送達的短箋。箋上說，謝天謝地，他的母親狀況好轉，他才可以出門。他說，母親先前罹患肺炎，狀況相當危急，他只能陪在她身邊。

週四傍晚，蓋伊從建築俱樂部的會議上回家，房東麥考斯蘭太太說，有三通電話找他。他們還在走廊上，電話又響了起來。布魯諾打來的，聽起來喝得醉醺醺，悶悶不樂。他問蓋伊是否準備好要講講道理了。

「我覺得還沒有。」布魯諾說。「我已經寫信給小安了。」隨即掛斷電話。

蓋伊上樓，喝了一杯酒。他不相信布魯諾寫了信，也不相信布魯諾打算寫這封信。他試著讀了一個小時的書，打電話給小安，聊聊她的生活，然後靜不下來，出門看了一場深夜的電影。

週六下午，他本該去長島的亨普斯特德與小安見面，他們要去看狗展。蓋伊心想，倘若布魯諾寫了信，那小安週六早上應該就會收到了。不過，顯然她還沒有收到。他從她坐在車裡等他、朝他揮手的模樣就看得出來。他問她昨晚泰迪的派對好不好玩。她的堂弟泰迪剛過生日。

「派對太棒了，只是沒人想回家。一直慶祝到很晚，我就在那邊過夜了。我還沒回家換衣服呢。」接著，她將車子從窄窄的柵門駛出，開到路上去。

蓋伊咬緊牙根。那封信一**定**已經在家裡等她了。忽然間，他可以確定信已經送到，此刻無法阻止這件事讓他覺得軟弱無力且無話可說。

他們沿著一排一排的狗兒前進時，他急著想要找點話說。

「你有肖恩企業那邊的消息了嗎？」小安問他。

「沒有。」他盯著緊張的臘腸狗，想要仔細聽小安的話，她在說他們家族裡有人養過一條臘腸狗的故事。

蓋伊心想，她還不知道，但如果她今天不知道，那也只是時間的問題罷了，也許多等幾天，但她最後一定會知道。他一直問自己，知道什麼？但答案都一樣，不曉得是為了安慰自己，還是要折磨自己，事實就是，去年夏天他在火車上邂逅了殺害他妻子的人，而蓋伊同意這樣的謀殺。布魯諾肯定會這樣告訴她，還加上具有說服力的細節。因為這樣進了法庭，要是布魯諾稍微扭曲了他們在火車上的對話，結果會不會變成殺人凶手之間的協議？回憶忽然清晰地湧上心頭，在布魯諾火車包廂裡度過的那幾個小時，那處小小的地獄。激勵他說出那種話的是仇恨，也是同樣微小的仇恨，讓他去年六月在查普爾特佩克公園憤怒地訴說起蜜莉安的不是。小安那次也發了火，不只是因為他說了什麼，而是因為他的恨意。仇恨本身也是一種罪過。耶穌布道時，反對仇恨的態度與反對通姦、謀殺差不多。恨意是邪惡的種籽。在信仰基督教的法庭上，他難道不用為蜜莉安的死多少負點責任嗎？小安不會這麼想嗎？

「小安……」他打斷她。他覺得他有必要讓她做好心理準備。他必須**知道**這個問題的答案。

「要是有人指控我參與了蜜莉安的謀殺，妳會……妳會不會……？」

她停下腳步，盯著他看。世界似乎停止運轉，只有他與小安站在靜止的核心。

「參與？蓋伊，你這話是什麼意思？」

有人推擠他。他們站在走道中央。「就是，指控我而已。」

她似乎在尋找言語。

「只是指控我。」蓋伊繼續說。「我只是想知道。無端的指控。這樣沒關係吧，對嗎？」他想問的是，她還會嫁給他嗎？但這是個太過悲慘且帶著懇求意味的問題，他實在問不出口。

「蓋伊，你為什麼要講這種話？」

「我只是想知道，如此而已！」

她將他往後推，這樣他們才不會擋在人來人往的道路上。「蓋伊，**有人**指控你嗎？」

「沒有！」他辯解起來。他覺得尷尬又惱火。「但如果有人指責我，有人想要對我提出相當堅實的指控——」

她看著他，神情中流露出一抹失望、詫異與不信任的態度，之前他出於憤怒、怨懟的情緒，說了什麼話或做出什麼事，而小安不贊同或不理解的時候，他就見識過這種表情。「你期待有人指控你嗎？」她問。

「我只是想知道而已！」他語氣急切，這個問題聽起來這麼簡單！

「在這種時刻，你讓我覺得，我們好像是徹頭徹尾的陌生人。」她低聲地說。

「我很抱歉。」他咕噥起來。他覺得她似乎斬斷了他們之間那道看不見的情感羈絆。

「我不覺得你感到抱歉，不然你就不會一直講這種話！」她直直盯著他，雖然壓低聲音，但雙眼噙淚。「就跟那天在墨西哥的時候一樣，你整個人沉浸在批評蜜莉安的心態裡。我不在乎，我不喜歡這樣，我不是那種人！你害我覺得，我好像根本就不認識你一樣！」

蓋伊心想，是「不愛你了」。這一刻，她似乎放棄他了，完全不想試著了解他或愛他。蓋伊絕望地站在原地，無法移動，沒有辦法說話。

「好，既然你問了。」小安說。「我覺得，如果有人指控你，一切都會變得不一樣。我也要問問你，為什麼期待有人會指控你？你為什麼會這麼想？」

「我沒有這麼想！」

她轉過身去，朝著死巷那一端走去，低頭站在那裡。

蓋伊跟了上去。「小安，妳了解我的。妳比世界上的任何人都了解我。我不希望有任何祕密隱瞞著妳。我只是忽然想到，就開口問妳了！」他覺得自己這樣算是坦白了，之後是鬆了口氣的感覺，他忽然感到相當篤定（就跟他先前篤定布魯諾寫了那封信一樣），布魯諾還沒寫信，也不會寫了。

她不痛不癢地迅速抹去眼角的淚水。「蓋伊，我只要求你一件事。你可不可以不要期待每件事都會有最糟的結果好嗎？」

「可以。」他說。「老天啊，當然可以。」

「我們回車上吧。」

這天接下來的時光，他都與小安一起度過，晚上還去她家一起用晚餐。布魯諾沒有寫信來。蓋伊將這個可能性拋諸腦後，彷彿危機已經過去。

週一晚上差不多八點時，麥考斯蘭太太叫他過去接電話。小安打來的。

「親愛的……我猜我有點難過。」

「怎麼了？」他很清楚怎麼了。

「我收到一封信，今早寄到的。內容就是你週六說的那件事。」

「小安，什麼事？」

「跟蜜莉安有關，打字機打的，沒有署名。」

「信上說了什麼？唸給我聽。」

小安的聲音有點顫抖，但口齒還是很清晰：「『親愛的福克納小姐：妳也許會想知道，蓋伊．海恩斯在他妻子的命案裡扮演的角色，遠比法律認定的還要嚴重。不過，事實即將水落石出。我覺得妳應該要明白這件事，以免妳打算嫁給這種雙面人。除此之外，筆者也很清楚，蓋伊·海恩斯不會保持自由之身太久了。』署名是『一位朋友』。」

蓋伊緊閉雙眼，說：「老天啊。」

「蓋伊，你知道這可能是誰寄來的嗎？蓋伊？喂？」

「我在。」他說。

「是誰？」

從她的聲音聽來，他曉得她只是嚇壞了，她信任他，只是擔心他罷了。「小安，我不知道。」

「蓋伊，是這樣嗎？」她焦慮地問。「你應該要知道，應該要做點什麼。」

「我不知道。」蓋伊又說了一遍，皺著眉頭。他的思緒似乎打成解不開的結。

「你肯定知道。蓋伊，**好好想想**。也許是你認為的仇人？」

「哪裡的郵戳？」

「中央車站，普通的白紙，什麼都看不出來。」

「替我留著。」

「蓋伊，當然。我不會告訴任何人，我是說，我的家人。」停頓了一下。「蓋伊，**肯定**有人故意陷害你。你週六時就起疑心了，對不對？」

「我沒有。」他感到喉頭緊縮。「妳知道，有時庭審之後，這種事就是會發生。」他意識到，他想小心翼翼地替布魯諾隱瞞，彷彿他就是布魯諾一樣，而且他有罪。「小安，我何時可以見妳？今晚可以過去嗎？」

「這個……我應該會跟爸媽一起出席慈善聚會。我可以把信寄給你，特別快遞，明天一早就到。」

於是信一早就到了，一起抵達的還有布魯諾的另一個計畫，最後一段深情的催促中提到了寫給小安的信，而且保證不會是最後一封。

22

蓋伊坐在床沿，臉埋進雙掌中，然後又刻意將手移開。他感覺夜晚霸占了他的思緒核心，將其扭曲，夜晚、黑暗、失眠。不過，夜晚也帶來了其專屬的真相。夜裡，人能夠以某種傾斜的角度碰觸到事實的真相，但所有的真相都一樣。如果他把一切告訴小安，她會不會覺得他多少有罪？嫁給他？怎麼可能？他是什麼樣的禽獸啊？居然坐在那個房間裡，底層抽屜中藏了一堆謀殺計畫，等著取人性命的手槍也在裡頭？

在黎明前的微弱光線中，他端詳起鏡中的面容。左側嘴角向下歪斜，一點也不像他。豐滿的下唇因為緊張而變薄了。他想要穩住自己的目光。這雙眼睛回望著他，眼下是蒼白的半弧陰影，彷彿一部分的他因為指控而冷酷，如同在凝視折磨自己的施虐者。

他該換件衣服出門散步，還是試著睡一下？他踩在地毯上的腳步很輕，無意識地避開了扶手椅旁邊的區域，那邊的地板會發出吱嘎聲響。布魯諾的信裡是這麼說的：為了保險起見，你要避開那些會發出聲響的階梯。你已經知道，我父親的房門就在右手邊。我都檢查過了，完全不可能失手。管家（赫伯）的房間位置請見地圖。這是你最有可能遇到人的地方。我畫叉的位置就是走廊地板會發出聲音的地方……他猛然倒在床上。無論發生什麼事，千萬不能在我家與火車站之間丟下魯格手槍。這一切，他瞭然於心，知道廚房門會發出何種聲音，也清楚走廊地毯的顏色。

如果布魯諾找別人來殺害他的父親，蓋伊的這些信就是讓布魯諾定罪的充分證據。他可以報復布魯諾對他所做的一切。不過，布魯諾會重述他的謊言，這些謊言會讓蓋伊策劃蜜莉安命案的罪名成立。不，布魯諾找到其他人動手只是時間問題。面對布魯諾的威脅，只要再撐久一點，一切就會結束，他就能安然入睡了。他心想，要是讓他動手，他肯定不會用那把巨大的魯格手槍，他會用小小的左輪手槍——

蓋伊從床上起身，全身痠痛，氣憤不已，剛浮現在腦海的幾個大字讓他相當驚恐。「肖恩大樓。」他對自己說，好像是在宣布新的場景，彷彿這樣就能脫離夜晚的軌道，轉換到白晝的路線一樣。肖恩大樓。除了不必踩到的碎石外，地上全部鋪滿草皮，一路覆蓋到後面的階梯……跳過第四階，跳過第三階，踩在最上面寬闊的地方。你會記得的，這是切分音的節奏。

「**海恩斯先生！**」

蓋伊嚇了一跳，劃傷自己。他放下剃刀，然後才朝門口走去。

「喂，蓋伊，準備好了嗎？」電話那一端的聲音問起，一大早就聽起來很下流，帶著夜晚複雜的醜惡語氣。「還要再來一點顏色瞧瞧嗎？」

「你打擾不了我。」

布魯諾大笑起來。

蓋伊掛斷電話，渾身顫抖。

震驚的感覺持續了一整天，令人顫抖，充滿創傷。那晚，他急切地想見到小安，急切地想在約定等待的地點，一眼就看到她。不過，他也想要剝奪自己與她見面的權利。他沿著河濱大道散步，走了很久，想讓自己累一點，但睡得還是很不安穩，做了好幾個不怎麼愉快的夢。蓋伊心想，只要肖恩大樓的合約簽好，一切就會不一樣了，他就可以埋首進工作中。

肖恩地產公司的道格拉斯．弗利爾依約在隔天早上來電。「海恩斯先生。」緩慢沙啞的嗓音說：「我們收到一封很奇特的信，有關於你。」

「什麼？哪種信？」

「與你的妻子有關。我不知道……該唸給你聽嗎？」

「麻煩了。」

「『敬啟者：蓋伊．丹尼爾．海恩斯的妻子在去年六月遭到謀殺，他在其中扮演的角色比法院認定的還要嚴重，你們肯定會對這點感興趣。這封信出自知情人之手，同時，命案很快就會進行再審，他在犯罪事件中的真正角色就會水落石出。』海恩斯先生，我相信這是惡作劇。只是想該跟你說一聲。」

「當然了。」角落的梅爾斯俯首在製圖板上，沉著冷靜的態度跟其他日子一樣。

「我想我聽說過……呃，去年的悲劇。不會重審，對嗎？」

「當然不會。至少，我沒有聽說過這個消息。」蓋伊咒罵起自己的慌亂。弗利爾先生只是想知道他有沒有時間好好工作。

「海恩斯先生，抱歉，我們還沒有決定好是否簽約。」

肖恩地產公司一直等到隔天早上才通知他，他們不是很滿意他的草圖。事實上，他們對另一位建築師的作品更感興趣。

蓋伊納悶起來，布魯諾怎麼曉得這棟大樓的建案？不過，要知道還是有很多門路。也許是報紙上報導過（布魯諾一直留意各種建築新聞），也許布魯諾知道他不在辦公室，故意打電話來，用稀鬆平常的口氣向梅爾斯套出情報。蓋伊再度望向梅爾斯，好奇他是否跟布魯諾講過電話。這種可能性帶有超乎現實的詭異感。

現在大樓的案子吹了，他開始能夠明白這代表什麼。夏天的時候，他不會有他仰賴的額外收入了，也沒有名聲，能夠打入福克納家族的聲望。他一次也沒有想過（跟其他原因一樣，深植於他的痛苦之中），親眼看到作品化為泡影，居然會讓他感到如此氣餒。

布魯諾通知他的下一個，以及後續的客戶只是時間的問題。布魯諾威脅要摧毀他的事業。還有他與小安的生活？蓋伊想到她就感到一陣心痛。他似乎已經久久沒有想起自己愛過她了。他們之間出事了，但他說不出是什麼事。他覺得布魯諾摧毀了他去愛人的勇氣。任何一點小事都能增加他的焦慮，先是弄丟了他最好的那雙鞋，因為他忘了鞋子是拿去哪間店鋪修理，接著是他們位於奧頓的新家，那個地方似乎已經太大了，他懷疑他們能否填補房子的空間。

到了辦公室，梅爾斯忙著進行他的例行公事，替仲介來的案子製作草圖，而蓋伊的電話則響都沒響過。蓋伊一度想，連布魯諾都不會打來，因為他想一點又一點的鋪陳，這樣當他再打來時，他的聲音才會受到歡迎。蓋伊感到自我厭惡，於是大中午的，他就跑去麥迪遜大道的一間酒吧喝起馬丁尼。他原本要跟小安相約吃午餐，但她臨時打電話取消，他想不起來她用了什麼藉口。她的語氣聽起來並不平靜，但他覺得她並沒有實際說出任何不與他一起用餐的理由。她顯然沒有說她要去替新家添購物品，不然他肯定會有印象。真的嗎？她是不是在報復他？因為上週日，他臨時取消了與她家人的晚餐約會？上週日，他疲憊不堪，心情憂鬱，完全不想見任何人。一場沒有公開的無聲爭執似乎在他與小安之間上演。這陣子，他覺得自己太悲慘了，不希望牽連小安，而當他開口希望能見面時，她也假裝很忙，沒時間見面。她忙著裝潢新家，忙著與他爭執。一點也不合理。除了逃避布魯諾以外，世界上的一切都不合理。任何逃避他的方式也不合理。法庭裡發生的一切更不合理。

他點燃香菸，卻發現另一支菸已經點好了。他蜷縮在黑得發亮的桌子上，一口氣抽兩根。左右手分別拿菸，宛如鏡像。下午一點十五分，他在這裡幹嘛？下肚的三杯馬丁尼讓他越來越醉，根本沒有辦法工作，這還是假設他有案子要做的前提下。是深愛小安的那個蓋伊．海恩斯？是打造出帕米拉度假村的那個人？他甚至沒有勇氣將馬丁尼玻璃杯朝角落擲過去。流沙，假設他徹底沉淪，假設他真的替布魯諾殺人。跟布魯諾說的一樣，一切易如反掌，房子空蕩蕩，只有他父親跟管家在家，蓋伊對他家的陳設瞭若指掌，比蓋伊對自己在梅特卡夫的老家還要熟悉。蓋伊也可以留下對布魯諾不利的證據，把魯格手槍留在屋裡。這個想法成為具體的一點。他不由自主地對布魯諾握起了拳頭，只是他面前桌上緊握的雙手又讓他覺得羞愧不已。他不能讓思緒再次飄蕩到那個境地去。布魯諾要的就是讓他這麼想。

他用杯子裡的水沾溼手帕，擦拭自己的臉。刮鬍子造成的傷口有點刺痛。他望向面前的鏡子。傷口開始滲血，只是一個小小的紅色痕跡，就在下巴中央淺淺凹痕的一側。他想朝鏡子裡的下巴來上一拳。他猛一起身，連忙去結帳。

不過，經歷過那種境界，他的思緒就很容易飄去那裡。睡不著的夜裡，他演練起謀殺的手法，這樣的行為彷彿藥物般安撫了他。那不叫謀殺，只是執行了就能擺脫布魯諾的行為，是一把刀，能夠切除惡性腫瘤。在那個夜晚，布魯諾的父親不再是一個人，而是一件物品，正如蓋伊自己也不是人，而是一道力量。去扮演這股力量，將魯格手槍留在房裡，目睹布魯諾從定罪到死亡的過程，這是一種淨化。

布魯諾寄了一個鱷魚皮的皮夾給他，邊角有燙金，內裡還有他的名字縮寫 G.D.H.。「蓋伊，我覺得這個皮夾很像你。」裡頭的字條是這麼寫的。「請不要讓狀況變得那麼難堪。我一直以來都很喜歡你，布魯諾。」蓋伊動手想把皮夾扔進街上的垃圾桶，隨後又將它塞進口袋。他不喜歡扔掉漂亮的物品。他可以想別的方法處理掉。

同一天早上，蓋伊婉拒了廣播座談會的演講邀請。他的狀況沒辦法工作，他自己很清楚。那他幹嘛每天跑來辦公室？他樂得成天醉醺醺，夜裡也爛醉如泥。他看著自己的手轉起辦公桌上的折疊式指南針。有人說過，他的手像是嘉布遣小兄弟會修士的手，是芝加哥的提姆．歐弗萊赫迪說的。他們有次在提姆的地下室公寓裡吃義大利麵，聊起柯比意，聊起建築師似乎都具備滔滔不絕、侃侃而談的能力，彷彿選擇這項職業，自然而然就會伴隨這樣的能力，這也很幸運，因為通常幹這一行，的確很講究口才與口條。不過，那時一切都充滿可能，就算蜜莉安一直消耗他的精力，但眼前的奮鬥仍然令人振奮又明確清晰，即使會遇上各種困難，似乎也不成問題。他一直翻轉著指南針，用手指向下摩挲、翻來翻去，直到他覺得噪音可能會打擾到梅爾斯，他才停下動作。

「蓋伊，振作點。」梅爾斯友善地說。

「這不是什麼擺脫得了的事，要麼崩潰，要麼撐下去。」蓋伊用死氣沉沉的冰冷語氣回應，接著，他實在無法控制自己，又說：「梅爾斯，我不想要聽什麼建議。謝了。」

「蓋伊，聽著——」梅爾斯笑著起身，整個人瘦瘦高高、平靜沉著。不過，他沒有從角落辦公桌那邊走過來。

蓋伊抓起門邊衣帽架上的大衣。「抱歉，我們忘了這場對話吧。」

「我知道這是怎麼回事。婚前緊張。我也是過來人。我們去樓下喝一杯，怎麼樣？」

梅爾斯親暱的態度刺激了蓋伊的自尊心，在此之前，他都不曉得這種愛面子的態度存在。他實在無法凝視梅爾斯那張空洞又無憂無慮的臉，還有那得意洋洋的平庸乏味。「謝了。」他說。「我沒心情。」接著在身後輕輕帶上門。

23

蓋伊再度望向對街那排褐石建築，確信自己看見了布魯諾。他的雙眼痠痛又模糊，對抗起暮色的朦朧。他確實**看見**布魯諾了，就在黑色的鐵製柵門那裡，但那兒根本沒有人。蓋伊轉身就跑上住處的階梯。他買了今晚威爾第歌劇的票，跟小安約好，八點半在劇院見面。他今晚實在不想面對小安，不想聽到小安善意的鼓勵，更不想假裝心情好，最後把自己搞得精疲力竭。她很擔心他睡不好。雖然她沒有多說什麼，但這反而讓他有點不耐。最重要的是，他根本不想聽威爾第的歌劇。買威爾第的票，他是著了什麼魔啊？他原本是想做點什麼取悅小安，但她頂多只會覺得這齣戲也就尚可而已，買票來看他們都不喜歡的劇碼，是不是瘋了啊？

麥考斯蘭太太給了他一串電話號碼，請他回電。他覺得號碼看起來像是小安某位阿姨的電話。他希望小安今晚忙得走不開。

「蓋伊，我覺得我趕不過去。」小安說。「茱莉阿姨要我見的那兩個人要過了晚餐時間才到得了。」

「沒問題。」

「而我實在無法脫身。」

「完全沒關係。」

「但我還是很抱歉。你知道，禮拜六之後，我們就沒見過面了？」

蓋伊咬著自己的舌尖。她的依戀、她的關切，甚至是她清晰、溫柔的話語，先前聽起來像是溫暖的擁抱，現在卻讓他反感起來，這一切似乎說明了他已經不愛她了。

「你今晚可以帶麥考斯蘭太太去看歌劇啊？如果你能帶她去，那就太好了。」

「小安，我根本不想看。」

「蓋伊，沒有繼續收到信件了吧？」

「沒有。」這是她問的第三遍了！

「我真的很愛你。別忘了這點，好嗎？」

「小安，我記得。」

他跑上樓，回到自己房間，他掛好外套，洗了把臉，梳好頭髮，忽然間，他無事可做，他渴望起小安來。他無比渴望她在身邊。他為什麼氣成這樣，以為自己不想見她？他翻起口袋，想要找到麥考斯蘭太太抄電話號碼的字條，接著又跑下樓，在走廊地上尋找。字條不見了，彷彿有人故意偷走，就是想阻撓他一樣。他隔著前門的蝕刻玻璃望出去。他心想，布魯諾，一定是布魯諾拿走的。

福克納夫妻肯定會曉得小安阿姨的電話。他大可去找她，今晚陪在她身邊，雖然這樣意味著茱莉阿姨也會在場。長島的電話響了又響，就是沒人接。他努力回想阿姨姓什麼，卻想不起來。

他的房間裡似乎充斥著觸手可及、帶著懸疑色彩的寂靜。他望向牆邊自己打造的矮書架，看著麥考斯蘭太太給他的常春藤，就擺在壁掛架上；他也凝視起閱讀燈旁空蕩的紅色絲絨單人沙發，及床邊他自己畫的，名為「幻想動物園」的黑白素描，最後目光落在遮擋小廚房的棉麻素色隔簾上。他百無聊賴地走過去，拉開簾子，望向後方。他篤定有人在裡頭等他，但他一點也不怕。他拿起報紙，閱讀起來。

沒過多久，他就在酒吧裡，喝起第二杯馬丁尼。理智告訴他，他必須睡一覺，就算這意味著他必須獨飲也沒關係，他其實看不起這樣的行為。他步行前往時代廣場，剪了個頭髮，他買了將近一公升包裝的牛奶，還有兩份八卦小報。他盤算著，寫信給母親，然後就喝點牛奶、看看報紙，上床睡覺。說不定他到家時，小安的電話號碼就會出現在地板上。但什麼也沒有。

約莫凌晨兩點左右，他下了床，在房裡走動，餓了，卻不想吃東西。不過，他還記得上週某一晚，他開了沙丁魚罐頭，用刀刃就大快朵頤了起來。夜晚是獸性作用的時刻，能夠讓人更親近真實的自己。他從書架上抽出一本筆記本，連忙翻看起來。這是他到紐約後使用的第一本筆記本，那時的他差不多二十二歲。他什麼都畫，克萊斯勒大樓、佩恩．惠特尼精神科診所、東河的平底駁船，還有靠在電鑽上的工人，鑽頭以水平的角度牢牢鑽進岩石中。好幾張無線電音樂城建築的外觀，還對整個空間做了筆記，對頁則是同一棟大樓，但加上他的修改，也許可以說是一棟結合了他設計理念的全新大樓。他連忙闔上本子，因為畫得很好，他懷疑自己現在還有沒有那麼好的表現。帕米拉俱樂部似乎是他最後一次噴湧而出的豐富、歡快青春能量。他一直壓下的啜泣讓他胸口緊縮起來，這種痛楚令人作嘔，卻又無比熟悉，這是在娶了蜜莉安之後的感覺。他躺在床上，這樣才能阻止下一波啜泣。

蓋伊感覺到布魯諾在黑暗裡的存在，因此清醒過來，但他沒有聽見實際的聲音。過了一開始突如其來的驚嚇之後，他也不覺得意外了。在先前的數個夜晚裡，他已經想像過，他很高興看到布魯諾出現。**真的是**布魯諾嗎？是的。現在蓋伊看清布魯諾的香菸火光了，就出現在櫃子旁邊。

「布魯諾？」

「嗨。」布魯諾輕聲地說。「我用萬能鑰匙進來的。你現在準備好了，對嗎？」布魯諾的聲音聽起來平靜且疲憊。

蓋伊用一隻手肘撐起身子。布魯諾當然在這，他橘紅色的香菸火光就在這裡。「對。」蓋伊說，他感覺黑暗吸收了這個「對」，不是其他夜晚裡平靜無聲的「對」，甚至沒有說出口的「對」。這個回答解開了他腦袋裡的結，太突然了，感覺痛痛的。這是他一直等著說出口的答案，是房間中的靜謐等著傾聽的答案。也是牆外那些野獸屏息以待的回答。

布魯諾坐在床邊，雙手握住蓋伊的臂膀。「蓋伊，我再也不會來找你了。」

「別說這種話。」布魯諾身上散發著惱人的菸味、甜膩的髮蠟味，還有酒精的酸臭味，但蓋伊沒有抽開身子。他的思緒依舊處在鬆綁的舒暢狀態。

「最後這兩天，我想對他好一點。」布魯諾說。「不是好，是像樣一點。只是，我們出門前，他對我媽說——」

「我不想聽！」蓋伊說。他一再打斷布魯諾，因為他不想知道布魯諾的父親說了什麼、長什麼模樣，他什麼都不想知道。

他們兩人都靜默了好幾秒鐘，蓋伊是因為不想主動解釋，布魯諾則是被迫閉嘴

布魯諾又喋喋不休了起來，帶著鼻音，聽起來很討厭。「我們明天要去緬因州，中午就出發。我跟我媽，還有司機。明晚是下手的好時機，但每天晚上都可以，除了禮拜四，其他日子都一樣。晚上十一點以後都可以……」

他講個沒完，重複著蓋伊已經瞭然於心的內容，蓋伊沒有阻止他，因為蓋伊知道自己會走進那間屋子，一切都會成真。

「兩天前，我弄壞了後門的鎖，喝醉時砸爛的。他們沒找人來修，他們太忙了，但如果修了——」他將一把鑰匙塞進蓋伊手中。「我還帶了這個給你。」

「這是什麼？」

「手套，女用手套，但彈性很好。」布魯諾笑了起來。

蓋伊感受起薄薄的棉質手套。

「槍在你這，對嗎？在哪？」

「櫃子最下面的抽屜。」

蓋伊聽到他踉蹌撞到櫃子，又聽見抽屜被拉開。燈罩發出聲響，燈亮了起來，布魯諾站在那裡，人高馬大，身穿新的馬球大衣，顏色很淺，近乎白色，下半身是黑色長褲，側邊還有一道白線。他脖子上披掛著一條白色的絲巾，拖得長長的。蓋伊從他那雙小小的咖啡色鞋子，一路端詳到他油膩成綹的頭髮，彷彿從布魯諾的外表，蓋伊就看得出自己為什麼改變了對這個人的感覺，甚至是可以搞清楚那到底是什麼樣的感受。那是一種熟悉感，不只如此，更像是一種兄弟之情。布魯諾將槍枝組裝回去，發出喀啦聲，他轉頭面對蓋伊。他的臉比蓋伊上次見到時更加渾圓，比印象裡更紅潤、更有生氣。因為落淚，他灰色的雙眼看起來大了一些，甚至有點金閃閃的樣子。他望向蓋伊的神情彷彿是在找話說，應該說是在懇求蓋伊找點話說。下一刻，他舔溼分開的薄薄嘴唇，搖搖頭，朝著檯燈伸手。光線熄滅了。

他離開了，但幾乎感覺他沒有走。他們還是兩個人一起待在房裡，倦意也沒有缺席。

蓋伊醒來時，刺眼的灰色光芒充斥著整個房間。時鐘顯示下午三點二十五分。他依稀記得早上起來接電話，梅爾斯打來問他為什麼沒進辦公室，而他說他身體不太舒服。去你的，梅爾斯。他躺在床上，眨眨眼睛，驅趕睡意，讓大腦負責思考的區域明白，今晚就要動手，而過了今晚，一切就結束了。接著，他起床，緩緩開始他的例行公事，刮鬍、沖澡、著裝，同時意識到他今天所做的一切都沒有意義，十一點到午夜之間才是重點，急也急不來，拖也拖不過去，只能該怎樣就怎樣。他覺得自己彷彿是在某種軌道上移動，就算有意，他也無法阻止自己，或從軌道上下來。

他去街上的咖啡店享用遲來的早餐，吃到一半時，一股詭異的感覺浮上心頭，彷彿他上次與小安見面時，就將接下來的計畫與一切全盤托出，她以平常心聆聽，曉得這樣是為了他好，因為接下來這件事，他非做不可。感覺自然也必然，他覺得世界上的每個人都該清楚這點，坐在他旁邊的男人漠不關心地吃自己的東西，出門時，麥考斯蘭太太正在清掃走廊，她對蓋伊投以充滿母愛的微笑，問他身體是否感覺好一點了？咖啡店牆上的日曆說明今天是三月十二日星期五。蓋伊看著這個日期好一陣子，隨後吃完他的餐點。

他想要活動筋骨。他心裡盤算著，沿著麥迪遜大道散散步，然後從第五大道接上中央公園的盡頭，又沿著中央公園西大道抵達賓州車站，時間正好趕上前往大頸區的班次。他開始思考今晚的行動方案，但覺得很無聊，像是學校在教他已經爛熟於心的內容一樣，於是，他沒有繼續想下去。麥迪遜大道櫥窗裡的黃銅氣壓計現在看起來特別有吸引力，他彷彿馬上就會去度假，可以買一個氣壓計好好把玩一樣。他心想，小安船上的氣壓計絕對沒有這邊的商品這麼精美，不然他肯定會注意到。在他們南下出海度蜜月前，他一定要來買個好看的氣壓計。他想到他的愛情，宛如珍貴的寶物。來到中央公園北邊盡頭時，他才想到他沒有帶槍跟手套出門。現在是七點四十五分。多麼剛好又愚蠢的起點啊！他攔了計程車，請司機快點送他回住處。

畢竟時間依舊充裕，他還能在房裡心不在焉地徘徊一下。他要不要換穿膠底鞋？要戴帽子嗎？他將魯格手槍從最底下的抽屜中拿出來，放在櫃子上。槍下壓著布魯諾的一份計畫，他打開信紙，但忽然間，文字感覺太熟悉了，他將紙張扔進垃圾桶裡。動能讓他的動作恢復流暢。他從床邊桌上拿起紫色的棉質手套。手套裡掉出一張黃色的小小卡片，那是前往大頸區的車票。

他盯著黑色的魯格手槍看，他以前都沒覺得這把槍的尺寸大得很誇張。哪個**笨蛋**把槍做成這種龐然大物啊？他從最上方的抽屜裡拿出自己的小小左輪手槍。珍珠握把閃爍著低調的美感。纖細短小的槍管看起來具備好奇且積極樂意的態度，散發著內斂又瀟灑的能量，相當有力量。只是，他不能忘記要把魯格手槍留在臥室裡，因為那是布魯諾的槍。不過，現在看來似乎不太值得，為此還要帶著沉重的槍出門。此刻的他對布魯諾沒有敵意，真是怪了。

他一度非常困惑。當然要帶魯格手槍出門啊，計畫就是這樣！他將魯格手槍放進大衣口袋裡。他的手伸向櫃子上的手套。手套是紫色的，擺放他左輪手槍的法蘭絨袋是薰衣草的顏色。忽然間，帶上小小的左輪手槍成了合適的選擇，因為顏色相近，因此他將魯格手槍放回底下的抽屜，將小小的左輪手槍放進外套口袋裡。他沒有額外檢查其他一切注意事項，因為他已經充分演練過布魯諾的計畫，他感覺得到萬事就緒。最後，他倒了一杯水，澆進壁掛架上的常春藤裡。他心想，一杯咖啡會讓他提高警覺。他可以在大頸區車站來一杯。

在火車上的時候，一度有人撞到他的肩膀，他緊張的神經似乎顫抖得激動起來，高漲到他以為有事要發生了，一連串言語湧入他的腦海，他差點脫口而出：**我口袋裡的東西不算槍！我沒想過那是槍。我不是因為那是一把槍才買它的**。他隨即又鬆懈下來，因為他曉得他要用這把槍殺人。就跟布魯諾一樣。他難道不是一次又一次感覺到這點嗎？還像個懦夫不敢承認？他不曉得布魯諾很像他嗎？不然，他怎麼會喜歡上布魯諾？他愛死布魯諾了。布魯諾替他前進的每一步都做了安排，一切都會順利平安，因為布魯諾總是如此。世界的齒輪就是為布魯諾這種人轉動的。

他踏出火車時，細雨綿綿，水霧迷濛。蓋伊直接朝著一排公車前進，那是布魯諾先前提過的。打開車窗吹進來的空氣比紐約還涼快，帶有鄉間的清新氣息。公車從亮燈的社區中心駛出，進入一條昏暗的道路，兩邊都是住宅。他想起他沒在車站停留喝咖啡。忘記這件事讓他煩躁起來，一度想要下車回去喝咖啡。一杯咖啡可能造就天差地別的結果。對，關乎他的人生！只是，到了格蘭街站時，他無意識地站在那裡，沿著既定軌道前進的感覺又回來安撫了他。

在泥巴路上，他的腳步發出溼潤且帶有彈性的聲響。前方有個年輕女孩跑上階梯，沿著門前的小徑而入，身後關門的聲音聽起來平靜又和睦。空地只有一棵樹孤零零地立著，左邊則是一片黑暗與樹林。布魯諾在每份地圖上都有標示的街燈，散發著油滑的藍金色光暈。一輛車緩緩靠近，顛簸的路面讓車燈有如骨碌碌的癲狂雙眼，接著車子從他身旁駛過。

他忽然就看到了，彷彿是帷幕拉開，他熟悉的舞臺場景顯現，前景是大約兩公尺高的白色灰泥牆，垂盪在上方的櫻桃樹讓這堵牆光影交錯，牆後則是三角形的白色屋頂——「豬圈」。他跨越街道。前方道路上傳來沙沙的緩步聲。他隱身在昏暗的北側牆邊，直到看清人影。那是一位漫步的警察，雙手握著警棍擱在身後。蓋伊並沒有覺得緊張，蓋伊心想，這人若不是警察，他反而會比較緊張。警察過去後，蓋伊沿著牆邊走了十五步，接著一躍而上，抓住牆壁頂部的裝飾設計，七手八腳地跨坐上去。差不多就在他正下方，他看到一個白色的物體，那是布魯諾說好會擺在牆邊的牛奶箱。他壓低身子，從櫻桃樹的細枝間望向屋子。一樓有五面大窗，他看到其中兩扇，以及長方形游泳池的一角，水池有部分朝他這邊延伸過來。沒有燈光。他往下跳。

現在他看到後方的六個臺階，臺階側面都是白色的，整個房子周圍都是沒有開花的山茱萸樹，形成了朦朧的皺摺輪廓。他從布魯諾的圖畫中就懷疑過，房子太小，容不下十個雙層山牆，顯然是因為客戶要求，所以才蓋成這樣。他沿著牆內移動，直到斷裂的枝條聲嚇了他一跳。布魯諾是這麼說的，以對角線斜斜穿過草坪，樹枝就是原因所在。

他朝屋子前進時，一根大樹枝扯掉了他的帽子。他連忙將帽子塞進大衣懷中，一手插進口袋裡，鑰匙擺在這裡。他什麼時候戴上手套的？他深吸口氣，以半跑半走的步伐穿過草坪，輕盈迅速，跟貓一樣。他心想，這件事我幹過太多次了，這只是其中一趟罷了。到了草地邊緣，他猶豫了起來，他望向迎著石子路轉彎的眼熟車庫，然後爬上後門的六級階梯。後門沉重但順利打開了，他握住另一側的門把。第二扇有耶魯鎖的門卻卡住了，一陣類似尷尬的感覺襲來，他使勁推，門才打開。他左手邊的廚房餐桌上方傳來時鐘的聲音。他曉得那是餐桌，雖然他在一片漆黑裡只能看到顏色沒有那麼深的物體，然後是白色的爐子、傭人吃飯的桌子，還有椅子、櫥櫃。他斜斜地朝後方的樓梯前進，還一路數著步伐。我希望你可以走主樓梯，但整座樓梯都會發出聲響。他走得很慢，腳步生硬，同時還睜大雙眼，繞開他並未真正看見的蔬果櫃。一個念頭突然浮現，他肯定像個發瘋的夢遊者，為此，他驚慌了起來。

先上十二階，但跳過第七級。轉彎後再上兩段階梯……跳過第四階，跳過第三階，踩在最上面寬闊的地方。你會記得的，這是切分音的節奏。在第一段短短的階梯裡，他跳過了第四級階梯。最後一段樓梯在轉彎前有一扇圓窗。蓋伊想起某篇文章是這麼寫的，房子建造的方式會影響住戶的行動模式……在孩子爬上十五級階梯前往他的遊戲室前，他會先短暫駐足於窗邊，欣賞風景嗎？他前方三公尺處就是管家的房門。經過門邊黑暗的柱子時，布魯諾的聲音漸強了起來，這是你最有可能遇到人的地方。

地板發出了細微的抱怨哀鳴，蓋伊連忙將腳抽回來，稍微靜候，然後繞過那個區域。他小心翼翼地握住走廊門的把手。開門時，主樓梯平臺上的時鐘滴答聲變得響亮，他才發覺自己已經聽了好幾秒。隨後，他聽到一聲嘆息。

前面的主樓梯居然有嘆息聲！

鐘聲響起。他緊握門把，大力搖晃起來，他覺得自己都要把它弄壞了，**三下、四下**。在管家聽到前關上門！這就是布魯諾說在十一點到午夜之間的原因嗎？去他的！而他居然沒帶魯格手槍出門！蓋伊關上了門，發出低悶的微響。他汗流浹背，感覺到熱氣從大衣領口朝臉升騰，時鐘沒完沒了地繼續響。接著是最後一下。

他仔細聆聽，只剩微弱低調的滴答聲，他開了門，走進主要的走廊。我父親的房門就在右手邊。他又回到既定的路線上。他彷彿真的來過這裡，在空蕩的走廊上，他可以感覺到自己正盯著布魯諾父親的房門看，地毯是灰色的，牆上有奶油色的鑲板，樓梯口有大理石桌。走廊散發著某種氣味，就連味道都很熟悉。他的太陽穴感覺到尖銳的刺癢感。剎那間，他確定那老人就站在門的另一邊，跟他一樣屏住呼吸，等待他的到來。蓋伊憋氣憋了很久，如果那老人也不呼吸，大概已經斷氣了吧？胡扯！快開門！

他用左手握住門把，右手自動握起口袋裡的手槍。他覺得自己像部機器，不怕危險，刀槍不入。他來過這裡好幾次，也殺死過這個老人好幾次，今天只是其中一次。他望進兩公分寬的門縫，感測一下後方無盡的空間，等待頭暈目眩的感覺過去。要是他進房時，看不見對方怎麼辦？而對方先注意到他又怎麼辦？前廊的夜燈會稍微照亮房間，但床位在對角的位置。他將門開得大一點，豎起耳朵聽，接著倉促走進去。不過，房間裡一點動靜也沒有，床鋪是黑暗角落裡一處巨大模糊的物體，只有床頭位置有一道稍微亮一點的區域。他關上門，風可能會把門給吹得關起來，接著，面對角落。

槍已經握在手裡，瞄準床鋪，但不管他怎麼看，床上好像都是空的。

他向右轉頭望著窗戶。窗口大概只有打開三十公分，布魯諾說，窗戶會**整個大開**。因為毛毛細雨。他對著床鋪皺起眉頭，在驚恐激動下看清枕在靠近牆邊的頭部輪廓，稍微歪頭，彷彿是用充滿興味又不屑的神情望著他一樣。臉部的顏色比頭髮還暗，與枕頭融為一體。手槍跟蓋伊一樣，一起「望向」那張臉。

該朝胸口開槍。槍口立刻對準胸膛。蓋伊滑動腳步，朝床邊移動，同時再次望向身後的窗戶。沒有呼吸聲。根本不會覺得他還活著。他告訴自己必須這麼想，把這個身影想成一個目標。因為他不認識這個目標，如此一來，就跟在戰場上殺人一樣了。現在就動手？

窗外傳來了「哈哈哈啊！」的聲音。

蓋伊打了個冷顫，手槍也跟著顫抖起來。

歡笑從遠處傳來，女孩的笑聲，雖然遠，卻很清楚，彷彿是穿刺過來的子彈一樣。蓋伊舔溼嘴唇。笑聲帶來的生氣一度將眼前場景的張力一掃而空，什麼都沒留下，此時，真空逐漸填充他所在的位置，而他即將展開殺戮。一切都在一個心跳之間發生。生命。年輕女孩走在街上，也許身旁還有另一個年輕人。而躺在床上熟睡的男人還活著。**不，千萬別多想！你是為了小安才殺人**

的，記得嗎？為了小安，還有你自己！就跟在戰場上殺人一樣，就跟——

他扣下扳機。只有小小的喀啦一聲。他再次扣下扳機，小小的喀啦一聲。這只是惡作劇吧！一切都是假的，根本不存在！就算他站在這裡也一樣！他三度扣下扳機。

轟然巨響劃破整個房間。他的手指驚恐地握得緊緊的。隆隆聲響再次出現，彷彿是地殼爆炸了一樣。

「呃啊！」床上的身影發出了這樣的聲音。灰色的臉探了出來，露出頭部與肩膀的線條。

蓋伊從門廊屋簷摔下去。感覺像是一場噩夢的結尾，他夢到自己墜落，終至驚醒。神奇的是，雨篷的支架滑進他手中，他再次跌落，雙手與雙膝著地。他從門廊邊上跳開，沿著屋子的邊緣跑，穿過草坪，直直朝牛奶箱所在的位置前進。他清醒過來，泥土始終糾纏著他，他無助地揮動雙臂，只想加速逃離這片草地。他心想，這就是**生命**的感覺，生命就是這樣，如同樓上傳來的笑聲。事實就是，人生是一場噩夢，人在裡頭呈現癱瘓狀態，還得面對各種不利的局面。

「嘿！」一個聲音高喊。

管家追了上來，他早就料到了。他感覺到管家好像就在身後。真是噩夢！

「嘿！嘿，你！」

蓋伊在櫻桃樹下轉彎，握好拳頭站在那裡。管家不在他身後，而是在很遠的地方，但對方看到他了。身著白色睡衣的身影一邊揮手，一邊奔跑，像是飄舞的煙霧，接著繞了圈朝他跑來。蓋伊站在原地，完全沒有動靜，就在那裡等著。

「嘿！」

蓋伊一拳打中迎來的下巴，白色的幽靈應聲倒地。

蓋伊往牆邊縱身一躍。

黑暗在他周圍越爬越高。他低頭閃開小樹，跳過看起來像是水溝的東西，繼續奔跑。忽然間，他撲倒在地，痛楚從軀幹中央蔓延出來，將他釘在地上。他的身軀猛烈顫抖，他覺得自己必須利用這份顫抖爬起來，繼續跑，因為這裡並不是布魯諾說的地方，但他實在動彈不得。你從房子南邊的新希望路朝東邊的小泥巴路走（那邊沒有燈），繼續穿過兩條街，抵達哥倫比亞街，再繼續往南走（右邊）……那裡有可以前往另一個火車站的公車。布魯諾的指令統統是紙上談兵，非常好。去他的！他很清楚自己在哪裡，他人在房子西側的空地，根本沒有出現在任何一次的計畫中！他望向身後。北邊在哪裡？路燈呢？也許他無法在黑暗裡找到那條小路了。他不確定房子是在他身後，還是在他左邊。他的右手前臂莫名地陣痛了起來，痛感太強烈，他覺得手臂會在黑暗中發出光芒。

他覺得手槍似乎暴擊了他，將他震得四分五裂，他再也沒有力氣移動，而他不在乎了。他想起在高中打美式足球時遭到重擊，他也以同樣臉著地的姿態倒在地上，痛到說不出話來。他記得那天晚上的晚餐，就是那頓飯，還有母親幫他拿到床上的熱敷袋，以及她將被毯蓋到他下巴時，她手指的觸感。半埋在泥土中的石頭將他顫抖的手擦得皮開肉綻。他緊咬嘴唇，繼續茫然地思考起來，就跟疲憊的早晨，半夢半醒時的思考一樣，他覺得雖然全身痛，但他等下一定要起來，因為這裡不安全。他依舊在房子附近。忽然間，他的手腳開始動作，彷彿是一直積存的靜電忽然釋放，他再次跑著穿過空地。

奇怪的聲音讓他停下腳步，是低沉的音樂般呻吟，似乎從四面八方圍過來。

警笛聲，當然啦。他居然跟白癡一樣，剛開始以為是飛機！他繼續跑，曉得他迷失了方向，只是在逃離他左側遠處的警笛聲，而他也該往左邊轉，尋找那條小泥巴路。他一定已經超過長長灰泥圍牆的範圍了。他正要左轉，跨越主要道路，這個方向準沒錯，結果這時他才發現警笛聲沿著這條路迎面而來。他要麼就只能等一等，但他不能浪費時間！他繼續跑，與車輛平行。然後有東西絆了他的腳，他咒罵起來，再次倒地。他倒在一個類似水溝的地方，雙臂攤開，右手彎折在地勢較高的地方。挫敗無力的感覺讓他暴躁得啜泣起來。他的左手感覺怪怪的，原來是水淹過了手腕。他心想，我的手錶要弄溼了。不過，他越是想把手抽出來，似乎就越難移動這條手臂。他感覺到兩股力量的拉鋸，一股是願意移動手臂，另一股則不願動作，兩者達到完美平衡，他的手臂甚至感覺不到張力。他覺得此刻的他可以陷入夢鄉，真是了不起。**警察會包圍我**，這個念頭忽然冒了出來，於是他再度起身，繼續奔逃。

一陣警笛聲逼近他的右側，尖銳又得意的聲音彷彿逮到他一樣。

長方形的燈光忽然亮起，他連忙轉身逃離。那是一扇窗戶。他差點撞上一棟屋子。整個世界都醒了過來！而他必須跨越這條馬路！

警車經過距離他前方九公尺的馬路，車燈朝著矮樹叢一掃而過。另一陣警笛在他左側哀鳴，那肯定是屋子所在的位置，聲音逐漸平靜下來。蓋伊壓低身子，穿過距離警車後方不遠的馬路，進入更深邃的黑暗之中。無論小泥巴路到底在哪，他現在都只能從這個方向逃離命案現場了。南側有一整片沒有光亮的樹林，如果你不得不離開小泥巴路，那邊可以輕易藏身……無論發生什麼事，千萬不能在我家與火車站之間丟下魯格手槍。他的手伸進口袋，從手套的破洞中感覺到了冰涼的小小左輪手槍。他不記得自己有把槍放回口袋裡。就他所知，這把槍可能還躺在藍色的地毯上！要是他先前不小心把槍弄丟了該怎麼辦？真是思考這問題的好時機！

某個東西扯住他，不讓他走。他無意識地出拳反抗，發現那是矮樹叢、細枝和荊棘植物，他繼續與之拚命，直到能夠抽身奮進，因為警笛聲還在他後方，他只能朝這個方向前進。他聚焦在眼前的敵人上，只是他兩側都有，甚至後方也有，這些敵人以幾千隻小小的利爪糾纏著他，發出的劈啪聲開始壓過警笛。他歡快地對抗這些荊棘，享受起它們直接了當又正大光明的較勁。

他在樹林邊緣驚醒，臉朝下趴在下坡的小丘上。他這是醒了，還是剛剛才跌倒？不過，眼前的天色灰濛濛的，曙光即將拉開序幕，他起身時，閃爍的視線說明他剛剛的確暈了過去。他直接用手指碰觸頭上側邊凸起的亂髮與溼漉之處。他驚恐地想，說不定我摔破腦袋了，他就傻傻站在原地，預感自己會倒下暴斃。

下方小鎮亮起稀疏的燈火，彷彿暮光中的星星。蓋伊無意識地拿出手帕，緊緊包裹住大拇指指根的位置，這裡割傷了，滲出深色的血。他朝一棵大樹走去，靠在樹上。他的目光來回探尋下方的城鎮與道路。完全沒有動靜。這真的是他嗎？靠著樹幹，腦海中還回響著手槍的爆裂聲、大作的警笛聲，以及與樹林搏鬥的記憶？他想喝水。在小鎮邊緣的泥巴路上，他看見了一座加油站。他朝該處前進。

加油站旁有一個老式的汲水泵浦。他把頭湊到出水口下方，臉刺痛不已，彷彿滿是傷口的面具。他的思緒逐漸清晰起來。這裡可能距離大頸區約三公里。他扯下右手上只剩一根手指與手腕部位的手套，隨即塞進口袋裡，但另一隻呢？他包紮拇指時，把手套扔在林子裡了？驚慌中的那份熟悉感安撫了他。他必須回去找。他摸索起大衣口袋，打開大衣前襟，又翻找起褲子口袋。帽子還掉到腳邊。差點忘了帽子的存在，要是在路上弄丟了怎麼辦？結果在左邊袖口找到那隻破爛不堪的手套，整個縫線崩裂，只剩圍著手腕部位的布料還完好，他一樣將手套塞進口袋，莫名地鬆了口氣，彷彿這樣就心滿意足了。接著他翻起扯破的褲腳，決定朝他心目中的南邊前進，只要有公車往南邊開，他就上車，一路前往火車站。

一旦目標明確，身體的痛楚就開始浮現。他怎麼能靠這雙膝蓋走這麼遠的路？但他還是持續前進，仰著頭，逼著自己繼續。此時此刻，夜晚與白晝處在曖昧不明的平衡之中，依舊黑暗，但淺淺的虹光已經漫天四射。看來夜晚也許還是能夠占據上風，因為黑暗的領地還是大片得多。倘若夜晚能夠一直守住陣地，直到他返回住處，鎖上房門就好了！

說時遲，那時快，日光忽然猛力推趕黑夜，從蓋伊左側敲開整道地平線。一道銀色的線條沿著丘頂劃開，山丘逐漸浮現出粉紫、綠色與淺棕的色調，彷彿正在睜眼。山坡上的大樹下立著一棟黃色小屋。他的右手邊，漆黑的曠野成了綠色與淺棕交錯的高高草原，像海浪般輕輕起伏。他望過去，一隻鳥從草裡飛出，伴隨一聲啁啾，尖尖的羽翼在天空中迅速留下一道鋸齒狀的歡快訊息。蓋伊駐足看著，直到鳥兒的身影消失無蹤。

24

這是他第一百次對著浴室鏡子檢視自己的臉，耐著性子用止血筆塗抹每一處擦傷，最後再上點粉。他用客觀的態度處理臉和雙手，彷彿這些部位沒長在他身上一樣。當他的眼睛迎上鏡中凝望的眼眸時，他將目光移開，他心想，就跟第一天下午在火車上的時候一樣，那時的他想要避開布魯諾的目光，就是以這種方式閃爍迴避的。

他回房，倒在床上。今天尚有大半天，還有明天要過，也就是禮拜天。他無需與任何人見面。他大可前往芝加哥，待上兩個星期，說他是去處理工作。不過，事發隔天就出城好像有點可疑。**昨天，昨晚**。要不是雙手傷痕累累，不然他都要以為自己所幹的一切只是一場夢罷了。他心想，因為他根本不想執行。那不是他的意志，那是布魯諾的意志，透過他實踐罷了。他只想咒罵布魯諾，罵得越難聽越好，但此刻的他實在沒有力氣。奇妙的是，他一點罪惡感也沒有，就他現在看來，是布魯諾的意志促使他的，這件事就能解釋一切。不過，罪惡感到底是什麼玩意兒？相較於此刻，蜜莉安死後他的罪惡感還比較重呢。此刻，他只感到疲累，無暇關心任何事情。抑或是，這是殺人過後必然會有的感覺？他想睡一下，思緒卻飄回長島的公車上，兩名工人盯著他看，他則將報紙蓋在臉上裝睡。他在工人面前更抬不起頭來呢……

在前門階梯時，他腿一軟，差點跌倒。他沒有查看有沒有人注意到他。下樓買報紙，看起來是多麼稀鬆平常的活動啊。不過，他很清楚他沒有力氣查看有沒有人盯著他，也沒力氣在乎，而他懼怕力氣恢復的時刻，宛如病人或傷員懼怕下一次逃都逃不過的手術一樣。

《紐約新聞報》的報導篇幅最長，附上管家敘述的凶手的剪影，男性，身高一百八十五公分，七十七到八十一公斤之間，身穿深色大衣，戴著帽子。蓋伊有些驚訝地讀了起來，彷彿報導不是在講他一樣，畢竟他才一百七十五公分，體重區區六十三而已。而且，他沒戴帽子。他跳過山謬．布魯諾的生平事蹟，相當感興趣地研讀起推測出來的凶手逃跑路線。報導上說，嫌犯朝北邊的新希望路前進，據信，他在大頸區的市區迷路，也許搭乘凌晨十二點十八分的火車離開。事實上，他朝東南方移動。他忽然覺得安全，鬆了口氣。安全？他警告自己，那只是幻覺。他站了起來，首度感到驚慌，就跟在屋後的空地上苦苦掙扎時一樣驚慌。報紙已經出刊好幾個小時了。他們也許已經發現了推論有錯。他們很可能要來逮捕他了，此時此刻就在門外。他靜靜等候，但到處都靜悄悄的，他又覺得疲憊，坐了下來。他逼著自己聚焦在剩下的長篇專欄上。文中強調殺手沉著冷靜，而且看起來像是熟人犯案。沒有留下指紋，線索只有幾個尺寸為九號半的鞋印，以及黑色鞋子在白色灰泥牆面留下的汙痕。他心想，他的衣物必須盡快處理掉，但他什麼時候才有體力處理啊？蓋伊心想，泥巴地那麼溼，他們還估錯鞋子的尺寸，真是奇怪。「……口徑很小的罕見子彈」，報上是這麼說的。他也必須處理掉他的左輪手槍。他感覺到些許的哀傷。他不喜歡這樣，他會恨死與左輪手槍分開的時刻！他站了起來，去拿更多冰塊，包在毛巾裡，冰敷他的頭部。

三、四點的時候，小安打電話來，問他週日晚上要不要一起去曼哈頓參加派對。

「海倫・黑本的派對，你知道的，跟你說過。」

「對。」蓋伊嘴上這麼說，但完全不記得。他的語氣很平靜。「小安，我不太想去派對。」差不多在過去四個小時裡，他覺得麻痺無感。小安的話語聽起來遙遠、無關緊要。他聽著自己做出正確的回應，沒有參與在對話裡，甚至也許根本不在乎小安會不會聽出差別來。小安說，她也許會找克里斯・尼爾森一起去，蓋伊說沒關係，還想著，不知道尼爾森會有多高興，因為在小安邂逅蓋伊之前，克里斯很常與小安來往，蓋伊心想，克里斯也還愛著她。

「這樣好了，禮拜天傍晚，我帶點食物過去。」小安說。「我們可以一起吃點東西？我請克里斯晚點再來找我。」

「小安，我覺得我週日可能會出門寫生。」

「噢，真抱歉。我有話想跟你說。」

「什麼？」

「我覺得你會喜歡的。這個嘛，也許改天再說。」

蓋伊悄悄上樓，生怕驚動麥考斯蘭太太。小安對他的態度很冷淡，他一直這樣想，小安很冷淡。下次她見到他的時候，她就會知道了，而她也會因此恨他。跟小安已經結束了，結束了。他一直喃喃唸著這句話，直到陷入夢鄉。

他一直睡到隔天中午，然後在床上躺了一整天，昏昏沉沉的，光是穿過房間去拿冰塊包在毛巾裡冰敷都讓他痛苦疲憊。他覺得他再怎麼睡，體力都不可能恢復。他心想，回顧。他的肉體與心靈正在回顧它們走過的漫漫長路。回來又是為了什麼？他躺在床上，身軀僵硬，害怕不已，汗流浹背又恐懼到渾身顫抖。後來他不得不起身前往廁所。他稍微有點腹瀉。他心想，這是因為恐懼，就跟在戰場上的時候一樣。

半夢半醒間，他夢到自己穿過草坪，朝屋子前進。屋子又白又軟，讓人無法抗拒，彷彿是一朵雲。他站在那裡，不願意開槍，下定決心要對抗開槍的心情，證明自己能夠克服這股衝動。槍聲讓他驚醒。他睜開雙眼，望向房裡的晨光。他看到自己站在工作桌前，也就是他在夢裡所站的位置，用槍瞄準角落的床，而床上的山謬．布魯諾掙扎著想要爬起來。槍聲再度響起。蓋伊尖叫。

他搖搖晃晃地從床上跳起。人影消失了。光線依舊跟那天清晨一樣，為了照進窗口而苦苦掙扎，同樣揉合了生命與死亡。在他活著的時候，每天清晨都會出現同樣的光線，這種光線會照亮房間，日復一日的曙光讓房間變得清晰，他的恐懼也隨之銳利起來。要是在他有生之年，每天清晨都會醒來怎麼辦？

小廚房裡的門鈴響了起來。

他心想，警察就在樓下。他們**會**在這個時候逮到他，清晨時分。而他不在乎，一點也沒放在心上。他會從實招來。他會一口氣全盤托出！

他靠在開門的按鈕上，接著走去門邊，豎起耳朵聽。輕盈的腳步聲上樓來，是小安的腳步聲。他寧可面對警察，也不想面對她！他轉過身，傻傻地放下百褶窗簾。他用雙手將頭髮往後梳，碰觸頭部隆起的大包。

「是我。」小安進來時，壓低聲音開口。「我剛從海倫家走過來。真是個愉快的早晨！」她看到他的繃帶，興高采烈的神情立刻消失。「你的手怎麼了？」

他向後退到櫃子附近的陰影之中。「我跟人打架了。」

「什麼時候的事？昨晚？蓋伊，還有你的臉！」

「對啊。」他心想，必須讓她信服，必須留下她。少了小安他會死掉的。他打算伸手抱她，但她將他往後推，在昏暗的光線下凝望著他。

「蓋伊，在哪裡打架？跟誰打架？」

「我完全不認識的人。」他用呆板的語氣講話，根本沒注意到自己在撒謊，因為他迫切需要留住她。「在酒吧裡。別開燈。」他連忙說。「小安，拜託了。」

「在酒吧？」
「我不曉得是怎麼回事，忽然間就發生了。」
「你沒見過的人？」
「對。」
「我不相信你。」
她的語氣不疾不徐，蓋伊忽然間害怕起來，驚覺她與他成了兩個個體，她有不同的想法、不同的反應。
「我要怎麼相信你？」她繼續說。「再說，我為什麼要相信你對那封信的解釋？說什麼不曉得誰寄來的？」
「因為那是實話。」
「或是跟你在草坪打架的那個人。是同一個人嗎？」
「不是。」
「蓋伊，你有事瞞著我。」語畢，她的語氣變得溫柔，但出口的每一個字似乎都在攻擊他：「親愛的，怎麼了？你知道我很想幫你，但你得先告訴我這是怎麼回事。」
「已經跟妳解釋過了。」他大力咬牙。他身後的光線已然轉變。他心想，如果現在能夠留住小安，那他就能活過每一個清晨。他看著她那又直又厚的淺色瀏海，伸手想要觸摸，但她向後退開。

「蓋伊，我看不出我們該怎麼繼續下去。我們辦不到。」

「不會一直這樣的，已經結束了。小安，我向妳發誓。請妳相信我。」這一刻似乎是場試煉，現在不成功，就沒有以後了。他心想，他該將她攬入懷中，緊緊擁抱她，直到懷裡的她不再掙扎。不過，他實在無法逼自己採取行動。

「你又怎麼知道？」

他遲疑了一下，說：「因為那是一種心態。」

「那封信是一種心態？」

「那封信助長了這種心態。我覺得自己好像打結了。小安，都是因為我的工作！」他低下頭，將自己的罪過統統推到工作上去！

「你說過，我讓你幸福。」她緩緩開口。「或該說，無論如何，我都能讓你感到幸福，但現在我覺得不是這麼回事了。」

她的意思是，他顯然無法讓她幸福。不過，如果此刻她還愛他，那他就會努力讓她幸福！他會崇拜她、服侍她！「小安，妳的確讓我感到幸福。其他我什麼都沒有了。」他彎下腰，忽然就啜泣起來，毫不收斂又情緒潰堤的哭泣，哭了很久，哭到小安輕觸他的肩膀。雖然他覺得感恩，卻還是很想避開她的碰觸，因為他覺得她想觸摸他只是出於憐憫，只是出於人性的反應。

「我該弄點早餐給你吃嗎？」

雖然他聽出了她語氣裡耐著性子的惱怒，其中卻也蘊含了原諒的可能，他很清楚，這代表了全然的諒解。在酒吧裡跟人打架。他心想，她永遠不會看破週五夜晚的事，因為那件事已經深深掩埋，她或任何人都無法碰觸。

25

「我才他媽的不管你怎麼想！」布魯諾坐著，縮起一條腿，蹬在椅子上。他細細的兩道金色眉毛因為皺眉而幾乎要相互碰觸，豎起的眉梢彷彿貓咪的鬍鬚。他看著傑哈，宛如被逼瘋的稀疏金毛老虎。

「我沒說我是怎麼想的。」傑哈弓著的肩膀聳了起來。「是吧？」

「你暗示了。」

「我沒有暗示。」他大笑起來，圓圓的肩膀跟著抖了兩下。「查爾斯，你誤會我啦。我不是說，你是故意跟其他人提你們要出門的事。你只是不小心說溜嘴。」

布魯諾盯著他看。傑哈剛剛才暗示，凶嫌可能是熟人，肯定與布魯諾及其母親脫不了關係，絕對是熟人作案。傑哈曉得，布魯諾與母親禮拜四下午才決定禮拜五要出門。大老遠請他來華爾街一趟，只為了跟他說這件事！傑哈什麼證據都沒有，他也不可能假裝掌握了什麼關鍵資訊來套布魯諾。這又是一起完美謀殺。

「介意我先走一步嗎？」布魯諾問。傑哈作勢整理起辦公桌上的文件，彷彿還有別的事情可以留住布魯諾一樣。

「等一等，來一杯吧。」傑哈朝著辦公室對面架子上的波本威士忌酒瓶點點頭。

「不了，謝謝。」布魯諾的確饞死了，但他可不會喝傑哈的酒。

「你媽媽狀況如何？」

「你剛剛問過了。」他母親狀況很差，輾轉難眠，這是他想快點回家的主要原因。看著傑哈一臉「我跟你家人交情很好」的態度，布魯諾感到一陣炙熱的厭惡。也許跟他爸交情很好沒錯！

「對了，你知道，我們沒有請你負責調查這件事。」

傑哈掛著微笑，抬起頭來，他圓圓的臉上有淺淺的粉紅、紫色斑點。「查爾斯，我是無償進行調查的。因為我覺得這個案子很有意思。」他又點起另一根雪茄，雪茄的形狀跟他肥肥的手指差不多，布魯諾再次反感地注意到，這位先生起毛球的淺棕色西裝外套翻領及醜陋的大理石花紋領帶上有肉汁留下的汙漬。布魯諾討厭傑哈的一切。他討厭傑哈講話慢吞吞，印象裡，他都是跟父親一起去見傑哈，真是太討厭了。亞瑟．傑哈甚至看起來不像那種「不像傳統偵探」的偵探。雖然傑哈戰功顯赫，但布魯諾還是難以相信他是表現傑出的偵探。「查爾斯，令尊是很善良的人。可惜你沒有機會深入了解他。」

「我對他的了解夠深了。」布魯諾說。

傑哈混雜著斑點的褐色小眼睛嚴肅地望著他。「我覺得，他對你的理解遠超過你對他的理解。對於你、你的性格，還有他對你的期待，他寫過很多信給我，跟我聊這些事情。」

「他根本不了解我。」布魯諾伸手拿菸。「我不懂為什麼我們還在聊這個。這又不是重點，而且也很可怕。」他冰冷地坐了下來。

「你恨你的父親，對不對？」

「他才恨我呢。」

「但不是這樣的，這就是你不了解他的地方。」

布魯諾將手從椅子的扶手上移開，扶手因為手掌的汗水發出黏膩的聲響。「我們有什麼進展嗎？你有什麼理由把我留在這裡？我媽不舒服，我想要回家。」

「希望她快點好起來，因為我想向她請教一些問題。也許明天吧。」

熱氣從布魯諾的脖子兩側爬了上來。接下來幾週，他母親都會很不好過，但傑哈只會讓她更難過，因為他是他們母子倆的敵人。布魯諾起身，將雨衣搭在手臂上。

「現在我要你再仔細想想。」傑哈對他若無其事地揮動手指，彷彿他還坐在椅子上一樣。

「上週四晚上，你去了哪裡？跟誰見面？那天凌晨兩點四十五分的時候，你在藍天使門口拋下你媽、譚普敦先生與羅素先生。你跑去哪裡？」

「漢堡之家。」布魯諾嘆了口氣。

「你在那裡沒有遇見任何你認識的人？」

「我要認識誰？哪個帥哥嗎？」

「之後你又去了哪裡？」傑哈核對著他的筆記。

「第三大道的克拉克酒吧。」

「有見到任何人嗎？」

「當然啊，酒保。」

「酒保說他那天沒看到你。」傑哈笑了笑。

布魯諾皺起眉頭。半小時前，傑哈根本沒提這件事。「那又怎樣？那地方人山人海。說不定我也沒見到酒保啊。」

「那裡的酒保都認識你。他們說上週四晚上你沒有出現。而且，那天人不多。週四晚上？凌晨三點到三點半之間？查爾斯，我只是在協助你恢復記憶。」

布魯諾惱怒地扁起嘴。「也許我沒去克拉克酒吧。我通常會去那邊喝杯睡前酒，但也許我沒去。我說不定直接回家了，不曉得啦。我跟我媽週五早上交談的那些人呢？我們打電話跟很多人道別。」

「噢，我們還在調查那個，但，說真的，查爾斯——」傑哈向後靠，翹起一條肥短的腿，認真抽起他的雪茄來。「——你該不會拋下你媽還有她的朋友，只為了去吃漢堡，然後獨自回家吧？」

「也許，說不定這樣能夠讓我醒醒酒。」

「你為什麼言詞閃爍？」傑哈的愛荷華口音聽起來有點凶。

「要是我就是講不清楚呢？如果我醉了，我的確有理由講不清楚！」

「重點在於……當然啦，重點不是你究竟去了克拉克還是別的地方，是你遇見了**誰**，還有告訴對方你們明天要去緬因州才是重點。你們啟程當晚，令尊就遭到殺害，這點肯定很奇怪吧。」

「我沒有見任何人。我歡迎你調查我認識的所有人，去問問他們。」

「你就一個人到處遊蕩，直到早上五點？」

「誰說我五點才回家？」

「赫伯，他昨天說的。」

布魯諾嘆了口氣。「禮拜六的時候他怎麼不記得？」

「哎啊，我說過了，記憶就是這樣運作的。想不起來，一下又統統浮現。你也會慢慢想起來的。在此期間，我都在附近。好了，查爾斯，你可以離開了。」傑哈不經意地擺了擺手。

布魯諾駐足了一會兒，想要擠點話說，卻想不到該說什麼，只能甩門出去，但因為氣壓的關係，門沒有大力關上。他沿著狹窄低矮的走廊走出「機密偵探局」，在他接受問話的過程中，打字機小心翼翼的打字聲都沒有停過，聲音在走廊上聽起來更響亮了。傑哈總愛用「我們」這個詞，的確，這些人全在門後賣命工作。布魯諾向接待祕書葛拉罕小姐道別，一個小時前，他剛到的時候，這位小姐表達過同情。一個小時前，他過來的時候多麼興高采烈啊，決定不能讓傑哈激怒他，結果現在呢？每次傑哈挖苦他或他母親時，他就無法控制自己的脾氣，他的確可以坦承這點。那又怎樣？他們掌握了他什麼把柄？他們對於凶手掌握了什麼線索？都是錯的。

蓋伊！搭電梯下樓時，布魯諾面露微笑。他在傑哈辦公室的時候，一次也沒有想起蓋伊。就連傑哈追問週四晚上他去哪裡的時候，他完全沒有想到蓋伊。蓋伊！他跟蓋伊！還有誰跟他們一樣？還有誰能跟他們相提並論？他多希望蓋伊現在就在身邊。他會緊緊握住蓋伊的手，任由他們以外的世界毀滅吧！他們的成就無與倫比！彷彿在天上一掃而過！簡直是兩道出現又消失的紅色烈焰，速度之快，旁人都不確定自己是否真的看清楚了。他想起讀過的一首詩，就在講述他這種心情。他覺得這首詩應該還在他的通訊錄夾層裡。他連忙跑進華爾街的酒吧，點了一杯酒，將小小的紙張從通訊錄夾層中抽出來。這頁紙是從他大學讀的一本詩集裡撕下來的。

〈鉛色之眼〉
作者韋切爾·林賽

切莫扼殺青春靈魂，他們要先

享受特立獨行，徹底炫耀一番。
人世間最大的罪過，即嬰孩麻木成長，
窮人累如疲牛，萎靡不振，眼如鉛色。
不只飢渴，還餓得毫無夢想，
不只播種，卻一無所獲，
不只信奉，但無神可侍，
不只死去，更像羊群般順從死去。

他與蓋伊才沒有鉛色的眼睛。他與蓋伊才不會像綿羊般乖乖死去。他與蓋伊會大大豐收。如果蓋伊願意接受，他甚至會給蓋伊一筆錢。

26

隔天差不多同一時間，布魯諾在大頸區的家中，他坐在大露臺的沙灘椅上，享受著前所未有的平靜滿足，他因此覺得很新鮮，也挺樂的。今天早上，傑哈到處走動，但布魯諾冷靜有禮貌，還請傑哈與助手一起吃午餐，現在傑哈離開了，他對自己的行為感到驕傲。他絕對不能跟昨天一樣，讓傑哈占上風，因為那樣他會慌亂，也會犯錯。當然啦，傑哈就是個笨蛋。如果昨天傑哈客氣點，布魯諾也許會配合。配合？布魯諾大笑出聲。什麼叫配合？他在幹嘛？自欺欺人嗎？

上方的小鳥一直「啾啾啾」，然後又應和著唱出「啾啾**笨**」的聲音！布魯諾歪著頭。母親大概會知道那是什麼鳥。他遠眺起赤褐色的草坪、白色的灰泥圍牆，然後是開始抽芽的山茱萸。今天下午，他發覺自己對大自然感到好奇。今天下午，兩萬元的支票寄達，要給他的母親。等到保險公司的人不再哇哇叫、律師搞定所有繁文縟節後，就會有更多金錢落袋。午餐時，他與母親聊到要去卡布里島，講得很粗略，但他曉得他們會成行。今晚他們會首度出門用餐，去他們最喜歡的**私密**小餐廳，就在大頸區公路附近。難怪他先前不喜歡自然景觀，現在草跟樹都是他的了，意義顯然有所不同。

他隨手翻開擺在大腿上的通訊錄。他今早發現這本通訊錄，實在記不得有沒有將其帶去聖塔菲，他想確保在傑哈找到這個本子之前，不會在裡頭查到蓋伊的資訊。現在他掌握了足夠的資金，通訊錄上的很多人他都想再次聯繫。一個念頭浮上心頭，他便從口袋中抽出鉛筆。在P這個字母的頁面，他寫下：

湯米．潘尼迪
西六十七街兩百三十二號

在S的頁面，他寫：

「蛇哥」
救生站
地獄門大橋

提供傑哈一些可以調查的神祕對象。

阿丹，八點十五分，阿斯托飯店，他在簿子後方找到備忘錄記上的資訊。他甚至不記得阿丹是誰。六月一日前，跟船長要$。下一頁則是讓他有點毛骨悚然的文字：蓋伊的禮物，二十五元。他撕下這張打了孔的紙。在聖塔菲替蓋伊買的皮帶。他幹嘛寫下來？人無聊的時候——

傑哈的黑色大車發出噗噗聲響開進車道。

布魯諾逼著自己坐在原位，檢查起其他隨筆寫下的內容。接著，他將通訊錄塞進口袋，將撕下來的那頁紙塞進口中。

傑哈叼著雪茄，雙臂下垂，漫步走進石板露臺。

「有什麼新發現嗎？」布魯諾問。

「是有一些。」傑哈的目光往房子的對角線掃過去，眺過草坪，聚焦在灰泥圍牆上，彷彿是在重新評估凶嫌奔跑的距離。

布魯諾嘴裡含著那張紙，他下巴不經意地動了動，好似是在嚼口香糖。「好比說？」他問。在傑哈身後，布魯諾看到偵探的小助手坐在汽車駕駛座上，從灰色的帽沿下方目不轉睛地盯著他們看。布魯諾心想，還真是個不懷好意的傢伙呢。

「好比說，凶手沒有折返回鎮上。他朝這個大致的方向繼續前進。」傑哈像指路的雜貨店老闆一樣，整條手臂往下擺。「穿過了那邊的樹林，肯定逃得很吃力。我們找到了這個。」

布魯諾起身，查看一小片紫色的手套以及深藍色的碎布，看起來像是蓋伊大衣的布料。「老天。你確定這是凶手留下來的？」

「合理，應該是。一塊來自大衣，另一塊，大概是手套的碎片。」

「或是圍巾。」

「不，這裡有縫線。」傑哈用帶著斑點的肥肥食指指了過去。

「滿漂亮的手套。」

「女用手套。」傑哈抬起頭，雙眼炯炯有神。

布魯諾露出感興趣的假笑，隨後又懊悔打住。

「我一開始以為是職業殺手所為。」傑哈嘆了口氣。「他顯然對屋況瞭若指掌。不過，我覺得職業殺手應該不會失去理智，試圖穿過他所選擇的那片樹林。」

「嗯哼。」布魯諾露出感興趣的模樣。

「他也曉得該走哪條路。正確的路就在約莫九公尺外。」

「你怎麼知道？」

「查爾斯，因為整個作案過程都經過精心策劃。壞掉的門鎖，擱在牆邊的牛奶箱——」

布魯諾一語不發。赫伯跟傑哈說，是他，是布魯諾破壞了門鎖。赫伯大概也說，是布魯諾將牛奶箱放在該處的。

「紫色的手套！」傑哈咯咯笑了起來，布魯諾沒聽過他笑得這麼開心過。「只要不要留下指紋，什麼顏色又有什麼關係嘛！」
「對啊。」布魯諾說。
傑哈從露臺的門進入屋內。
布魯諾稍微跟著他走了一小段路。傑哈回到廚房，布魯諾上了樓。他將通訊錄扔在床上，接著又沿著走廊前進。父親房門大開讓他感覺怪怪的，彷彿剛剛才發現父親過世了一樣。他心想，因為門開在那裡，所以他才會這樣想，宛如沒紮進去的襯衫下擺，更像卸下的心防，是船長若還在世，絕對不可能發生的事情。布魯諾皺起眉頭，連忙關上門，裡頭的地毯被偵探踩亂，也被蓋伊踩亂，桌上的文件格遭到洗劫一空，支票本攤在桌上，彷彿等著他父親的簽名。他小心翼翼打開母親的房門。她躺在床上，粉紅色的絲綢被毯拉到下巴的位置，她的頭朝著房內，眼睛睜得老大，週六上床時她就是這個姿勢。
「媽，妳都沒睡？」
「沒。」
「傑哈又來了。」
「我知道。」
「如果妳不希望被人打擾，我就跟他說一聲。」
「親愛的，別傻了。」

布魯諾坐在床邊，低頭靠向母親。「媽，我希望妳能稍微睡一下。」她眼周有皺摺的紫色黑眼圈，嘴巴呈現他沒有見過的模樣，嘴角壓得扁扁、薄薄的。

「親愛的，你確定山謬沒跟你提過什麼嗎？提過什麼人？」

「妳能想像他跟我分享這種資訊嗎？」布魯諾在房裡晃來晃去。傑哈出現在家裡讓他煩悶。因為傑哈的態度感覺很討厭，彷彿是手裡掌握了對每個人不利的證據一樣，就連赫伯也有把柄在傑哈手裡，他曉得赫伯多麼崇拜布魯諾他父親，甚至說了很多不利於布魯諾的話，只差沒有公開指控他了。不過，赫伯沒有親眼見到布魯諾測量距離，這點布魯諾很清楚，不然傑哈肯定早就說了。他趁著母親生病時，在空地與屋內到處走，見到他的人都不會曉得他到底是不是在測量步伐。他想犀利批評傑哈，但母親不能理解，堅持要繼續雇用這個人，因為傑哈理當是最優秀的偵探。母親與他在這件事情上意見分歧。母親也許會對傑哈透露其他資訊，好比說，他們是在週四才決定禮拜五要出門，這麼重要的事，她居然不先跟他說一聲！

「小查，你知道你有點發福嗎？」母親面露微笑。

布魯諾也笑了笑，她的態度稍微恢復了一點。她在梳妝檯前戴上浴帽。「胃口還不錯。」他說。但其實他的胃口越來越差，消化也不太順暢。不過，他還是胖了。

母親才關上浴室門，傑哈就敲門進房。

「她還要好一陣子才會出來。」布魯諾告訴他。

「轉告她，我就在走廊那邊，好嗎？」

布魯諾敲了敲浴室門，通知母親，接著回到自己房間。從通訊錄在床上擺放的位置看來，他曉得傑哈找到了簿子，也檢查過了。布魯諾用高球杯調了一點酒來喝，隨後緩緩下樓，聽到傑哈已經在與他的母親交談。

「——沒見到他情緒亢奮或低落嗎？」

「你知道，他這個孩子情緒本就起伏不定。我不確定我看不看得出來。」他的母親說。

「噢，人總會有什麼第六感的。艾珥希，妳說是吧？」

他的母親沒有回答。

「——太可惜啦，我本來希望他能更配合一點的。」

「你覺得他有所隱瞞？」

「不知道。」傑哈露出下流的笑容，布魯諾從傑哈的語氣聽得出來，這位偵探料中了他在一旁偷聽。「妳覺得呢？」

「我當然不這麼想。亞瑟，你到底想說什麼？」

她是在反抗他。布魯諾心想，經過這件事之後，她不會繼續看重傑哈。他又耍蠢了，愚蠢的愛荷華人。

「艾珥希，妳希望我查出真相吧？」傑哈的語氣聽起來像廣播劇裡的偵探。「他對週四扔下妳之後的去向含糊其詞。他往來的人也不太正經。山謬生意上的競爭對手也許找人接近他，可能是商業間諜什麼的。而查爾斯或許不小心透露妳跟他隔天要啟程——」

「亞瑟，你到底想說什麼？查爾斯知情？」

「艾珥希，我不會太意外，說真的，妳覺得呢？」

「去他的！」布魯諾嘟囔起來。去他的，居然跟他**母親**講這種話！

「我肯定會把他跟我說的一切都轉述給你聽。」

布魯諾朝階梯移動。母親的屈服讓他震驚。她是不是開始懷疑了？謀殺這種事她無法接受。他在聖塔菲的時候難道沒察覺嗎？要是她對蓋伊有印象怎麼辦？記得他在洛杉磯的時候提過蓋伊？倘若傑哈在接下來兩週裡找上蓋伊，蓋伊身上還會有穿過樹林或灌木時弄傷的痕跡，那樣就會啟人疑竇了。布魯諾聽到赫伯在樓下走廊輕輕的腳步聲，看到赫伯用托盤端著他母親下午的飲料出現，布魯諾便回到樓上。他的心臟狂跳不止，彷彿人在戰場，面對的是罕見的多方攻勢。他匆匆回到自己房間，喝下一大杯酒，接著躺下，想要小睡片刻。

傑哈的大手在他肩上猛力搖醒他。

「掰掰啦。」傑哈說，笑顏露出了菸草染黃的下排牙齒。「要走啦，想說上來跟你道別。」

「這是什麼值得把人吵醒的事嗎？」布魯諾問。

傑哈咯咯笑了起來，搖搖擺擺走出房間，布魯諾還來不及想出他打算用來緩和氣氛的話語。

他倒回枕頭上，想要繼續午睡，但當他閉上雙眼，卻只看到傑哈穿著淺棕色西裝，傑哈那又矮又結實的身軀沿著走廊前進，拖著鬼魅般的步伐穿過一扇扇緊閉的房門，低頭探進抽屜裡，研讀信件、寫下筆記，還轉身用手指著他，折磨起他的母親，簡直叫人不能不反擊。

27

「妳還能怎麼想？他就是在指控我！」布魯諾隔著桌子大喊。

「親愛的，他沒有這麼想。他只是在盡他的職責。」

布魯諾將頭髮往後撥。「媽，想跳舞嗎？」

「你這狀況不適合跳舞。」

的確，他自己也知道。「那我要再來一杯。」

「親愛的，餐點就要上桌了。」

她依舊耐著性子，加上她眼睛下方的黑眼圈，他看了實在難過，根本無法直視她。布魯諾張望起來，想找服務生。今晚餐廳人山人海，實在分辨不出服務生跟客人。他的目光落在舞池對面的男人身上，看起來真像傑哈。從他所在的位置看不清男人的臉，但真的很像是傑哈，禿頭上有幾根淺棕色的頭髮，只不過這個人穿的是黑色的外套。布魯諾瞇起一隻眼睛，想要讓眼中帶著節奏感的重複殘影停下來。

「小查，坐下來。服務生要過來了。」

那**就是**傑哈，他開懷大笑，彷彿同桌人告訴他，有人正盯著他們呢。布魯諾打住了一秒，怒火中燒的一秒，他在想是否該告訴母親這件事。

接著，他坐了下來，氣呼呼地開口：「傑哈在那邊！」

「是嗎？哪邊？」

「就在樂隊池左邊，藍色立燈下方。」

「我沒看見他。」他母親伸長了脖子。「親愛的，那是你的想像。」

「才不是！」布魯諾大喊，還將餐巾扔向他的原汁烤牛肉。

「我看到你說的那個人了，但那不是傑哈。」她依舊耐著性子。

「妳那邊看不清楚啦！就是他，我不想跟他在同一個屋簷下用餐！」

「查爾斯。」她嘆了口氣。「你要再喝一杯嗎？你點吧，服務生來了。」

「我不想在他面前喝酒！要我證明那就是他嗎？」

「這重要嗎？他又不會來煩我們，也許是在保護我們呢。」

「妳承認那就是他！他在監視我們，還穿黑色西裝，這樣就能到處尾隨我們！」

「反正那又不是亞瑟。」她低聲地說，朝著她的烤魚擠檸檬汁。「你起幻覺了。」

布魯諾張著大嘴看向她。「媽，妳跟我講這種話是什麼意思？」他破音了。

「小甜心，大家都在看我們。」

「我不在乎！」

「親愛的，我跟你說，你對這一切反應過度。」她打斷他。「真的，因為你本意如此。你想找樂子。我又不是沒見過你這樣。」

布魯諾徹底說不出話來。他的母親居然跟他唱反調。他看到此刻母親望著他的神情，就跟之前她望著船長一樣。

「你大概在盛怒之下跟傑哈說了什麼。」她繼續說。「而他覺得你的行為舉止很不尋常。哎啊，你的確是這樣。」

「這就是他白天晚上都纏著我的原因嗎？」

「親愛的，我覺得那不是傑哈。」她語氣堅定。

布魯諾撐起身子，搖搖晃晃朝著傑哈所在的桌子前進。他要向母親證明，這就是傑哈，還要向傑哈證明，他不怕對方。舞池邊緣的兩張桌子擋住了他的去路，但他看得出來，那就是傑哈無誤。

傑哈抬頭望向他，親切地揮揮手，他的小助手則盯著布魯諾。而他，他布魯諾跟他母親還要為此買單！布魯諾開了口，卻不曉得該說什麼，於是踉蹌轉身離開。他曉得他想做什麼，他想打電話給蓋伊。就是此時，就在此地，跟傑哈處在同一個屋簷下的時候。他跋涉過舞池，朝吧檯旁邊的電話小隔間前進。一個一個行動緩慢又瘋狂旋轉的身影將他往後推擠，彷彿海浪，真是障礙重重。海浪再次湧向他，高漲又無法克服，將他掃到更後方去，他因此想起一個類似的時刻，那時他還小，家裡舉辦派對，他想穿過一對對跳舞的男女，走去客廳對面找他的母親。

一大早，布魯諾就醒了，他安安穩穩躺在床上，回想起對昨晚最後的印象。他知道他肯定醉得暈了過去。不省人事之前，他到底有沒有打電話給蓋伊？若打了這通電話，傑哈追蹤得到嗎？他絕對沒有跟蓋伊講到話，不然他肯定會記得，但說不定打去蓋伊家了？他起身，打算去問他母親自己是不是在電話亭那邊暈倒。結果顫抖突然襲來，他連忙跑進浴室。拿起酒杯時，摻水的蘇格蘭威士忌灑了他一臉都是。他靠著浴室門，穩住自己。現在顫抖兵分早晚兩路找上他，逼他起床的時間越來越早，夜裡要入睡也得越喝越多。

而卡在早晚之間出現的是傑哈。

28

蓋伊坐在工作桌前，醫院相關的書籍與筆記精心放在桌上，他感覺到短暫的安心與自足，就像重溫昔日記憶中的感受一樣。

上個月，他清洗了所有的書架，塗上新漆，清理地毯與窗簾，還將小廚房洗刷到陶瓷水槽及鋁製檯面都光潔如新。當他把一鍋又一鍋的髒水倒進水槽時，他想，這全是罪惡感。只是，就算他幹了體力活，夜裡也只能睡上兩、三個小時，他認為，與其在街頭閒晃，還不如在家打掃到累倒來得划算。

他望向床上沒有攤開的報紙，起身過去，逐頁瀏覽起來。不過，早在六週前，報紙就不再刊登命案的消息了。所有的線索他都打點好，紫色手套剪碎，沖進馬桶，大衣（漂亮體面的大衣，他想過要不要送給乞丐，但哪個卑鄙小人會把兇手的大衣送給乞丐？）和長褲剪破，一點一點分批混入垃圾中。魯格手槍在曼哈頓大橋扔了，鞋子則丟在另一座橋下。唯一沒有處理掉的是他袖珍的左輪手槍。

他走到櫃子前查看那把槍。指尖的金屬堅硬觸感使他心安。這是他唯一沒有丟棄的物證，如果警方找上門，這也是他們唯一需要的證據。他很清楚自己為什麼沒有扔，因為那是他的槍，屬於他的一部分，是完成謀殺的第三隻手。也是十五歲時，買下這把手槍的他，那個深愛著蜜莉安的他，當時這槍就放在他們位於芝加哥的房間裡，他偶爾會在最滿意、最私密的時刻凝視著這把槍。在那機械般的絕對邏輯中，藏有最美好的自己。如今他想，這把槍和他一樣，都具備了殺人的能力。

如果布魯諾膽敢再聯絡他，他也會殺了對方。蓋伊很確定自己下得了手，而布魯諾也會清楚這點。一直以來，布魯諾都看得透他。比起警方遲遲沒有動作，布魯諾的沉默更讓他鬆了口氣。事實上，他一點也不擔心警方會找上他，從來沒有擔過這個心。真正的焦慮來自他的內心，是他與自我對抗的戰爭，太痛苦了，他說不定更歡迎法律的介入。相比良心的審判，社會的法律更為鬆散。他大可向執法人員自首，但坦承罪行並非重點，只是一種行為，甚至是輕鬆解脫的方法，更是逃避真相的方式。若法律決定處死他，那也僅是一種姿態罷了。

「我一點也不尊重法律。」他想起兩年前在梅特卡夫對彼得．雷格斯說過這樣的話。他憑什麼要尊重宣布他與蜜莉安成為夫妻的法令？「我對教會毫無敬意。」十五歲時，他也幼稚地對彼得說過這種話。當然，那時他指的是梅特卡夫浸信會。十七歲時，他自行找到了上帝。憑著覺醒的天賦探索到神性，以及藝術中所象徵的萬物合一，甚至領悟到大自然與最終的科學，也就是創造世界、賦予萬物秩序的力量。他相信，若不信上帝，他很可能無法完成他的工作。然而在殺人時，他的信仰又在哪裡？他已經遺棄了上帝，不是上帝遺棄他。他覺得天底下沒有任何人跟他一樣，已經背負，且必須背負如此沉重的罪惡感，要不是他的靈魂早已死去，他也不可能受得了繼續活著，如今的他不過是一具空殼罷了。

他笨拙地轉身面向工作桌，從牙縫間倒抽一口氣，緊張不耐地用手抹了抹嘴巴。只是他隱約覺得還有事會發生，還有需要了解的東西，一些更嚴厲的懲罰、更苦澀的體認。

「我受的苦還不夠！」他忽然低語起來，只是，他為什麼要壓低聲音？是覺得羞恥嗎？「我受的苦還不夠。」他用正常的音量講話，同時還環顧四周，彷彿期待會有人聽到一樣。要不是這句話裡帶有哀求的成分，要不是他認為自己根本不配向任何人哀求，他很可能會大聲喊出這句話。

舉例來說，他的新書，他今天才買的漂亮新書，他還是可以想著這些書，喜愛它們，但是，他覺得自己好像許久以前就把這些書扔在工作桌上了，就跟他的青春一樣。必須立刻開始工作，他心想。他接受了醫院的委託計畫，對著先前記錄的小小一疊筆記蹙眉，鵝頸燈照在這些資料上。忽然間，接受委託這件事變得不太真實。他很可能醒來後發現，這幾個禮拜的日子都是一場幻覺，一場一廂情願的美夢。醫院。難道醫院不會比監獄更適合嗎？他不解地皺起眉頭，曉得心思又亂飄了，在他開始替醫院進行內部設計的兩週期間，他一次也沒有想到死亡，他滿腦子都是健康、療癒這種不可或缺的正面積極議題。他驚覺，他還沒有跟小安提醫院的事，所以才感覺不真實。她是他看清現實的明鏡，工作沒有這種功能。不過，話又說回來，他為什麼還不告訴她？

他必須馬上動身去工作，但此刻，他感受到雙腿湧動著每晚都會出現的狂躁能量，這股能量逼得他上街閒晃，卻也徒勞無功。他對這股能量感到恐懼，因為他發覺，任何勞務都無法吸納這股能量；而且有時，他覺得甚至只有自殺才能消耗這股能量。不過，在他內心深處，他的內在根源依舊想要活下去，這點與他的意志相當抵觸，他明白自殺是懦夫逃避的方式，對那些愛他的人來說，是一種無情的傷害。

他想起自己的母親，覺得再也不能讓她擁抱他。他想起母親說，所有的人都一樣善良，因為每個人都有靈魂，而靈魂的本質是善良的。她說，邪惡永遠來自外界。因此，就算在蜜莉安出軌後的幾個月裡，就算他想親手謀殺她的情人史蒂夫，他依舊相信這種概念。在火車上的時候，他也這樣相信，當時他還在讀他的柏拉圖。在他心中，戰車車夫的第二匹馬總是跟第一匹馬一樣順從＊。不過，現在他是這麼想的，愛與恨，善與惡，都一起共存於人心之中，不只是在這人與

＊出自柏拉圖《斐德羅篇》（*Phaedrus*）中的戰車寓言：人的靈魂可以分為三個部分。第一是駕馭戰車的人，象徵理性；第二是白馬，代表精神氣質，可視為勇氣；第三則是黑馬，象徵欲望與情慾。在這則寓言裡，駕馭者的目標是要讓戰車一路向上，抵達神聖的高度，但黑馬的存在讓這段過程困難重重。回到本書，男主角蓋伊一直以來都能駕馭自己的白馬（氣質、勇氣），因此，他深信自己也能以同樣的方式，控制住黑馬（欲望）。

那人之間有著比例的不同，而是所有的善良與所有的邪惡都同時存在。善與惡，只需稍微不經意地看一眼，就能看清全貌，稍微刮開表面即可。萬事萬物與自身的對立面距離很近，每個決定背後都有反對的理由，每隻動物都有摧毀自己的天敵，男性與女性，正極與負極。原子的分裂是唯一真正摧毀的方式，打破宇宙的合一法則。世間萬物都有緊密聯繫的對立面。少了阻擋空間的物體，建築裡的空間還算存在嗎？少了物質，能量得以存在嗎？又或，少了能量，物質能夠存在嗎？物質與能量，惰性與活性，原本以為是對立的特質，如今皆為一體。

還有布魯諾，他與布魯諾。他們是彼此沒有選擇成為的自己，遭到遺棄的自我，他以為他憎恨，但或許實際上深愛的另一半。

他一度覺得自己瘋了。他心想，瘋狂與天才往往也會同時出現。只是多數人過那什麼平庸的生活啊！停留在中層水域，就跟多數的魚一樣！

不，那種二元性滲透到自然界，就算在最微小的原子中，質子與電子依舊遵循同樣的規律。科學界試圖分裂電子，或許辦不到，因為也許這個概念存於背後，那是唯一的真理——對立面永遠存在。誰曉得電子是物質還是能量呢？說不定上帝與惡魔在每一顆電子裡，手牽手共舞呢！

他將香菸扔進垃圾桶，但沒丟準。

當他把菸屁股扔進垃圾桶時，他看到一張皺巴巴的紙，那是他昨晚在罪惡感迫使下所寫的自白。那張紙將他拖進令人作嘔的現實，四面楚歌，布魯諾、小安、這個房間、今晚，還有明天與醫院部門展開的會議。

將近午夜時，他感到昏昏欲睡，他離開工作桌，小心翼翼地躺在床上，卻不敢換衣服，免得又睡不著了。

他夢到自己在夜裡醒來，聽到緩慢又警覺的呼吸聲，每晚他打算入睡時，這個聲音就會出現。現在呼吸聲從他的窗外傳來了。有人想要爬進來。身穿有如蝙蝠翅膀般巨大斗篷的高大身影忽然跳進房裡。

「我在這。」那個人影直截了當地說。

蓋伊從床上跳起，準備迎戰。「你是誰？」他看清那是布魯諾。

布魯諾沒有還手，只是抵抗。要是蓋伊使出吃奶的力氣，他大可將布魯諾的肩膀固定在地板上，而在反覆出現的夢境裡，蓋伊每次都會使上吃奶的力氣。他用膝蓋將布魯諾壓在地上，還打算勒斃對方，但布魯諾只是一直笑、一直笑，彷彿什麼感覺也沒有。

「你。」布魯諾最後會這麼說。

蓋伊醒來時，渾身大汗，頭昏眼花。他坐起來，警覺地檢視起自己空蕩蕩的房間。此刻屋內出現溼黏的聲音，彷彿是蛇爬行在下方的水泥球場一樣，還抵著牆面蜷曲起來，甩動溼溼的身軀。忽然間，他察覺那是雨聲，輕輕點點的夏日細雨，他又倒回枕頭上，開始低聲啜泣。他想像起這場雨，斜斜地打在地面上，彷彿是在說：要灌溉的春天植物在哪裡啊？仰賴我的嶄新生命在哪裡啊？小安，我們回顧青春之愛的綠色藤蔓在哪裡啊？昨晚那張皺巴巴的紙上，他是這樣寫的。雨水會找到靜待且仰賴它的嶄新生命。打在球場的雨只是多餘的。小安啊，綠色藤蔓究竟在哪裡啊……

他睜著眼睛，躺在床上，直到曙光的指尖悄悄爬進他的窗沿，就跟跳進來的那位陌生人一樣。就跟布魯諾一樣。接著他起床、開燈、拉下百葉窗，又回去工作。

29

蓋伊大力踩下煞車踏板，但車子發出刺耳的聲音，朝孩子衝過去。腳踏車倒地，一陣小小的喀嗒聲響起。蓋伊下了車，繞過車頭，膝蓋重重撞在保險桿上，拉著孩子的肩膀將他扶起。

「我沒事。」小男孩說。

「蓋伊，他沒事吧？」小安跑了過來，臉色跟孩子一樣慘白。

「我想是吧。」蓋伊用膝蓋夾住腳踏車的前輪，用力將龍頭扳直，他感覺到孩子好奇的目光緊盯著他猛烈顫抖的雙手。

「謝啦。」男孩說。

蓋伊看著男孩跳上腳踏車，踩著踏板騎走，彷彿是在見證什麼奇蹟。他望向小安，帶著顫抖的嘆息低聲地說：「我今天沒辦法再開車了。」

「好喔。」她也跟他一樣壓低聲音，但目光中存有一絲狐疑，蓋伊很清楚，同時，她轉身繞去駕駛座。

蓋伊向福克納夫婦道歉，這時他已經回到車上，夫妻倆好意安慰，說什麼開車的人難免會遇上這種事。只是蓋伊感覺到身後傳來真正的靜默，這種靜默充滿驚嚇與恐懼。他明明看著男孩從旁邊的路上出現。男孩為他停下腳踏車，他卻將車頭轉向男孩，彷彿執意要撞上對方。是嗎？他用顫抖的手點起香菸。他告訴自己，這就是大腦與動作的不協調，過去兩週裡，類似的狀況層出不窮，跟旋轉門相撞啦，沒辦法用筆沿著尺劃線啦，還有，他常常感覺到自己不在**這裡**做他手邊正在從事的行為。他陰鬱地重新釐清自己在做什麼，他開著小安的車，要前往奧頓看新家。房子竣工了。小安和她母親上週安裝好窗簾。今天是週日，接近正午。小安告訴他，昨天收到他母親捎來的信，內容充滿祝福，他母親還寄了三條鉤針織成的圍裙，及很多手工製作的醃漬物，可以成為第一批放進廚房櫃子的物品。這些他都記得嗎？他似乎只記得口袋裡布朗克斯醫院的草圖，他還沒跟小安提這件事。他希望自己能夠逃去某個地方，只要工作就好，誰也不見，連小安也不見。他偷偷瞥了她一眼，看著她冷漠仰起的臉，還有微凸的鼻梁。她細瘦強健的雙手嫻熟地將車子駛進彎道又開出來。忽然間，他確定，她對這輛車的愛，遠超過愛他。

「有人餓了嗎？現在趕快講喔。」小安說。「這是接下來幾公里路程中唯一的小店。」

但沒有人餓。

「小安，我期待一年至少受邀來吃一次晚餐。」她父親開口。「也許吃兩隻鴨子或是鵪鶉。我聽說這裡很適合打獵。蓋伊，你槍法好不好啊？」

小安將車轉進房子所在的那條路。

「先生，還可以。」蓋伊終於回答，期間還結巴了兩次。他的心臟逼著他逃跑，他很確定，只有奔跑能夠穩住自己這顆心。

「蓋伊！」小安對他笑了笑。她停好車，對他低聲地說：「進屋後喝點小酒。廚房裡有一瓶白蘭地。」她輕觸他的手腕，蓋伊不由自主地連忙將手抽開。

他心想，他肯定得喝點白蘭地還是什麼東西。只是他很清楚他什麼也不會喝。

福克納太太穿過新的草坪，走到他身邊。「蓋伊，房子真是太美了。真希望你引以為傲。」

蓋伊點點頭。房子完工了，他不用繼續想像了，在墨西哥旅館房間的棕色櫃子上，他想像中的房子就長這樣。小安希望廚房鋪設墨西哥風格的磁磚。她偶爾穿戴的服飾也帶有墨西哥風情，皮帶啦、手提包啦、涼鞋啦。此刻她粗花呢外套下露出的長長刺繡裙也具有墨西哥風格。他覺得自己之所以挑選蒙地卡羅飯店，肯定是因為令人陰鬱的粉褐色房間，還有布魯諾那張映在棕色櫃子上的臉，這些景象注定會糾纏他一輩子。

距離婚禮只剩一個月了。再過四個週五夜晚，小安就會坐在壁爐旁邊那張方形的綠色大椅上，她會從墨西哥風格的廚房喊他，他們會一起在樓上的工作室創作。他有什麼權利將她囚禁在自己身邊？他站在那裡，盯著他們的臥房看，稍微注意到房裡有點凌亂擁擠，因為小安說她不想要「現代風格」的新房。

「別忘了為了家具跟媽道謝，好嗎？」她對他低聲地說。「你知道，家具是媽送給我們的。」

當然啦，櫻桃木的臥室床架組。他記得那天早餐時她告訴他這件事，也記得自己手上的繃帶，小安還穿著參加海倫派對的那身黑色洋裝。不過，在他該對家具提出幾句評語時，他卻什麼也沒說，看起來似乎有點太遲了。他覺得他們肯定察覺到了什麼，全世界的人想必都察覺到了。他只是莫名其妙地得到緩刑而已，從壓在身上並摧毀他的重擔下，稍微得到解救罷了。

「蓋伊，在想新工作嗎？」福克納先生問，並遞給他一根菸。

蓋伊踏上側邊的門廊時，並沒有看到對方的身影。為了找理由，他抽出折疊在口袋裡的紙張，給對方看，還解釋起來。福克納先生又灰又棕的雜亂眉毛垂了下來，一副若有所思的模樣。只是，蓋伊心想，福克納先生根本沒有在聽。福克納先生彎腰只是為了看清楚我的罪惡感，這股罪惡感彷彿是一圈黑暗，環繞著我。

「怪了，小安都沒跟我提過。」福克納先生說。

「我要保密。」

「噢。」福克納先生笑著說。「當成新婚禮物？」

之後，福克納夫婦開車回到先前經過的小商店，購買三明治。這棟房子讓蓋伊疲憊不堪。他希望小安陪他一起去附近的岩石小丘散散步。

「等一等喔。」她說。「你來一下。」她站在高高的石砌壁爐前。她用雙手搭著他的肩膀，盯著他的臉，有一點焦慮，但還是散發著對新房的自豪感。「你知道，這裡變得更深了。」她對他說，同時用手指劃過他凹陷的臉頰。「我得逼你吃點東西。」

「也許需要多睡一點吧。」他咕噥著。他跟她說過，最近需要長時間工作。他也說過，自己跟梅爾斯一樣，為了多賺點錢，他開始接仲介介紹的工作，以及入帳速度快的短期小案子。

「親愛的，我們——我們過得很富足。你到底在煩惱什麼？」

她問過他五、六次，是不是因為婚禮，他到底想不想娶她？如果她繼續追問，他也許會說對，就是因為婚禮，但他很清楚，她不會在他們的壁爐前提出這個問題。「我什麼煩惱也沒有。」他連忙回答。

「那可以麻煩你不要工作得這麼認真嗎？」她懇求起來，接著，出於自己的喜悅與期待，她擁抱住他。

蓋伊自然而然地吻了她（心想這根本不代表什麼），因為蓋伊曉得她期待他吻她。他心想，她會注意到的，因為她總能察覺到每個吻中最幽微的不同之處，而他已經很久沒有吻她了。她沒有多說什麼，在蓋伊看來，這只是因為他的改變太過巨大，根本沒辦法解釋清楚。

30

蓋伊穿過廚房，在後門轉身。「我想得真是太不周到了，竟然在廚師休息的日子不請自來。」

「有什麼不周到的？你只是跟我們一樣，週四晚上要吃飯而已。」福克納太太給了他一節剛洗好的芹菜。「只是海柔會很失望，她沒辦法親手製作她的奶油蛋糕。你今晚得吃小安做的了。」

蓋伊走了出去。下午的陽光依舊明亮，但尖刺圍欄已經在番紅花與鳶尾花的花床上投出長長斜斜的影子了。在丘頂海浪般的草坪後方，他看到小安綁在腦後的頭髮，以及她那件淺綠色的毛衣。他與小安經常在那裡一起採集薄荷與西洋菜，溪水從樹林流出，他與布魯諾就在那座樹林打過架。他提醒自己，布魯諾已經是過去式，已經消失得無影無蹤。無論傑哈採取何種手段，都讓布魯諾不敢聯絡蓋伊了。

他看著福克納先生光可鑑人的黑色轎車開進車道，緩緩駛進敞開的車庫。他忽然問起自己，他在這裡做什麼？他騙了所有人，包括想要替他製作奶油蛋糕的黑人女廚，也許因為某次，他曾讚美過她的甜點？他移動到梨樹的樹蔭下，這樣小安與她父親就不能一眼看見他。他思忖起來，自己是不是該離開小安的生活？這樣對她會造成何種影響？她沒有放棄昔日的朋友，還有泰迪那幫人，都是處在適婚年齡的年輕人，帥氣的年輕人，會打馬球，而且在繼承家業、迎娶裝點他們鄉村俱樂部的漂亮女孩前，頂多只是在夜店裡飲酒作樂，無傷大雅。當然啦，小安與眾不同，不然她一開始就不會受他吸引。她不是那種漂亮女孩，她們工作個一、兩年，只為了炫耀自己工作過，接著就與適合的年輕小伙子結婚。不過，就算沒有他，小安不是依舊保持本質嗎？她常說，他是她的靈感，他與他的野心是她創作的泉源，只是她還是跟邂逅蓋伊的那天一樣，充滿才華與幹勁，她難道不會就這樣發展下去嗎？難道不會有另一個像他，但更值得小安的男人遇到她嗎？

他開始朝她走去。

「我快好了。」她對他喊道。「你怎麼不快點過來？」

「我已經趕來了。」他尷尬地說。

「你靠在那邊牆上要十分鐘啦。」

一根西洋菜幼枝隨著水流漂離，他連忙跳過去拯救。撈起細枝時，他覺得自己的動作像隻負鼠。「小安，我覺得我很快就會找到工作了。」

她詫異地抬頭。「找到工作？你是說事務所的工作？」

其他的建築師是這麼說的，「事務所的工作」。他點點頭，沒有看著她。「我想去事務所工作，穩定，薪水又好。」

「穩定？」她笑了起來。「你在醫院還有一年的工作要做呢。」

「我不需要一直待在製圖室。」

她站起身來。「是因為錢嗎？因為你不願意接受醫院的報酬？」

他轉身過去，朝著溼濘的水岸跨出一大步。「不全然是因為這樣。」他咬著牙說。「也許這算一部分的原因吧。」他幾週前決定，在支付酬勞給他的工班後，他就要將剩下的錢退還給醫院的管理部門。

「但，蓋伊，你說過那沒關係的。我們都同意，我們、你負擔得起。」

整個世界似乎靜默了下來，仔細聆聽。他看著她將一綹髮絲往後撥，因此在她額頭上留下了一抹溼泥。「用不了多久的，也許六個月，也許更短。」

「但為什麼要這麼做？」

「因為我想這麼做！」

「你為什麼想要這麼做？蓋伊，你為什麼就想當烈士？」

他無話可說。

西下的夕陽穿過樹梢，忽然間就灑落在他們身上。蓋伊的眉頭皺得更緊了，他低頭用眉毛擋著雙眼，眉頭上還有在樹林裡留下的白色疤痕，他心想，這道傷疤會一直存在。他踢了踢泥地上的石頭，卻沒辦法踢鬆。讓她覺得事務所的工作跟帕米拉留下的憂鬱情緒有關吧，她愛怎麼想，都隨她去。

「蓋伊，我很抱歉。」她說。

蓋伊望着她。「抱歉？」

她走到他身邊。「抱歉，我想我明白這是怎麼回事。」

他的手依舊插在口袋裡。「什麼意思？」

她停頓了一下，又說：「我思考過這一切，你在帕米拉之後的這些擔憂，我是說，你也許沒意識到，但一切都跟蜜莉安有關。」

他忽然扭過身子。「不、不，根本不是這樣！」他說得非常誠懇，但聽起來卻像謊言！他將手指塞進髮絲之中，將頭髮往後梳。

「蓋伊，聽著。」小安溫柔且明確地說。「也許你沒有想像中這麼想結婚。如果你覺得這是部分的原因，你直說就是了，因為相較於工作的說辭，我更能接受這樣的理由。如果你要緩一緩，先按兵不動，或是你想要打破婚約，我都可以承受。」

她心意已決，而且決定了好一陣子了。從她發自內心的平靜，他就感覺得出來。這一刻，他的確可以放棄她。心碎的痛楚足以抵銷內疚的痛苦。

「嘿，小安！」她的父親從後門高喊。「要進屋了嗎？我要那個薄荷！」

「爸，等等就來！」她也喊著回應，又說：「蓋伊，你說呢？」

他的舌頭抵在上顎。他心想，她是我這片黑暗森林裡的陽光，但他說不出口，他只說：「我不好說——」

「這個嘛，我比以往都渴望你，因為你此刻非常需要我。」她將薄荷與西洋菜塞進他手裡。「想把這個拿給爸嗎？跟他喝一杯。我要去換衣服。」她轉過身，朝屋子走去，不疾不徐，但腳步又快到蓋伊跟不上她。

蓋伊喝了好幾杯薄荷朱利普調酒。小安的父親用老派的手法調製，將糖、波本威士忌與薄荷放在幾個玻璃杯裡一整天，變得更冰涼、結出更多冰霜，他還問蓋伊有沒有在其他地方喝過更好喝的薄荷朱利普。蓋伊感覺得到自己的緊繃放鬆了一些，但他實在喝不醉。他試了幾次，結果只是把自己搞得想吐，卻沒有喝醉。

日落之後，他與小安待在露臺上，他一度想像，他對她的認知也許就停留在他去找她的第一個夜晚，與此同時一種巨大喜悅的渴望油然而生，想要讓她愛上他。然後，他又想起週日婚禮後，在奧頓等著他們的新家，他跟小安能夠一起共度的快樂又統統湧上他的心頭。他想要保護她，想要達成某些不可能的目標，這樣就能取悅她。這似乎是他認知裡最正向積極、最幸福的抱負。如果他能繼續抱持這種心態，那就還有出路。他只要接受一部分的自己就好，用不著他的整個自我，與布魯諾或他的工作都無關。他只要打壓其他部分，活出他現在的自我即可。

31

不過，他現在想要保存的自我實在有太多破綻可以讓另一個自我攻擊，而進攻的方式也有百百種，某些話語、聲音、光線、手腳的動作，甚至是他什麼也沒做，沒有看到任何景象、聽到任何聲音，他內在那得意洋洋的聲音都能嚇壞他、威脅他。婚禮籌辦得相當用心，相當喜慶；白色的蕾絲與亞麻，相當純潔；每個人都翹首以盼，相當歡快。只是，就他看來，這一切彷彿是他此生最不堪的背叛行為，隨著婚禮逐漸逼近，他就越是發瘋般想著要取消，卻又徒勞無功。直到婚禮前的最後一個小時，他只想逃離現場。

他在芝加哥認識的朋友羅伯·翠舍打電話來祝賀，還問能不能來參加婚禮。蓋伊用了很站不住腳的理由勸退了對方。他覺得這是福克納家族的場子，都是他們家族的朋友、在他們家族的教堂舉行，若他的朋友出席，他就會變得脆弱。他邀請了梅爾斯，因為此人不重要，自從接到醫院的案子後，他就沒有繼續與梅爾斯一起共用辦公室了；提姆·歐弗萊赫迪來不了，他還找了他在羅德恩斯建築學院認識的兩、三位建築師，這些人熟悉的是他的作品，而不是他這個人。不過在羅伯從蒙特婁來電半小時後，蓋伊又打電話過去，問對方能不能當他的伴郎。

蓋伊驚覺他已經將近一年沒有想起羅伯．翠舍這個人，甚至沒有回覆對方的來信。他沒有想到彼得．雷格斯、維克．德波斯特及岡特．霍爾這些人。他以前常造訪維克及其妻子在布里克街的公寓，有次還帶小安去過一次。維克是畫家，蓋伊想起，維克去年冬天曾寄邀請函來，邀請蓋伊去看他的展覽。蓋伊甚至沒有回覆。他依稀記得提姆來過紐約，打電話找他吃飯，但那時布魯諾一直打電話糾纏他，而他也拒絕了。蓋伊記得，《德意志神學》裡說，古時候的德意志人判斷一個遭到指控之人有罪與否，端看有多少朋友站出來替此人的人格進行擔保。現在有多少人願意幫他擔保？他從來不會在朋友身上花太多時間，因為他們不會期待他這麼做，但他現在覺得這些朋友都開始反過來迴避他，彷彿是他們認為，就算沒有直接見面，他已經配不上他們的友誼了。

週日一早就是婚禮，蓋伊在教堂的聖器室裡繞著羅伯．翠舍緩緩走來走去，他緊抓著醫院草圖的記憶不放，彷彿那是最後一絲希望，能夠證明他存在的唯一證據。他的工作表現非常優秀。他的朋友羅伯．翠舍讚美過他。他證明了自己依舊能夠創作。

羅伯已經放棄與他聊天。坐在那裡，雙臂環胸，肉肉的臉上掛著愉悅但有點放空的神情。羅伯覺得他只是緊張罷了。蓋伊心想，羅伯不明白他的感受，因為無論他覺得自己展露了多少情緒，其實都沒有顯現出來。而這種狀態就是地獄，一個人的生命竟能輕易變得如此虛偽。這就是本質，他的婚禮以及他的朋友羅伯．翠舍，這位朋友已經不了解他了。小小的石砌聖器室有高高的柵欄窗口，感覺跟牢房一樣。而外頭傳來的低語，彷彿是自以為正義的暴民嘟囔著，打算衝破監獄，尋求正義一樣。

「你該不會碰巧有帶酒過來吧？」

羅伯跳了起來。「還真的有。重死我了，但我完全忘了這件事。」他將酒瓶放在桌上，等著蓋伊去拿。羅伯約莫四十五歲，溫和謙遜，生性樂觀，身上帶著心滿意足單身漢那種難以磨滅的印記，同時全然投身於他的專業與權威之中。「你先吧。」他催促著蓋伊。「我想私下向小安敬酒。蓋伊，她真的很美。」他面露微笑，溫柔地補了一句：「跟白色的大橋一樣美。」

蓋伊站著，望向四百多毫升的酒。窗外的混亂喧鬧此時似乎在嘲笑他，嘲笑他與小安。桌上的酒也算是其中一部分，傳統婚禮中令人厭煩、鬧著玩的陪襯。他與蜜莉安結婚時喝的是威士忌。他將酒瓶朝角落扔去。酒瓶結結實實的碎裂聲與噴濺聲打住了歡快的呼聲和交談聲，就連風琴愚蠢的顫音都停下了一秒鐘，然後，一切又恢復原樣。

「抱歉，羅伯，我很抱歉。」

羅伯的目光始終盯著他。「一點也不怪你。」羅伯笑著說。

「但我怪我自己！」

「聽著，老傢伙——」

蓋伊看得出來，羅伯不曉得是該笑看這樣的舉動，還是該嚴肅起來。

「等等。」羅伯說。「我再去拿酒來。」

羅伯正要開門，門卻自己開了，彼得．雷格斯纖瘦的身影閃了進來。蓋伊介紹他給羅伯認識。為了這場婚禮，彼得從紐奧良趕來。蓋伊心想，如果這是他與蜜莉安的婚禮，他才不會大費周章跑來參加。彼得不喜歡蜜莉安。他的太陽穴上多了一些白髮，但削瘦的臉還是笑得跟十六歲時一模一樣。蓋伊迅速回抱對方，感覺到自己現在是以無意識的模式在運作，就跟週五夜裡一樣，只是在軌道上運行似的。

「蓋伊，時間差不多了。」羅伯說，打開了門。

蓋伊走在他身邊。距離聖壇只有十二步。蓋伊心想，這些控訴的面容。他們都嚇到說不出話來，就跟福克納夫妻那天在汽車後座一樣。他們什麼時候才會出手打斷一切？大家還要等多久？

「蓋伊！」某人低語。

蓋伊數著步子，六、七。

「蓋伊！」小聲卻直接，從那些面孔間傳出來，蓋伊望向左邊，跟著兩位轉頭的女士目光看過去，他看到的是布魯諾的臉，不會有別人。

蓋伊隨即直視前方。那是布魯諾，還是錯覺？那張臉笑得多殷切，灰色的雙眼相當銳利。十步、十一步，他繼續數著。先上十二階，但跳過第七階……你會記得的，這是切分音的節奏。他頭皮發麻。難道這樣不能證明，那只是錯覺而不是布魯諾嗎？他暗自禱告起來，上帝啊，別讓我暈倒。結果內心的聲音回吼著說，結婚？你還是暈倒比較好吧？

他站在小安身邊，而布魯諾也在場，這不是一場事件、一個時刻，而是一種狀態，某種永遠會出現、永遠會存在的狀態。布魯諾、蓋伊自己和小安。而且按照既定軌道運轉。一輩子都在軌道上運轉，直到死亡將我們分離，這就是懲罰。他還想尋找什麼樣的懲罰？

蓋伊身邊有好幾張上下擺動的臉，全都對他笑，他感覺到自己模仿起這種表情，好像白癡。這裡是帆船與網球俱樂部，婚宴備有自助式早餐，每個人手裡都握著香檳酒杯，他自己也是。而布魯諾不在場。這裡只有幾個戴著帽子的老婦人，滿臉皺紋、擦了香水，絕對無害。然後福克納太太一手攬著他的頸子，輕吻他的臉頰，他在她後方看到了布魯諾湊到門邊，還是剛剛發現他時同樣的微笑、同樣銳利的目光。布魯諾直接走向他，停住腳步，前後搖晃著身子。

「蓋伊，獻上我最誠、誠摯的祝福。你不介意我過來看看吧？真是個歡快的場合！」

「滾，快點給我滾出去。」

布魯諾的笑容遲疑地退去。「我剛從卡布里島回來。」他用同樣沙啞的嗓音說話。他穿了一身新的寶藍色軋別丁材質的西裝，翻領寬得跟晚禮服西裝的翻領一樣大片。「蓋伊，你好嗎？」

小安的某位阿姨湊在蓋伊耳邊說了幾句話，香水味撲鼻，他也咕噥回應。蓋伊轉身繼續走。

「我只是想祝福你。」布魯諾高喊。「僅此而已。」

「滾。」蓋伊說。「門就在你身後。」他心想，但他不能多說，他會失控。

「蓋伊，停戰吧。我想見見新娘。」

蓋伊任由兩位中年女子一左一右拉著他的手，將他帶開。雖然他沒有看見布魯諾，卻曉得這傢伙肯定朝著自助餐食物的長桌默默退開，臉上還掛著那個受傷、不耐的笑容。

「蓋伊，還撐得住嗎？」福克納先生從他手中將只剩半杯的酒拿走。「我們去吧檯喝點好東西。」

蓋伊喝了半杯蘇格蘭威士忌。他開口交談，卻不知道自己到底說了什麼。他很確定自己說的是：阻止這一切，叫每個人都離開。不過應該沒有，不然福克納先生肯定會爆笑出聲，或是，他還笑得出來嗎？

布魯諾從他們切蛋糕的桌邊望過來，蓋伊注意到，他主要是在看小安。布魯諾的嘴唇扭成細細、癲狂的微笑線條，雙眼閃著光澤，有如他別在深藍色領帶上的鑽石別針；蓋伊從他臉上察覺到他們首度相會時，同樣的嚮往、驚奇、決心與幽默。

布魯諾走向小安。「我想我之前在哪裡見過妳。妳跟泰迪．福克納是親戚嗎？」

蓋伊看著他們握起了手。他以為自己無法忍受這樣的場面，但他忍住了，沒有採取任何動作。

「他是我堂弟。」小安露出隨和的微笑，她對前一位交談的對象也投以相同的笑容。

布魯諾點點頭。「我跟他打過幾次高爾夫球。」

蓋伊感覺到一隻手搭上了他的肩膀。

「蓋伊，有時間嗎？我想——」是彼得．雷格斯。

「沒有。」蓋伊繼續盯著布魯諾與小安。他的手指緊緊握住小安的左手。

布魯諾漫步到她的另一邊，挺直胸膛，不急不徐，神情輕鬆自在，手裡端著他還沒開動的那塊婚禮蛋糕。「我是蓋伊的老朋友了，交情可久了。」布魯諾對著小安後方的蓋伊使了個眼色。

「真的嗎？你們在哪裡認識的？」

「在學校，學校的老朋友了。」布魯諾笑了笑。「海恩斯太太，妳知道，我已經好幾年沒有見過像妳這麼美若天仙的新娘子了。我真的很高興認識妳。」他說，不是打算結束對話，而是為了強調論點，這點讓小安再度微笑。

「很高興認識你。」她說。

「希望再度與兩位相見。你們打算住在哪裡？」

「康乃狄克州。」小安說。

「康乃狄克州，風水寶地啊。」布魯諾又對蓋伊使起眼色，然後優雅地鞠躬離去。

「他是泰迪的朋友？」蓋伊問小安。「泰迪邀請他來的？」

「親愛的，別一副這麼緊張的模樣！」小安對他笑了笑。「我們馬上就要離開啦。」

「泰迪呢？」但找到泰迪又有什麼用？他同時問起自己，把這件事鬧大有什麼意思？

「兩分鐘前，我在主桌那邊看到他。」小安告訴他。「克里斯來了，我得去跟他打聲招呼。」

蓋伊轉過頭，尋找起布魯諾，看到他忙著享用流心焗蛋，還跟兩個年輕人聊得很開心，他們對著他笑得彷彿是受到惡魔的蠱惑一樣。

不久後，蓋伊坐在車上，苦澀地思索起來，最諷刺的莫過於，小安根本沒有時間好好認識他。他們初次相遇時，他憂鬱不振。如今，因為他鮮少刻意去做些什麼，他的努力開始顯得真實。說不定在墨西哥市的那幾天，他才是真正的自己。

「藍色西裝的那個男人讀的是德恩斯建築學院？」小安問起。

他們正驅車前往蒙托克角。小安的親戚將木屋借給他們，讓他們度蜜月，為期三天。蜜月之所以只有短短三天，是因為他答應了在一個月內，要去荷頓父子與基斯建築事務所工作，而在任職之前，他還得加把勁，搞定醫院草圖的細節。「不，藝術學院，就來往了一陣子而已。」只是，他為什麼要幫布魯諾圓謊？

「他那張臉生得真有意思。」小安說，她理了理腳踝附近的裙擺，然後才將雙腳放在折疊座椅上。

「有意思？」蓋伊問。

「我不是指有吸引力，只是很熱切罷了。」

蓋伊咬牙切齒。熱切？難道她看不出這個人瘋了嗎？有病的那種瘋？大家都看不出來嗎？

32

荷頓父子與基斯建築事務所的接待人員將一張字條交給他，上頭寫著查爾斯．布魯諾來電，還留下了電話號碼。那是大頸區的電話。

「謝謝。」蓋伊說，然後徑直穿過大廳。

假設事務所會留下電話訊息的紀錄，他們是不會，但假設他們會留。假設布魯諾哪天自己跑來了。不過，荷頓父子與基斯建築事務所本身就不是什麼正派的企業，布魯諾的出現也不會顯得反差太大。難道這不就是他在這裡的原因嗎？沉浸在其中，還懷抱某種錯覺，認為這種反感算是一種贖罪，而他會在這裡開始感覺好過一點？

蓋伊前往偌大的休息室，這邊有天窗，還有真皮軟墊座椅，他抽起菸來。事務所最優秀的建築師梅溫伊與威廉斯坐在寬大的皮革扶手椅上，研讀公司的報告。蓋伊望向窗外時，感覺到了他們的目光。他們總會盯著他，因為他理應很特別，小荷頓向大家保證，說他是個天才，所以他這種「人才」到底來這裡做什麼？他窮困的程度也許遠超大家想像，他剛結婚，但除此之外，還有那間布朗克斯醫院的案子，他顯然緊張不安，失去控制。最優秀的人才有時也會失控，他們會這樣對他說，那他們為什麼還會顧忌他是否接受了舒適簡單的工作呢？蓋伊低頭俯瞰骯髒的曼哈頓屋頂與街道，看起來真像建築模型，說明了城市不該打造成這種模樣。他回過頭時，梅溫伊像小男孩般，放低了目光。

他整個早上都在一項已經拖了好幾天的工作上磨磨蹭蹭。他們告訴他，慢慢來。他所要做的就是滿足客戶的需求，最後簽上他的大名即可。此刻他的工作是替西徹斯特郡的富裕小社區建造一棟百貨公司，客戶想要建築看起來像是老派的豪宅，這樣在鎮上才不會太突兀，但又保有一點現代的元素，懂嗎？而客戶特別指定要由蓋伊·丹尼爾·海恩斯建造。蓋伊只要將思維調整到花俏、誇張的層次，他就能夠輕鬆應付這份工作，只是實際上要蓋一棟百貨公司，他就會一直思考某些功能性的要求。整個早上他就在擦橡皮擦和削鉛筆中度過，同時想著，他還需要四、五天的時間，很可能要到下週，屆時他才能有粗略的想法，可以展示給客戶看。

「小查·布魯諾今晚也會來。」傍晚時，小安從廚房大喊。

「什麼？」蓋伊繞過隔板。

「他叫這名字嗎？我們在婚禮上見到的那位年輕人？」

小安正在木頭砧板上切細香蔥。

「妳邀他來？」

「他似乎聽說了，所以打電話來，某種程度算是不請自來。」小安的語氣稀鬆平常，讓人懷疑她是不是在測試他，這個念頭讓他背脊發涼。「海柔，親愛的，不是牛奶，冰箱裡有很多鮮奶油。」

蓋伊看著海柔將裝著鮮奶油的容器擺在一大碗磨碎的戈貢佐拉起司旁邊。

「蓋伊，你介意他來嗎？」小安問他。

「一點也不，但妳知道，他稱不上是我的朋友。」他尷尬地朝櫥櫃走去，拿出擦鞋盒。他要怎麼阻止布魯諾？肯定有方法，只是他想破了腦袋，他也知道自己想不出來。

「你很介意。」小安笑著說。

「我只是覺得他很粗俗罷了。」

「拒絕任何人參加喬遷派對是不好的兆頭，你不知道嗎？」

布魯諾抵達時，雙眼泛紅。其他人都對新房子稱讚了幾句，只有布魯諾大模大樣地走進磚頭紅與叢林綠相間的客廳，彷彿之前來過一百次一樣，不然就是他住在這裡似的，蓋伊向其他人介紹布魯諾時是這麼想的。布魯諾面露微笑，興奮地聚焦在蓋伊與小安身上，根本沒有注意到其他人跟他打招呼（蓋伊心想，有兩、三個人看起來好像認識他呢），唯一例外是來自長島芒西園的切斯特．波提諾夫的夫人，布魯諾用雙手握起她的手，彷彿是找到了盟友一樣。蓋伊也驚恐地看著波提諾夫太太用燦爛的友善笑容抬頭望著布魯諾。

「一切都好嗎？」布魯諾喝了點飲料後問蓋伊。

「好，都好。」蓋伊決定要冷靜一點，就算他必須麻醉自己也在所不惜。他在廚房已經喝了兩、三杯純的烈酒了。不過，他還是發現自己逐漸撤退，朝著客廳角落垂直的螺旋樓梯靠近。他心想，只要一下下，只是要適應一下。他跑上樓，回到臥房，用冰冷的手扶著額頭，然後又緩緩掩面起來。

「不好意思喔，我還在四處看看。」房間另一側傳來聲音。「蓋伊，這棟房子真是太了不起了，我好像暫時回到十九世紀一樣。」

小安在百慕達讀書時結交的朋友海倫·黑本就站在五斗櫃旁邊。蓋伊心想，小小的左輪手槍就在櫃子抽屜裡。

「自在點。我只是上來拿條手帕。酒水怎麼樣？」蓋伊拉開右上方的抽屜，裡頭擺放著他並不想要的手槍以及他並不需要的手帕。

「哎啊，酒水的狀況比我要好多了。」

蓋伊推測，海倫又在「狂躁」階段了。她是商業藝術家，很優秀，小安是這麼想的，但她只能在每季的零用錢花光，且處在憂鬱症時期才能創作。而且他感覺海倫不喜歡他，自從那個週日晚上，他沒有跟小安一起去她的派對開始。她對他存疑。不然她為什麼要跑來他們的臥房，假裝自己喝得很醉？

「蓋伊，你一直都這麼嚴肅嗎？你知道，當小安宣布她要跟你結婚時，我說了什麼嗎？」

「你說她瘋了。」

「我說，『但他好嚴肅啊。很有魅力，大概是天才，但他好嚴肅啊，妳怎麼忍受得了？』」她抬起方正的漂亮臉蛋，還有一頭金髮。「你甚至不為自己辯護兩句。我敢說，你嚴肅到不願意親吻我，對不對？」

他逼迫自己靠上去，吻了她一下。

「這才不算吻！」

「但我不是故意要嚴肅的。」

他走了出去。他心想，海倫會跟小安說，她會說，十點的時候，她發現他在臥室裡，一副痛不欲生的模樣。她也許會翻看起抽屜，找到那把槍。不過，他完全不相信這些念頭。海倫那麼蠢，他完全不明白為什麼小安會喜歡她，但她不會找麻煩。她跟小安一樣，都不是愛亂翻東西的人。天啊，他住在這裡的時候，左輪手槍不就一直放在小安的物品旁邊嗎？他一點也不擔心小安會檢查起他那一側的抽屜，就跟他不會擔心她拆他信件一樣。

他下樓時，布魯諾與小安坐在壁爐旁的轉角沙發上。布魯諾隨手將酒杯放在沙發椅背，還在布料上留下深綠色的痕跡。

「蓋伊，他跟我說了新的卡布里島有多好玩。」小安抬頭望著他。「我一直在想我們可以一起去。」

「重點在於包下整棟屋子。」布魯諾繼續說，完全不理睬蓋伊。「選座城堡，越大越好。我跟我媽住在一座超大的城堡裡，要不是有天晚上走錯樓，不然我永遠也不可能走到城堡的另一側去。另一邊走廊盡頭有一家義大利人，他們正在吃晚餐，那晚他們十二個人統統跑來，問我們能不能讓他們繼續待在城堡裡，他們願意無償替我們做事。我們當然就答應了。」

「而你完全沒有學過任何義大利文？」

「沒必要！」布魯諾聳聳肩，他的聲音又沙啞了起來，蓋伊印象裡的聲音就是這樣。

蓋伊忙著抽起菸來，身後同時感覺到布魯諾熱情又害羞的挑逗目光盯著小安，這種目光比酒精的酥麻感還要深刻。布魯諾顯然已經稱讚過她的這襲洋裝了，他最喜歡的灰色塔夫綢洋裝，上頭有小小的藍色圖案，看起來像孔雀的眼睛。布魯諾總會注意到女性的打扮。

「蓋伊跟我啊。」布魯諾的聲音明確地點名起蓋伊，彷彿蓋伊轉過身來了一樣。「蓋伊跟我有次聊到旅行。」

蓋伊連忙將香菸插進菸灰缸裡，捻熄每一顆火星，然後朝沙發走去。「去樓上看看我們的遊戲室，如何？」他對布魯諾說。

「當然好。」布魯諾起身。「你們都玩些什麼？」

蓋伊將他推進一個有紅色裝潢的房間，在身後緊閉房門。「你還想怎樣？」

「蓋伊！你醉了！」

「跟大家說，我們是老朋友，你到底有何居心？」

「我沒有跟每個人說，我只有告訴小安。」

「跟她說，或跟其他人說，目的到底是什麼？你到底為什麼要來這裡？」

「蓋伊，安靜點，噓……！」布魯諾隨手晃動起握著的酒杯。

「警察還在調查你的朋友，對不對？」

「用不著擔心我。」

「出去，出去，現在就滾。」他努力克制住情緒，聲音都在顫抖。他為什麼要控制自己？還有一顆子彈的左輪手槍就在走廊對面。

布魯諾望著蓋伊，眼神裡散發著厭倦，嘆了口氣。從他上唇嘆出來的氣息，就像蓋伊夜裡在套房內聽到的鼻息聲。

蓋伊踉蹌了幾步，而踉蹌的腳步讓他憤怒不已。

「我覺得小安很美。」布魯諾愉悅地說。

「如果我再看到你跟她攀談，我就殺了你。」

布魯諾的笑容逐漸退去，然後又更加燦爛地笑了起來。「蓋伊，這是威脅嗎？」

「這是承諾。」

半小時後，布魯諾醉倒在沙發後方，也就是他剛剛與小安一起坐過的那張沙發。他在地上整個人看起來相當修長，壁爐上的大石讓他的腦袋看起來特別小。三個人將他扶起來，卻不曉得該拿他怎麼辦。

「我猜，送他去客房吧。」小安說。

「小安，這是好兆頭。」海倫笑著說。「喬遷派對就是該有人留下來過夜，妳知道的，第一位客人！」

克里斯多福·尼爾森湊到蓋伊身邊。「你在哪找到這傢伙的？他經常在大頸區的夜總會醉到不省人事，酒吧都不讓他進門了。」

婚禮過後，蓋伊向泰迪確認過。泰迪並沒有邀請布魯諾，跟他完全不熟，也不喜歡這個人。

蓋伊上樓，前往工作室，接著關上門。工作桌上擺著那張荒謬的百貨公司草圖，還沒畫完，他的良心逼著他帶回來，這個週末要完成。熟悉的線條現在因為他喝得醉醺醺的，看起來模糊不清，害他想吐。他拿出一張白紙，重新畫出客戶心目中的建築。他很清楚客戶要的是什麼。他希望能夠在吐之前完成繪圖，之後他會大吐特吐。然而，畫完的時候他沒有吐。他只是向後靠在椅背上，最後起身去開窗。

33

荷頓父子與客戶新羅謝爾的霍華・溫頓先生先後接受了百貨公司的設計，而且高度讚賞，客戶還在週一下午立刻跑來事務所，只為了要看草圖。蓋伊獎賞自己的方式，就是在這天接下來的時光讓自己都窩在辦公室裡抽菸，翻看摩洛哥皮革封面的精裝版《醫生的信仰》，這本書是他在布雷塔諾書店剛買的，是他要送給小安的生日禮物。他不禁好奇，他們接下來還會分派給他什麼樣的任務？他瀏覽著書，想起他與彼得以前喜歡的一個段落……**沒有肚臍的男人依舊在我內心**……接下來，他還會被要求建造何種庸俗之物？他已經完成了一項任務。難道這樣還不夠嗎？再來一棟跟百貨公司一樣的建案，他會受不了。這不是自怨自艾，只是**人生**罷了。如果他想要責備自己，理由就是他還活著。他從製圖桌邊起身，走到打字機旁邊，開始繕打他的辭職信。

小安堅持他們晚上出門慶祝。她很高興，洋溢著歡快的情緒，蓋伊感覺到自己的心情也振奮了一點，但不是很確定，有點像平靜無風的日子裡企圖自己飄起來的風箏。他看著她靈巧纖細的手指將頭髮全部緊緊地往後梳，然後把髮飾扣上去。

「還有，蓋伊，我們現在可以開船出去玩了嗎？」她在下樓走進客廳時這麼問蓋伊。

小安依舊決定要開著「印度號」出海，這是他們一直拖拖拉拉沒有成行的蜜月旅行。蓋伊原本打算將時間都投注在製圖室裡，替醫院做設計，但他現在實在沒有辦法拒絕小安。

「你覺得我們多快能夠成行？去幾天？五天？一個禮拜？」

「也許五天吧。」

「噢，我差點忘了。」她嘆了口氣。「我還是得待到二十三號。有個男人從加州過來，對我們的棉質製品很感興趣。」

「月底不是有時裝展嗎？」

「噢，莉莉安可以自己搞定。」她笑了笑。「你還記得，真是太貼心了。」

她將豹紋外套的帽子戴好，他則在一旁靜候，心裡想著，她下週要跟來自加州的人討價還價，場面多麼有意思啊。她才不會把這種機會交給莉莉安。小安主管店裡的業務。這也是他首度注意到茶几上擺著一束長莖的橘色花朵。「這哪來的？」他問。

「小查．布魯諾送的，還有一張便條，為他週五晚上醉倒的事情道歉。」她笑著說。「我覺得他滿貼心的。」

蓋伊瞪著花朵。「這是什麼花？」

「非洲雛菊。」她替他拉著前門，他們一起走去外頭上車。

蓋伊心想，花朵讓她受寵若驚。不過，他也很清楚，自從派對那晚過後，她對布魯諾的評價已經大不如前。蓋伊再度想起，參加派對的那群人都會知道他與布魯諾有人際連結了。警方說不定哪天就來調查他。他警告自己，他們可能會來調查他。他為什麼沒有非常擔心呢？他到底處在何種心態裡，連他都說不清這是什麼？屈服？想自殺？還是蠢到變遲鈍了？

接下來幾天又是被迫待在荷頓父子與基斯建築事務所，無所事事裡，他開始著手百貨公司內部的裝潢設計，甚至問自己，他是不是有點精神失常，甚至輕微發瘋。他還記得週五夜晚之後的那週，他的安危與存在，似乎保持著微妙的平衡，只要狀態稍加失控，這樣的平衡隨時可能破裂。現在他完全沒有那種感覺。不過，他還是會夢見布魯諾入侵他的房間。如果天亮時分他醒著，他也會看到自己持槍站在房裡。他依舊認為他必須在短時間內為自己的所作所為贖罪，這種贖罪是任何服務或犧牲都無法相提並論的。他覺得自己像是兩個人，這一個他能夠創造，並在創造時能與上帝和諧共鳴；另一個他則能夠取人性命。「謀殺，任何人都辦得到。」在火車上時，布魯諾是這麼說的。兩年前在梅特卡夫向波比·卡萊特解釋懸臂原理的那個人辦得到嗎？不，設計醫院大樓的人辦不到，甚至是設計百貨公司的那個人也辦不到，或是上週只是為了後院草坪金屬椅該漆成什麼顏色，天人交戰了半個小時的那個人，他也辦不到；但昨晚只是瞥了鏡子一眼的那個人，他看到的卻是殺人凶手，彷彿這位凶手是他祕密的兄弟一樣。

不到十天後，他就會跟小安搭乘白色的船出遊，他怎麼能坐在辦公桌前，思考著謀殺？他為什麼能夠得到小安的芳心？甚至是有能力愛她呢？而他之所以一口答應搭船出遊，只是因為這樣可以擺脫布魯諾三個星期嗎？如果布魯諾打算奪走小安，他是辦得到的。蓋伊一直以來都承認這點，甚至能夠面對這個事實。不過，自從在婚禮上看到他們相處後，這個可能性就成了具體的恐懼。

他起身，戴上帽子，準備去吃午餐。經過大廳時，他聽到電話交換機系統的嗡嗡聲。然後總機女孩叫住了他。

「海恩斯先生，如果你願意，可以在這裡接。」

蓋伊接下話筒，曉得一定是布魯諾打來的，曉得自己會答應布魯諾今天見面的要求。布魯諾找他吃午餐，蓋伊答應十分鐘後在「瑪利歐的艾斯特莊園」見面。

餐廳窗口有粉紅色與白色圖案的窗簾。蓋伊覺得布魯諾設下了陷阱，躲在粉白相間窗簾後方的想必不是布魯諾，而是警探。不過他覺得自己不在乎，完全不在乎。

布魯諾在吧檯看到他，連忙笑著溜下高腳椅。他心想，蓋伊又「用鼻孔看人」了，徑直走到他身邊。布魯諾一手搭在蓋伊肩上。

「嗨，蓋伊，我訂的位置在這排盡頭。」

布魯諾又穿上了那身鏽棕色的西裝。蓋伊想起自己第一次跟著這雙長腿，沿著搖搖擺擺的火車，走進那間包廂，但回憶現在不帶任何懊悔。事實上，他居然對布魯諾還有好感，就跟某些夜晚一樣，只是，在此之前，他白天都不會有這種感覺。他甚至不怨恨布魯諾找他出來吃飯時，那種明顯的得意心情。

布魯諾點了雞尾酒與午餐。他自己選了香烤肝臟，說這是他的新飲食法，並且替蓋伊點了班尼迪克蛋，因為他曉得蓋伊喜歡吃這個。蓋伊查看起最靠近他們的桌子。他感到困惑與懷疑，四位打扮講究的四十幾歲女士，統統笑到眼睛瞇起，同時舉起雞尾酒杯。她們後方是一位看起來像歐洲人的胖嘟嘟男子，他對著桌子另一邊看不見的夥伴露出微笑。服務生忙進忙出。這一切可能是哪個瘋子打造出來的場景嗎？他跟布魯諾是其中的主角，最瘋的兩個人？他所見到的每一個動作，他所聽到的每一句話，似乎都包裹在英雄般陰鬱的宿命論中。

「喜歡嗎？」布魯諾說。「我今早在克萊德那邊買的，全紐約品質最好的。至少夏季款有這些精選花色。」

蓋伊低頭看著布魯諾攤在他們大腿上的四個領帶盒。它們是針織、絲綢與亞麻材質的領帶，還有一枚厚實的淺薰衣草紫領結，以及一條水藍色的山東絲綢領帶，顏色跟小安的某件洋裝一樣。

布魯諾很失望。蓋伊似乎不喜歡這幾條領帶。「太誇張了？這是夏天的領帶啊。」

「領帶很好看。」蓋伊說。

「我最喜歡這條，其他地方都沒有見過這種花色的。」布魯諾拿起一條白色針織領帶，中央有細細的紅色條紋。「一開始是想說買給我自己，但我希望你收下它。我是說，只有你才有。這些是送你的，蓋伊。」

「謝了。」蓋伊感覺到上唇不怎麼愉快地抽動起來。他忽然想到，他大概算布魯諾的情人吧，為了不要繼續吵架，布魯諾還送他禮物。

「祝你旅途愉快。」布魯諾舉杯。

布魯諾今早才跟小安通過電話，他說，小安提到他們要開船出遊。布魯諾一直用嚮往的語氣說，他覺得小安真是太完美了。

「她看起來那麼純真，像這樣看起來這麼**善良**的女孩真的很少見了。蓋伊，你一定非常開心吧？」他希望蓋伊能說點什麼，短短一句話，甚至一個詞，能夠解釋他為什麼開心就好。不過，蓋伊沉默不語，布魯諾覺得遭到冷落，好像有團東西從胸腔一路爬上喉頭。他到底是哪裡冒犯到蓋伊了呢？布魯諾很想握住蓋伊輕輕擱在桌邊的拳頭，一下下就好，就跟兄弟之間的舉動一樣，但他克制住了自己。「她立刻就對你產生好感，還是你跟她相識了好一陣子？蓋伊？」

蓋伊聽著他問了兩次同樣的問題，那似乎是很久以前的事了。「你怎麼能問我時間？那就是事實。」他望向布魯諾細長又豐滿的臉，看著他額頭那撮翹起來的頭髮，這撮頭髮讓他依舊保有遲疑的神情，但布魯諾的眼神比蓋伊首度認識他時更有自信了，沒有那麼敏感。蓋伊心想，那是因為他有錢了。

「好啦，我懂你的意思。」但布魯諾依舊不明白。雖然命案糾纏著蓋伊，他與小安在一起還是非常開心。就算他窮困潦倒，有了小安，他依舊能夠幸福。布魯諾面露難色，他想到說不定他得給蓋伊一點錢。他可以想像蓋伊拒絕的模樣，眼神疏遠了起來，才過了一秒鐘，距離就拉開了。布魯諾很清楚，無論他擁有多少錢，或是從事哪些行為，他永遠都無法得到蓋伊擁有的一切。他發現，獨占母親這件事也無法保證任何幸福快樂的生活。布魯諾逼自己笑了笑。「你覺得小安喜歡我嗎？」

「喜歡。」

「除了設計，她還喜歡做點什麼？她喜歡下廚之類的嗎？」布魯諾看著蓋伊拿起馬丁尼，三口就喝完。「你知道，我只是想了解你們都一起從事哪些活動。好比說散散步啊，或是玩拼字遊戲。」

「我們的確會一起從事這些活動。」

「那晚上呢？」

「小安有時晚上要工作。」好像過往跟布魯諾在一起的時候，他的心思不會像此刻一樣輕易地飄向他們家樓上的工作室，他跟小安經常在夜裡工作，她偶爾跟他說說話，或是展示起她的作品，想聽他的評價，彷彿一切輕輕鬆鬆、不費功夫一樣。她在玻璃杯裡迅速清洗筆刷的時候，那聲音宛如笑聲。

「兩個月前，我在《哈潑時尚》上看到她跟其他幾位設計師的照片。她真的很優秀，對嗎？」

「非常優秀。」

「我——」布魯諾的前臂交疊在餐桌上。「我相信，有了她，你一定非常快樂。」

那當然囉。蓋伊感覺到肩膀放鬆了下來，呼吸也輕鬆多了。只是，就算這一刻，他也難以置信自己擁有了她。她就像是下凡的女神，將他帶離致命的戰場，類似神話故事裡拯救英雄的女神；只是在故事結尾時，又帶入另外一種能夠重擊英雄的元素，通常都是無關緊要也不公平的狀態，他小時候就讀過這種故事書。夜不成眠的夜裡，他會偷溜出去，穿著睡衣與外套沿著岩石小丘往上爬，在沒有威脅、無關緊要的夏夜裡，他不允許自己想起小安。蓋伊忽然低語起來：「**天降女神**。」

「什麼？」

他幹嘛跟布魯諾坐在一起？還同桌用餐啊？他想對抗布魯諾，也想哭。不過，忽然間他感覺到自己的怨言溶解成一池憐憫。布魯諾不懂怎麼愛人，這就是他所缺乏的特質。布魯諾太迷茫、太盲目，無法去愛，也無法激發出愛。剎那間，一切似乎充滿悲劇色彩。

「布魯諾，你戀愛過嗎？」蓋伊看著布魯諾眼中浮現罕見的不安、陌生神情。

布魯諾示意要服務生再送酒來。「沒有，我想沒有真的談過戀愛吧。」他舔溼嘴唇。他不只沒有戀愛過，甚至也不太喜歡與女人上床這件事。他一直覺得與女性的親密接觸是很愚蠢的行為，他好像會站在旁邊，看著自己行動一樣。有一次，非常糟糕的一次，他忍不住笑了起來。布魯諾尷尬地變換坐姿。他與蓋伊最大的不同，讓他感到痛苦的差異，就是蓋伊能夠在女人懷裡忘卻自己，甚至差點為了蜜莉安自殺。

蓋伊盯著布魯諾，而布魯諾放低了目光。他耐心等待，彷彿是等著蓋伊告訴他，該如何戀愛一樣。「布魯諾，你知道世間最偉大的智慧是什麼嗎？」

「我知道很多智慧。」布魯諾嘲諷地說。「你指的是哪一個？」

「萬事萬物的對立面總是緊隨其後。」

「異性相吸？」

「這樣解釋太簡單了。我是說，你送我領帶，但我也覺得，你找了警察來這裡抓我。」

「拜託，蓋伊，你是我的**朋友**！」布魯諾急忙地說，忽然慌亂起來。「我喜歡你！」

蓋伊心裡想的是：「我喜歡你，我不恨你。」不過，布魯諾不是這麼說的，因為布魯諾的確恨他。就跟蓋伊永遠不會對布魯諾說「我喜歡你」一樣，他會說「我恨你」，因為他的確喜歡布魯諾。蓋伊咬緊牙根，用手指前後搓揉起額頭。他可以預見，在他還沒採取行動前，正負平衡就會癱瘓他的所有作為。好比說，就是這種平衡讓他一直坐在這裡。他因此猛然起身，新送來的酒水灑在桌巾上。

布魯諾詫異驚恐地看著他。「蓋伊，怎麼了？」又追了上去。「蓋伊，等等！你該不會覺得我會那樣對你吧？絕對不可能！」

「別碰我！」

「**蓋伊！**」布魯諾近乎慘叫。為什麼大家都這樣對他？**為什麼？**他在人行道上吶喊：「一輩子都不可能！給我一百萬也不要！蓋伊，你要相信我！」

蓋伊一手推開布魯諾的胸膛，關上計程車的門。他很清楚，布魯諾這輩子都不會背叛他。不過，如果一切都如他相信的一樣模稜兩可，那他又怎麼能確定呢？

34

「你與蓋伊．海恩斯夫人是什麼關係？」

布魯諾早料到了。傑哈掌握了他最新的付款帳單，這是他送給小安的花。「朋友。她丈夫是我的朋友。」

「噢，朋友啊？」

「點頭之交。」布魯諾聳聳肩，曉得傑哈會認為他在吹牛，因為蓋伊是名人。

「認識很久了？」

「沒有很久。」布魯諾慵懶地躺在安樂椅上，伸手拿打火機。

「你怎麼會送花給人家？」

「我猜，感覺不錯，想送就送吧。有天晚上，我參加了他們家的派對。」

「你跟他交情這麼深？」

布魯諾再度聳肩。「普通的派對。說到蓋房子，我們就會想到他那種建築師。」這句話忽然冒出來，布魯諾覺得這個理由滿好的。

「麥特．萊文，我們回來聊聊他吧。」布魯諾嘆了口氣。跳過蓋伊，也許是因為他不在紐約，也許就只是跳過他了。現在說到麥特．萊文啊，他那種人嫌疑可大了，只是命案前，布魯諾經查與麥特見面，現在才發現這點也許派得上用場。「他怎麼樣？」

「你為什麼在四月二十四日、二十八日、三十日與他見面？還有三月二日、五日、六日、七日？以及命案前兩天與他見面？」

「有嗎？」他笑了笑。傑哈上次來訪時，只掌握了三個日期。麥特也不喜歡他，所以講的話大概也不會太好聽。「他打算買我的車。」

「你打算賣車嗎？為什麼呢？因為你覺得短時間內就能買輛新車？」

「我當時想賣掉手邊的車，換部小車。」布魯諾渾然不覺地說。「就是車庫裡那輛克羅斯利。」

傑哈笑了笑。「你跟『馬克．萊夫』認識多久了？」

「從他還叫『馬克．萊夫斯基』的時候就認識了。」布魯諾回嘴。「繼續往前追查，你會查出他在俄國的時候殺害了自己的父親。」布魯諾瞪著傑哈。那個「自己」聽起來有點怪，他實在不該提這件事，但傑哈自以為聰明，查到了人家的化名！

「麥特也不喜歡你。你們兩個是怎麼回事？沒有共識嗎？」

「車子的關係？」

「查爾斯。」傑哈耐著性子說。

「我什麼也不會說的。」布魯諾望着自己啃咬過的指甲，再次想起麥特實在很符合赫伯口中殺人凶手的樣子。

「你最近都沒與厄尼．謝勒德見面。」

布魯諾厭煩地開口，準備回答這個問題。

35

蓋伊穿著白色工作褲，打著赤腳，盤腿坐在印度號的船頭甲板上。已經看得到長島了，但他還不願望過去。船隻緩緩帶起的晃動讓他愉悅也熟悉，彷彿是他一直都明白的感覺。他最後一次在餐廳與布魯諾的場景，似乎只是一個發狂的日子。他肯定發了瘋，小安一定看出來了。

他扭動手臂，捏起覆蓋在肌肉上的薄薄黝黑皮膚。他已經跟伊戈一樣黑了，伊戈有一半葡萄牙血統，是他們這次從長島碼頭啟程時，雇來船上打雜的男孩。他全身上下只有右邊眉毛的那處小傷疤是白色的。

在海上待了三個禮拜，提供他前所未有的平靜與臣服，一個月前，他會說這種感覺相當陌生。他逐漸感覺，無論他贖罪的方式為何，贖罪都成了他部分的命運，也與其餘的命運一樣，不用費心尋找，該上門的總是會來。一直以來，他很信任自己對命運的感覺。兒時與彼得來往時，他就知道自己不會只是作夢的人，就跟他曉得，彼得什麼都不行，只會作夢一樣；他知道自己會打造出知名的建築，他的名字會在建築界上名留青史，最後則是他心目中最偉大的成就，那就是，他會打造出一座橋。那是一座白色的橋，有如天使展翼橫跨兩岸，兒時的他是這麼想的，就像收錄在他的建築書籍中，瑞士工程師羅伯特．梅拉打造出來的弧形塞金納特伯橋一樣。相信這是自己的命運，多少有點自負。不過，話又說回來，如此順服自己命運的法則，又是多麼謙卑的態度啊？看似強烈偏離正軌的謀殺，看似對他不利的罪過，此刻的他相信那也許也是他宿命的一部分。不然根本不可能有其他的思考方式。若果真如此，他就會得到贖罪的方法，得到贖罪的力量。如果法律帶來的死刑先追上他，他也會得到面對這種結果的力量，這種力量甚至能帶著小安撐下去。奇妙的是，他感到無比謙卑，有如海中的細小魚類，卻也無比強大，遠勝崇山峻嶺。不過，他不自傲。他的自負只是一種防禦機制，在他與蜜莉安分手時達到頂峰。那時的他雖然極度迷戀她、窮困潦倒，難道他不清楚自己有朝一日能夠找到願意愛他且永遠愛他的女人嗎？而在海上度過的這三個禮拜裡，他與小安無比親密，兩個人達到前所未有的和諧，他還需要什麼樣的證據證明他所相信的一切呢？

他移動腳跟，轉過身去，這樣才能看到她靠在主桅杆旁。她低頭望向他時，嘴角掛著淺淺的微笑，蓋伊心想，這是人母才會有的微笑，有點壓抑，但又帶著驕傲，這種母親會帶領孩子安然撐過疾病的考驗，蓋伊也微笑回應，他讚嘆，他居然能夠如此信任她的可靠與正直，但她也只是一介凡人罷了。最重要的是，他讚嘆她竟屬於他。接著他低頭望向自己緊扣的雙手，思索起明天就要開始的醫院建案，還有多少任務要進行，以及命運還會鋪陳哪些大小事件。

幾天後的某個晚上，布魯諾打了電話來。他說他在附近，想要過來一趟。他的語氣聽起來相當清醒，還有一點沮喪。

蓋伊說不行。他的語氣堅定且冷靜，說他跟小安都再也不想見到布魯諾，但講這話的同時，他感覺到耐心正迅速地流失，過往幾週的清明理智又在他們對話的癲狂之下，逐漸分崩離析。

布魯諾曉得傑哈還沒找蓋伊問過話。他覺得傑哈跟蓋伊頂多聊個幾分鐘罷了。不過，蓋伊的語氣聽起來如此冰冷，布魯諾實在無法說出傑哈已經知道蓋伊的身分了，也許會去找蓋伊問話；或是布魯諾從今天起，只會悄悄去找蓋伊（沒有派對，甚至午餐會面了），前提是，如果蓋伊願意的話。

「好吧。」布魯諾默默地說，然後掛斷電話。

電話隨即又響了起來。蓋伊皺起眉頭，捻熄剛剛因為鬆了口氣而點燃的香菸，接起電話。

「你好，我是機密偵探社的亞瑟．傑哈……」傑哈問起他能不能過來一趟。

蓋伊轉過身，謹慎地環顧客廳，想要找理由說服自己，傑哈並沒有透過竊聽裝置聽到了他剛剛與布魯諾的對話，而傑哈也還沒有逮到布魯諾。他上樓通知小安這件事。

「私家偵探？」小安詫異地問。「什麼事啊？」

蓋伊遲疑了一下。他在許許多多層面上都表現出過久的遲疑！該死的布魯諾！居然這樣死纏爛打！「不知道。」

傑哈準時抵達。他恭敬地俯首親吻小安的手，在為打擾他們今晚的行程而道歉後，客氣地稱讚起房子與前方長條型的花園。蓋伊訝異地觀察對方。傑哈看起來遲鈍、疲憊，又稍微有點邋遢。也許布魯諾對他的看法不全然是錯的。這人一副分神不專注的樣子，講話速度也慢，完全看不出是心不在焉的優秀偵探。只是隨著傑哈坐定下來、抽起雪茄、喝起高球杯裡的酒水後，蓋伊捕捉到淺榛果色雙眼中的銳利，以及結實大手中的力量。蓋伊這時才感到不安。傑哈看起來難以捉摸。

「海恩斯先生，你跟查爾斯・布魯諾是朋友嗎？」

「對，我認識他。」

「他的父親三月時遭到謀殺，這你大概知道了，凶手依舊逍遙法外。」

「這我不知道呢！」小安說。

傑哈的目光緩緩從她身上望回蓋伊。

「我也不清楚。」蓋伊說。

「你跟他不是那麼熟嗎？」

「我對他了解甚少。」

「你們是何時、在哪裡認識的？」

「在──」蓋伊瞥了小安一眼。「在帕克藝術學院認識的，我想差不多是去年十二月的事。」蓋伊覺得自己走進陷阱之中。他必須重述布魯諾在婚禮上輕浮的說辭，因為小安知道這件事，而她大概已經忘了。蓋伊心想，傑哈看著他的眼神，一副完全不信的模樣。布魯諾為什麼不警告他還有傑哈這號人物？他們為什麼沒有**串通好**，用之前布魯諾建議過的說詞呢？就說他們是在某間中城酒吧的吧檯認識的。

「你們再次見面是什麼時候的事？」傑哈總算問起。

「這個嘛，要到我六月結婚的時候了。」他覺得自己做出了困惑的表情，這是不清楚詢問之人目的的表情。他心想，萬幸，真是萬幸，他已經向小安保證，布魯諾所謂他們是「老」朋友的說法，只是布魯諾的幽默玩笑罷了。「我們沒有邀請他來婚禮。」蓋伊補了一句。

「他就自己跑來了？」傑哈露出一副他能理解的模樣。「但你們又在七月舉辦派對時，邀請了他？」他這次也望著小安。

「他打電話來。」小安說。「問說他能不能來，我就答應了。」

傑哈又問，布魯諾是不是透過某位出席的朋友得知派對的消息，蓋伊說有這個可能，然後提供了那天晚上對布魯諾笑個不停的那位金髮女士身分。蓋伊只拿得出這個名字。他那晚沒有見到布魯諾與其他人社交。

傑哈向後靠在椅背上，笑著問：「你喜歡他嗎？」

「還行吧。」小安客氣地回答。

「好吧。」蓋伊開口，因為傑哈就在等這個。「他似乎有點急性子。」蓋伊右側的臉處在陰影中，真不曉得傑哈掃視過來時，是不是在尋找疤痕。

「某種程度上，他崇拜英雄、崇拜權力。」傑哈笑了笑，但這個笑容看起來很假，也許他的笑容都不是真心的。「海恩斯先生，抱歉打擾了。」

五分鐘後，他就離開了。

「這是什麼意思？」小安問。「他懷疑查爾斯．布魯諾嗎？」

蓋伊鎖好門閂，回到客廳。「他大概懷疑的是布魯諾認識的人，也許認為布魯諾知道什麼，因為布魯諾痛恨他的父親。至少布魯諾嘴上說他非常恨自己的父親。」

「你覺得布魯諾知情嗎？」

「誰知道呢？」蓋伊抽出一根香菸。

「老天啊。」小安望著沙發的角落，彷彿還看得到派對那晚，布魯諾坐在那邊一樣。她低聲地說：「怎麼有人可以活成這樣，真是太了不起了！」

36

「聽著。」蓋伊緊張地對著話筒說。「布魯諾，聽著！」布魯諾的語氣聽起來無比爛醉，但蓋伊決定要說給這顆糨糊般的大腦聽。下一秒，他忽然想到，傑哈也許就在布魯諾身邊，因此他的語氣變得輕柔，謹小慎微了起來。他發現布魯諾一個人在外頭的電話亭裡。「你是不是跟傑哈說，我們在藝術學院認識的？」

布魯諾說對。他是用醉醺醺的咕噥聲說的。布魯諾想過來一趟。蓋伊實在無法讓對方明白，傑哈已經來問過話了。蓋伊大力掛斷電話，扯開領口。布魯諾現在還敢打電話來！傑哈成了具體的危險。蓋伊覺得，相較於跟布魯諾一起整理出天衣無縫的說辭，此刻與他徹底斷絕往來才是更緊急的事情。讓蓋伊覺得煩躁的是，從布魯諾的胡言亂語中完全聽不出來他怎麼了，甚至不曉得他處在何種情緒之中。

蓋伊跟小安一起在樓上工作室時，門鈴響起。

他只有將門拉開一個小縫，但布魯諾把門撞開，踉蹌闖入客廳，倒在沙發上。蓋伊直直站在他面前，先是氣到無言以對，接著湧上的是反感的情緒。布魯諾肥腫又脹紅的脖子從領口滿出來。他似乎是腫脹，而不是喝醉，彷彿是全身上下充斥著死亡的水腫，就連深邃的眼眶都不放過，因此泛紅的灰色眼珠才會不自然地往前凸。布魯諾抬頭望著他。蓋伊走去電話旁，想要叫計程車。

「蓋伊，是誰啊？」小安的低語從樓梯井傳來。

「查爾斯．布魯諾，他喝醉了。」

「才沒有！」布魯諾忽然抗議道。

小安在階梯半路上就看到了他。「我們要不要扶他上樓？」

「我不想要他留在這裡。」蓋伊翻查起電話簿，想要找到計程車公司的號碼。

「『四』的！」布魯諾嘶聲地說，口齒不清，像是洩氣的輪胎。

蓋伊轉過身去。布魯諾用一隻眼睛瞪著他，那是屍體般癱坐的軀體上唯一一處活著的部位。他一直有節奏地碎碎唸。

「他在說什麼？」小安站在靠近蓋伊的地方。

蓋伊走向布魯諾，扯起布魯諾的衣襟。愚蠢的咕噥低語讓他憤怒，他想將布魯諾拉起時，布魯諾的口水還滴到他手上。「起來，滾出去！」然後他聽到的是：

「我會**告訴**她、我會**告訴**她、我會**告訴**她。」布魯諾低身唸誦道，那隻泛紅的瘋狂眼珠也瞪了上來。「別趕我走。我會**告訴**她、我會**告訴**她——」

蓋伊厭惡地鬆開了手。

「蓋伊，怎麼了？他在說什麼？」

「我送他上樓。」蓋伊說。

蓋伊使出吃奶的力氣，想要扛起布魯諾，但死氣沉沉的鬆弛重量實在讓他使不上勁。最後，蓋伊讓布魯諾橫躺在沙發上。他走去前門窗邊，外頭沒有停車。布魯諾可能是從天上掉下來的。他安靜睡下了，蓋伊坐在一旁，看著他，抽起了菸。

約莫凌晨三點時，布魯諾醒了，他喝了兩杯酒來穩住自己。過了一會，除了腫脹以外，他看起來近乎正常。他很高興自己來到蓋伊的家，卻完全不曉得自己是怎麼來的。「我又跟傑哈打了一回合，這次長達三天。有沒有看報紙啊？」他笑著說。

「沒有。」

「你真是優秀，報紙也不看！」布魯諾輕聲地說。「傑哈追著煙霧彈跑。我有個朋友，麥特．萊文，背景不乾淨。那晚沒有不在場證明。赫伯覺得他就是凶手。我跟他們三個談了三天。麥特可能要去頂罪囉。」

「可能要償命？」

布魯諾遲疑起來，但臉上依舊掛著笑容。「不用償命，背黑鍋罷了。他手上已經有兩、三起命案了。警方很高興逮到了他。」布魯諾聳聳肩，喝完杯子裡剩餘的酒。

蓋伊想要抓起面前大大的菸灰缸，砸向布魯諾腫脹的腦袋，直到他殺死布魯諾，或是他自己先死掉才能耗盡逐漸累積的緊繃張力。他用雙手緊緊握住布魯諾的肩膀。「你可以滾了嗎？我發誓，這是最後一次。」

「不要。」布魯諾靜靜地說，沒有抵抗，蓋伊又看到昔日那種不怕痛、不怕死的態度，跟布魯諾在樹林裡打鬥時，他也見過這種情緒。

蓋伊雙手掩面，感覺到掌中扭曲的五官。「如果這個麥特遭到指控，我就會說出實情。」他低聲地說。

「噢，不會啦。他們沒有足夠的證據。孩子，一切就只是場笑話。」布魯諾笑了笑。「麥特是錯誤證據下的完美人選，你則是確鑿證據下的錯誤人選。拜託，你是多麼舉足輕重的大人物啊！」他從口袋裡拿出一件物品交給蓋伊。「我上週找到的，蓋伊，非常了不起。」

蓋伊看著「匹茲堡商店」的照片，背景是黑的，跟葬禮差不多。這是當代美術館的小手冊。他讀了起來：「蓋伊·丹尼爾·海恩斯，年近而立，追隨法蘭克·洛伊·萊特的傳統，成就了別出心裁、毫不妥協的風格，以精確簡約又不失溫度的手法著稱，優雅有如他所謂之『音樂性』……」蓋伊緊張地闔起手冊，對於美術館發想的關鍵字感到反感。

布魯諾將手冊重新塞回口袋裡。「你現在是了不起的大人物了。只要你保持冷靜，就算他們把你裡裡外外都調查過，他們也不會起疑。」

蓋伊低頭望著他。「你還是不要見我比較好。你跑來幹嘛？」但他很清楚。因為他與小安的生活讓布魯諾著迷不已。因為他自己也從與布魯諾的見面中有所收獲，那是某種病態又舒心的折磨。

布魯諾看著蓋伊的眼神，彷彿他了解蓋伊在想什麼一樣。「蓋伊，我喜歡你，但你要記住，相較於我，他們掌握了更多對你不利的證據。如果你檢舉我，我也能夠脫身，但你不會這麼做的。赫伯說不定對你還有印象呢。小安也許也記得，你在那段時間行為詭異。還有擦傷與疤痕。以及他們會塞到你面前的各種小小物證，什麼左輪手槍啦、手套的碎片啦……」布魯諾緩緩細數起來，講得充滿愛意，彷彿那是什麼昔日的回憶。「我對上你，我敢說，崩潰的會是你。

37

小安一喊，蓋伊就知道她要問的是凹痕的事。他本來要修理的，但他忘了。他一開始說他不曉得那是怎麼回事，然後又說想起來了。他說，他上週開船出去，船撞上了浮標。

「別那麼自責。」她嘲諷起他來。「不值得。」她握起他的手，站了起來。「伊戈說你有天下午開船出去了。所以你才一聲不吭？」

「我猜是吧。」

「你是自己出海嗎？」小安笑了笑，但他技術不好，不足以自己開船出去。

布魯諾打電話來，堅持要坐船出去。傑哈對麥特・萊文的調查陷入死胡同，他到處碰壁，布魯諾強調他們要好好慶祝一番。「有天下午，我跟查爾斯・布魯諾開船出遊。」他說。那天，他也帶上了左輪手槍。

「蓋伊，沒關係的。只是你怎麼又跟他見面了？我以為你不喜歡他。」

「一時興起。」他咕噥著說。「那時我在家工作兩天了。」蓋伊很清楚，關係可大了。小安將印度號的黃銅與白漆木板保持得光潔如新，看起來跟黃金、象牙打造的一樣高貴。結果呢？布魯諾！她現在可不會繼續信任布魯諾了。

「蓋伊，他該不會就是我們在你家公寓前遇到的那個人吧？下雪時跟我們攀談的那個人？」

「就是他，別無分號。」蓋伊的手指支撐起口袋裡左輪手槍的重量，無助地握緊手槍。

「他為什麼對你感興趣？」小安稀鬆平常地跟著他走下甲板。「他對建築不是特別感興趣。派對那晚我跟他聊了一下。」

「他對我沒興趣，只是不曉得該如何自處。」他心想，只要解決掉左輪手槍，他就可以好好談話了。

「你跟他是在學校認識的？」

「對，他在走廊遊蕩。」**必要時**，開口就是謊言！但謊言也跟藤蔓一樣，纏繞著他的雙腳、軀體與大腦。終有一天，他會說錯話。他注定會失去小安。也許他已經失去她了，就在他點燃香菸，而她靠在主桅杆上看著他的那一刻。左輪手槍的重量似乎牢牢將他固定在原位，他決定要轉身，朝船頭走去。他聽到身後的小安走在甲板上，網球鞋發出輕輕的腳步聲，而她朝著駕駛艙前進。

天氣陰沉沉的，肯定會下雨。印度號在波濤起伏的海面上緩緩晃動，與灰濛濛海岸的距離跟一個小時前沒有相差多少。蓋伊靠在船首斜桅上，低頭看著腿上的白褲與他從印度號置物櫃裡拿來穿的鍍金鈕扣藍色外套，這大概原本屬於小安的父親。他心想，他也許能夠成為水手，而不是建築師。十四歲時，他夢想過要出海。是什麼原因阻止了他？他的生命會多麼不同啊，若是少了……少了什麼？少了蜜莉安，當然囉。他不耐地挺起身子，從外套口袋裡抽出左輪手槍。

他用雙手將槍握在水面上，手肘壓在船首斜桅上。他心想，多麼精美的收藏啊，現在看起來這麼無害。他自己……鬆開了手。手槍在完美的平衡中翻了個身，還是平常那副順從的模樣，最終消失在大海之中。

「什麼聲音？」

蓋伊轉身，看到小安站在船艙附近的甲板上。他估計他們之間有三、四公尺的距離。他完全想不出該跟她說些什麼。

38

布魯諾猶豫起要不要喝下這杯酒。浴室牆壁看起來碎裂成千百塊，彷彿牆壁不存在，或是他不存在一樣。

「媽！」但驚恐的喊叫聲讓他覺得丟臉，於是他還是把酒喝了下去。

他躡手躡腳走進母親房間，按下她床邊的按鈕時吵醒了她，這個按鈕是用來提醒廚房裡的赫伯，她準備好要吃早餐用的。

「噢。」她打起呵欠，隨後露出微笑。「你好啊？」她拍拍他的手臂，從被毯中起身，正要走進浴室梳洗。

布魯諾靜靜坐在床邊，直到她回來，再次鑽進被窩裡。

「我們今天下午要去見那個旅行社的人。他叫什麼名字？桑德斯？你最好做好心理準備，跟我一道去。」

布魯諾點點頭。因為他們要去歐洲旅遊，也許會變成環遊世界。今天早上，旅遊一點吸引力也沒有。他寧可跟蓋伊一起環遊世界。布魯諾起身，思索該不該再喝一杯。

「你感覺如何？」

他的母親總能在最不適合的時機問他這個問題。「還可以吧。」他又坐了下來。

敲門聲響起，赫伯走了進來。「夫人，早安，先生，早安。」赫伯講話歸講話，完全沒有看著他們。

布魯諾用手撐著下巴，皺著眉頭望向赫伯那雙擦得發亮、走路悄無聲息的外八皮鞋。最近赫伯的傲慢讓人無法忍受！傑哈讓他以為，只要逮到凶手，他就是整個案子的關鍵證人。大家都說，追逐凶手是很英勇的行為。布魯諾的父親甚至還在遺囑裡留了兩萬美金給他。赫伯**才是**該去度假的人！

「夫人知道今天晚上是六位還是七位客人用餐嗎？」

赫伯開口時，布魯諾抬頭望向他粉紅色的尖尖下巴，想著，蓋伊大概就是一拳重擊這個部位，將他打倒在地。

「噢，老天，我還沒打電話，但，赫伯，我想是七個人。」

「夫人，很好。」

布魯諾心想，拉特利吉・歐維貝克二世。他知道母親最後一定會邀請那個人，但她假裝還是很遲疑的模樣，因為他會成為奇數的那一員。拉特利吉・歐維貝克瘋狂愛上他母親，也許只是裝裝樣子。布魯諾想跟母親告狀，赫伯已經六週沒將他的衣服拿去熨燙了，但他不舒服，沒辦法開這個口。

「你知道，我想去澳洲想得要命喔。」她咬了一口吐司。她將地圖撐開靠在咖啡壺上。

一陣明顯的刺痛貫穿他的臀部。他站起來，說：「媽，我不太舒服。」

她關切地蹙眉望著他，這個表情讓他更害怕了，因為他這時才明白，母親對他的狀況根本束手無策。「親愛的，怎麼了？你想要什麼？」

他連忙跑出房間，覺得自己可能要吐了。浴室黑漆漆，他跌跌撞撞走出來，任由還沒拔開木塞的那瓶蘇格蘭威士忌翻倒在床上。

「小查，怎麼了？怎麼回事？」

「我想躺一下。」他癱倒，但感覺不對。他示意要母親別擋路，這樣他才能起來，但當他坐起來時，他又想躺下去，於是他站了起來。「我感覺好像要死了一樣！」

「親愛的，躺下。來點……來點熱茶怎麼樣？」

布魯諾扯下抽菸穿的外套，然後是睡衣的上衣。他要窒息了。他不得不大口喘氣。他**真的**覺得自己要死掉了！

她連忙拿著溼毛巾過來。「怎麼了？肚子痛？」

「全身上下都難過！」他踢掉拖鞋。他跑去開窗，但窗戶已經開了。他轉過身來，汗流浹背。「媽，我可能要死掉了。妳覺得我要死掉了嗎？」

「我弄點東西給你喝！」

「不，去叫醫生！」他尖聲地說。「也弄點東西來喝！」他虛弱地解開綁帶，讓睡褲滑落。怎麼回事？不只是顫抖，他已經虛弱到抖不起來了。就連他的雙手都軟弱、刺痛。他舉起雙手，手指往內扭曲，根本攤不開。「媽，我的手好奇怪！看，媽，怎麼回事？怎麼回事？」

「喝這個！」

他聽到酒瓶與杯緣碰撞發出的清脆聲響。他等不及了。他急忙跑進走廊，驚恐地彎著腰，盯著他軟弱、扭曲的雙手。是他的兩根中指，往內扭曲，幾乎要貼上掌心了。

「親愛的，睡袍穿起來！」她低聲地說。

「**去叫醫生！**」睡袍！她還在講什麼睡袍！即使他渾身赤裸，那又怎麼樣？「媽，別讓他們帶我走！」他拉扯起電話旁的母親。「門都鎖好！妳知道他們會怎麼做嗎？」他講話速度很快，神神祕祕的，因為麻木感往上爬了，他曉得這是怎麼回事了。他會成為病例！他會一輩子這樣！「媽，妳知道他們會怎麼樣嗎？他們會讓我穿上束縛衣，一滴酒也不讓我喝，我會因此死掉！」

「帕克醫生？我是布魯諾太太。可以請你推薦附近的醫師嗎？」

布魯諾尖叫起來。這麼接近康乃狄克州的偏遠地區，醫生怎麼來啊？「媽媽——」他喘起大氣。他說不了話，舌頭動彈不得。延伸到他的聲帶了！「啊啊啊啊啊！」母親想拿抽菸外套讓他披上，他在外套下方扭開身子。如果赫伯想看，就讓這傢伙站在一旁吃驚地看個夠吧！

「查爾斯！」

他用瘋狂的雙手比著嘴巴。他快步走去最近的鏡子前面。他面色慘白，嘴巴周圍整個是平的，彷彿有人用木板砸了他一樣，他的嘴唇向後縮，牙齒露在外頭，相當恐怖。還有他那雙手！他再也無法握住酒杯，再也無法點菸了。他也不能開車了。他甚至沒辦法自己上廁所！

「**喝**這個！」

對，烈酒，烈酒。他想用僵硬的嘴唇全部喝下去。結果酒水灼燒了他的臉，一路流到胸膛去。他示意再來一點。他想提醒母親，把門都鎖上。噢，老天，如果這種症狀消失，他肯定會感激一輩子！他任由赫伯和母親將他推上床。

「救我！」他呼吸困難地說。他扭著母親的睡袍，差點讓她跌到他身上。不過，至少他現在能夠握住東西了。「別讓他們帶我走！」他喘著大氣說。母親保證，絕對不會讓他們帶走他。她說，她會把所有的門窗都鎖好。

他心想，**傑哈**。傑哈還是看他不順眼，他會一直、一直找他麻煩。不只傑哈，還有一整票的人，到處查看、打聽、走訪、敲打字機、帶著更多證據跑來跑去，來自聖塔菲的證據，總有一天，傑哈會把一切拼湊出來。總有一天，傑哈一早上門，發現他這副模樣，訊問他，然後他就會從實招來。他的確殺了人。而殺人是要償命的。說不定他不會配合。他抬頭望著天花板中央的燈具。他因此想起洛杉磯外婆家洗臉檯的那枚金屬水塞。他為什麼會想到這個？

注射針頭無情戳入，讓他更清醒了一點。

看來有如驚弓之鳥的年輕醫生在昏暗的房間角落與他母親交談。不過，他感覺好一些了。他們現在不會帶他走了。現在都沒關係了。他只是恐慌罷了。他小心翼翼在被毯下看著手指緩緩彎曲。「蓋伊。」他低聲地喚了一聲。他的舌頭還鈍鈍的，不是很靈活，但他可以講話了。接著，他看著醫生走出去。

「媽，我不想去歐洲！」他用單調的語氣說話，這時，母親走了過來。

「好啦，親愛的，我們不去了。」她溫柔地坐在床邊，他立刻感覺到好一點了。

「醫生沒說我不能去吧？」彷彿他想去，他也不能去一樣！他在怕什麼？不是怕跟今天一樣再度發作吧！他碰觸起母親睡袍的墊肩部位，但想到今晚晚餐時會見到拉特利吉．歐維貝克，他又放下了手。他很確定母親跟那個人開始交往了。她太常去他位在銀泉鎮的工作室了，一去也待太久。他不想承認，但這一切都發生在他眼皮子底下，他又有什麼不好承認的？這是第一場戀情，而且，他父親都過世了，她為什麼不能談談戀愛？只是，她為什麼偏偏選了這麼混蛋的人？在幽暗的房間裡，母親的雙眼看起來更陰沉了。自從他父親過世後，母親的狀況就沒有好轉。布魯諾此刻明白，她會一直這樣憔悴下去，再也恢復不到先前年輕的模樣，他喜歡的那種模樣。

「媽，別那麼難過。」

「親愛的，你可以向我保證，你會少喝點嗎？醫生說，這是走下坡的起點。今早是一記警鐘，你不明白嗎？大自然的警鐘。」她舔溼嘴唇，用口紅描出輪廓的下唇忽然柔和起來，距離那麼近，布魯諾實在難以承受。

他緊閉雙眼。要他保證，他只能說謊。「見鬼了，我不是酒毒性譫妄吧？從來沒犯過這種毛病。」

「但這更糟。我跟醫生談過了。他說，酒精在摧毀你的神經組織，甚至可以要了你的命。這對你來說也沒關係嗎？」

「媽，有關係。」

「答應我好不好？」她看著他又閉上眼睛，聽著他嘆了口氣。她心想，悲劇不是今早才發生的，而是多年前，他第一次自己開始喝酒的那一刻。悲劇甚至不在於第一杯酒，因為第一杯酒並不是首次的慰藉，而是最後的手段。在首次失敗之前，其他一切狀況肯定已經一敗塗地了，她與山謬的失敗、他失敗的朋友、他失敗的期盼、他失敗的嗜好，真的。雖然她如此努力，她還是無法找出原因和起點到底在哪裡，因為小查要什麼，他們都會滿足他，她與山謬也竭盡所能地在各方面及他感興趣的事物上鼓勵他。如果她能找到過往一切的起點就好了……她起身，她自己需要來一杯。

布魯諾試探性地睜開眼。他睡得很沉，感覺舒適。他看到自己跨越房間，彷彿是在看銀幕上的自己。他穿著那身紅棕色的西裝。這裡是梅特卡夫的那座小島。他看著自己更年輕更纖細的軀體撲向蜜莉安，將她壓在地上，短短幾秒鐘，將時間分割成「之前」與「之後」。他覺得在那一刻，自己做出了什麼特殊的動作，想到了什麼特別高明的念頭，而這種時刻再也不會出現第二遍。就跟那天，蓋伊在船上聊自己的故事一樣，他說到建造帕米拉俱樂部的事。布魯諾很高興，就在差不多的時間點，他們兩個人都遇到生命裡的特殊時刻。有時，他覺得他死而無憾了，因為還有什麼事情比得上梅特卡夫的那一夜？其他的一切行為難道不會成為反高潮嗎？有時，好比說，現在這種時刻，他會感覺到自己的精力逐漸耗盡，某種東西慢慢死掉了，也許是他的好奇心吧。不過，他不介意，因為不知為何，他覺得自己相當睿智而且心滿意足。就在昨天，他還想著要去環遊世界。為什麼呢？為了吹噓他環遊過世界？向誰吹噓？上個月他寫信給探險家威廉・畢比，自告奮勇要加入新型深海潛水球的首度載人實驗。為什麼呢？因為相較於在梅特卡夫的那一晚，其他的一切活動都顯得愚蠢至極。跟蓋伊比起來，他認識的每一個人都蠢到不行。蠢到以為他想認識很多歐洲女人！也許是船長身邊的蕩婦讓他倒盡胃口，那又怎樣？許多人覺得性事過譽了。心理學家說，天底下沒有永恆的愛。不過，他不太確定蓋伊與小安會怎麼樣。他依稀覺得他們的愛也許能夠長長久久，但他不懂為什麼。並不僅是因為蓋伊對她無法自拔，對其他事物視而不見。也不是因為蓋伊現在有錢了。那是一種看不見的羈絆，他甚至還沒有參透的東西。有時，他覺得自己的思考就快搆到邊了。不，他不是自己想知道這個問題的答案，只是出於科學研究的精神罷了。

他笑著轉過身去，開開關關把玩起他那枚金色的 Dunhill 打火機。旅行社的人今天或其他日子都不會再與他們見面了。家裡比歐洲舒服太多。何況，蓋伊也在這裡。

39

傑哈追著他，穿過樹林，向他比劃著所有的線索，什麼手套碎片啦、大衣的殘布啦，甚至是那把左輪手槍，因為傑哈已經逮到蓋伊了。蓋伊被綁在森林深處，他的右手鮮血直流。如果他不能繞開樹木，趕去他身邊，蓋伊就會失血過多而死。傑哈一邊跑一邊笑，彷彿一切只是個笑話，只是一個他們在玩的把戲，但他最後還是猜到了。再過一分鐘，傑哈就會用那雙醜陋的大手碰到他了！

「蓋伊啊！」但他的聲音聽起來多麼虛弱無力。傑哈就要**碰到**他了。這就是他們在玩的遊戲，傑哈要碰到他了！

布魯諾使出全力，掙扎地坐起來。噩夢從他腦海中滑開，彷彿是什麼沉重的石板。

傑哈！他就在眼前！

「怎麼了？做噩夢了？」

粉中帶紫的手指碰觸他，布魯諾連忙扭開身子，從床上猛然摔到地上。

「剛好叫醒你啦？」傑哈大笑起來。

布魯諾用力咬牙，差點把牙齒給咬碎了。他衝進浴室，門開著，就灌了一杯酒。鏡子裡，他的臉孔看起來像是地獄中的戰場。

「抱歉打擾了，但我找到了新的證據。」傑哈用緊繃、尖細的聲音講話，這意味著他斬獲了小小的成功。「關於你的朋友蓋伊．海恩斯，你剛剛才夢到的人，對吧？」

布魯諾手裡的玻璃杯應聲碎裂，他小心翼翼地從洗臉檯中拾起碎片，將它們放在鋸齒狀的杯底中。他一臉無趣，搖搖晃晃地回到床上。

「查爾斯，你是什麼時候認識他的？不是去年十二月吧。」傑哈靠在五斗櫃旁，點燃香菸。「你是在一年半前認識他的吧？你跟他在前往聖塔菲的火車上認識的？」傑哈耐心等候。他從懷中抽出一個物品，扔在床上。「這有印象嗎？」

是蓋伊那本柏拉圖的書，掉在聖塔菲，依舊包得好好的，上頭的地址被擦去了一半。「當然，我記得。」布魯諾將書推開。「我在前往郵局的路上弄丟了。」

「拉芳達飯店的人說東西就在架子上。你怎麼會跟人家借柏拉圖的書？」

「我在火車上找到的。」布魯諾抬起頭來。「上頭有蓋伊的地址，所以我打算寄給他。我在餐車發現的，就是這麼簡單。」他直直盯著傑哈，偵探也用堅定銳利的小小眼珠看著他，這雙眼睛的深處不見得總是蘊含了什麼心機。

「小查，你是什麼時候認識他的？」傑哈再次問起，耐著性子的態度，很像在質問看得出來是在撒謊的孩子。

「十二月的時候。」

「想當然，你知道他的妻子遭到謀殺。」

「當然，我在報上讀到了。然後我才看到他要去蓋帕米拉俱樂部。」

「而你想想，多有意思啊？因為你六個月前，找到了一本屬於他的書。」

布魯諾遲疑了一下。「對啊。」

傑哈沒好氣地哼了一聲，低頭露出有點不屑的淺淺笑容。

布魯諾覺得怪怪的，全身都不太舒服。他在哪裡見過這種先哼一聲，然後浮現那種笑容？有次他向父親撒謊，充滿破綻的謊言，但他打死不承認，而父親先是哼一聲，然後是不買單的笑容，這樣的表情讓布魯諾感到羞愧難當。布魯諾驚覺他的雙眼在懇求傑哈原諒他，於是他故意望向窗外。

「而你甚至在不認識蓋伊・海恩斯的狀況下，打了好幾通電話去梅特卡夫。」傑哈拿起那本書。

「什麼電話？」

「好幾通電話。」

「也許我喝醉時打了一通。」
「好幾通，談什麼？」
「談那本該死的書！」如果傑哈這麼了解他，就應該曉得，布魯諾會想辦法把書還給人家。
「大概是聽說了他妻子遭到謀殺，我才打電話過去吧？」
傑哈搖搖頭。「你在她遭到謀殺前就打去了。」
「那又怎樣？也許就是這樣。」
「那又怎樣？我得去請教海恩斯先生了。基於你對謀殺的興趣，命案之後你沒有聯絡他也真是值得記上一筆，對吧？」
「我受夠謀殺了！」布魯諾提高了嗓門。
「噢，小查，我信，我真的信你這句話！」傑哈慢悠悠地走了出去，沿著走廊，前往他母親的房間。
布魯諾沖了個澡，換了身衣服，動作慢條斯理，細心呵護。他記得傑哈在面對麥特．萊文時，態度激動得多。就他所知，他只有從拉芳達飯店打過兩通電話去梅特卡夫，傑哈肯定是從飯店那裡查到了帳單。他大可說，蓋伊的母親搞錯了其他來電，就說那不是他打的。
「傑哈想幹嘛？」布魯諾問他的母親。
「沒幹嘛。只是想知道我認不認識你的朋友蓋伊．海恩斯。」她頭髮往上梳，因此冷靜疲憊的臉龐上有蓬亂豎起的頭髮。「他是建築師，對吧？」

「嗯哼，我跟他沒有很熟。」他沿著母親身後的地板漫步起來。她忘了在洛杉磯見過的剪報了，這點跟他料想的一樣。真是謝天謝地，他沒有在帕米拉俱樂部建築見報時再次提醒她，他認識蓋伊這號人物。他內心深處肯定曉得，自己會找蓋伊殺人。

「傑哈說，你去年夏天打電話給蓋伊，是為了什麼？」

「噢，媽，我受夠傑哈那些用來套話的蠢問題了！」

40

今早稍晚，蓋伊走出漢森與納普製圖公司的主任辦公室，他已經好幾週沒有這麼雀躍了。製圖公司複製了最新的醫院設計圖，蓋伊沒有管理過這麼複雜的建案，最後通過的是建築材料的選擇；加上，他早上收到了羅伯．翠舍的電報，讓蓋伊為這位老朋友開心不已。羅伯授命成為加拿大亞伯達新水壩的工程師委員會顧問，他已經期待這份工作五年了。

蓋伊的左右兩側是好幾張扇形擺放的長桌，有製圖員從桌面抬頭，看著他走出外面的門。蓋伊向面露微笑的領班點頭打招呼。他察覺到一絲散發光輝的自尊。也許這沒什麼，他心想，只是因為他換了一身新西裝，這輩子訂製的第三套西裝。小安選了灰藍色的格倫格子呢布料。今早小安還選了搭配的番茄紅羊毛領帶，這是一條舊領帶，但他喜歡。他在電梯之間的鏡子前繫緊領帶。黑色濃密的眉毛間豎起一根白色的毛髮。眉頭隨即詫異地揚起。他理平那根眉毛。這是他自己觀察到的第一根白眉毛。

一位製圖員打開辦公室的門。「海恩斯先生？找到你真走運。有你的電話。」

蓋伊走回去，希望不會講太久，因為他十分鐘後要跟小安共進午餐。他在製圖室旁的空盪辦公室接起電話。

「喂？蓋伊？聽著，傑哈找到了柏拉圖的書……對，在聖塔菲。好，聽著，這樣也不會改變什麼……」

五分鐘過去，蓋伊才回到電梯前。一直以來，他都知道有人會找到柏拉圖那本書。布魯諾說過不可能，布魯諾也許錯了。因此，布魯諾可能會落網。想著布魯諾可能會被逮，蓋伊皺起了眉頭。一直以來都覺得不可能，直到這一刻。

隨著蓋伊步入陽光下，他忽然再次注意到自己的新西裝，對自己的憤怒與無奈讓他握起拳頭。「我在火車上找到書的，懂嗎？」布魯諾這麼說。「如果我打電話去梅特卡夫給你，就是為了書。不過，我跟你一直要到十二月才見面……」蓋伊沒聽過布魯諾的聲音如此簡潔清晰又焦慮，這麼緊繃，這麼困擾，根本不像布魯諾的聲音。蓋伊複習起布魯諾剛提供的說辭，他心想，彷彿這件事與他無關，彷彿那只是一塊布料，而他態度冷漠，只是在考慮要不要拿這塊布料做西裝而已。不，其中沒有漏洞，但不見得合身。只要火車上有人記得見過他們，那就完了。好比說服務生吧？在布魯諾的包廂裡服務過他們的服務生。

他試著放緩呼吸的速度，放慢走路的腳步。他看著小小圓盤般的冬陽。他黑色的眉毛裡有白色的毛髮，還有泛白的疤痕，小安說，他的眉毛最近變得濃密凌亂，足以分解強光，進而保護他。他記得在某處讀過，只要直視太陽十五秒，眼角膜就會灼傷。小安也保護了他。他的工作保護了他。**新西裝，蠢得要死的新西裝**。他突然覺得力不從心、愚鈍無助，死亡悄悄滲入他的思維之中，包裹住他。他嗅吸死亡的氣息太久，也許已經逐漸習慣。哎啊，那麼，他不怕嘛。他挺直雙肩，這個動作很多餘。

他抵達餐廳時，小安還沒到。他想起她說要去拿沖洗的照片，那是週日在家裡拍的。蓋伊從口袋裡抽出羅伯．翠舍的電報，又讀了好幾遍：

> 授命加入亞伯達委員會。大力推薦你。蓋伊，要蓋橋。盡快排開其他工作。保證通過。晚點寫信詳談。
>
> 羅伯

保證通過。無論他如何構築他的生活，他構築大橋的專業能力是毋庸置疑的。蓋伊若有所思地啜飲起他的馬丁尼，穩穩地握著他的酒，酒面毫無波瀾。

41

「我碰巧遇上另一樁案件。」傑哈愉快地喃喃低語，同時望向辦公桌上已經打好的報告。自從布魯諾走進後，偵探就沒有正眼看過這位年輕人。「蓋伊・海恩斯首任妻子的命案，還沒偵破。」

「對，我知道。」

「想說你應該了解得不少。現在跟我說說你掌握的情報。」傑哈在位子上穩穩坐定。

布魯諾看得出來，傑哈自從週一弄到柏拉圖那本書之後，他就在調查這件事了。「什麼都沒有。」布魯諾說。「沒有人知道是怎麼回事，對吧？」

「你有什麼看法？你一定跟蓋伊認真聊過這件事。」

「沒有特別聊，根本沒有聊，怎麼了嗎？」

「因為你對謀殺那麼感興趣。」

「這是什麼意思？我對謀殺那麼感興趣？」

「噢，查爾斯，少來，我又不是不了解你。我是從令尊那裡知道的！」傑哈爆發出罕見的不耐神情。

布魯諾伸手拿菸，卻打住動作。「我的確跟他談過這件事。」他用充滿敬意的低語說。「他完全不知情。他那時也不是很了解妻子的狀況。」

「你覺得是誰幹的呢？你有想過會是海恩斯先生策劃的嗎？你是否好奇他是如何殺妻又逍遙法外的嗎？」傑哈再度放鬆下來，靠向椅背，還將雙手壓在腦後，彷彿他們只是在聊今天天氣有多好。

「我當然不覺得人是他殺的。」布魯諾回答。「你似乎不明白你在討論的人物具備何種才幹（caliber）。」

「查爾斯，唯一值得考慮的才幹只有手槍的口徑（caliber）。」傑哈拿起話筒。「你大概是第一個要跟我解釋這件事的人。請海恩斯先生進來，好嗎？」

布魯諾稍微嚇了一跳，傑哈注意到了。他們聽著蓋伊在走廊上逐漸靠近的腳步聲，傑哈靜靜觀察著布魯諾。布魯諾告訴自己，他早就料到傑哈會這麼做了。那又怎樣，那又怎樣，那又怎樣啦！

布魯諾覺得蓋伊看起來很緊張，但他平常就散發出的緊繃與匆忙氣質掩蓋了這點。他向傑哈開口，朝布魯諾點點頭。

傑哈請他坐在剩下的那張椅子上，那是一張需要端正坐好的椅子。「海恩斯先生，請你跑一趟的目的只是為了請教你一個簡單的問題。查爾斯大部分時間都跟你聊什麼？」傑哈請蓋伊抽菸，布魯諾覺得那包菸已經擺了好幾年，蓋伊還是拿了一根。

布魯諾覺得蓋伊煩躁蹙眉的神情恰如其分。「他時不時會跟我聊起帕米拉俱樂部。」蓋伊回答。

「還有別的嗎？」

蓋伊望向布魯諾。布魯諾用手撐著臉頰，稀鬆平常地啃起那隻手的指甲，這樣的行為看起來好像完全不在意這場對話一樣。「不能說有什麼實質的內容。」蓋伊回答。

「聊你前妻的命案？」

「有。」

「他是怎麼聊起命案的？」傑哈親切地問起。「我是說，你前妻的命案。」

蓋伊感覺到自己脹紅了臉。他再次瞥向布魯諾，他心想，任何人都會有這種反應，當事人在現場卻遭到無視時，其他人就會有這種反應。「他經常問起，我知不知道凶手可能的身分。」

「而你知道嗎？」

「不知道。」

「你喜歡查爾斯嗎？」傑哈肥短的手指有點不太協調地微微抖動，隨即把玩起辦公桌桌墊上的火柴盒。

蓋伊想起布魯諾在火車上的手指，也把玩起火柴盒，結果火柴盒掉在牛排上。「喜歡，我喜歡他。」蓋伊不解地回答。

「你不覺得他煩嗎？他是否多次糾纏你？」

「我覺得沒有。」蓋伊說。

「他出現在你的婚禮上，你覺得煩嗎？」

「沒有。」

「查爾斯有沒有跟你說過，他憎恨他的父親？」

「的確有。」

「他有沒有說過想要殺了他？」

「沒有。」他用同樣就事論事的語氣回答。

傑哈從辦公桌抽屜裡拿出牛皮紙信封包裹的書本。「這是查爾斯說會寄給你的書。抱歉現在還不能還你，我這邊也許還派得上用場。你的書怎麼會碰巧落到查爾斯手裡？」

「他說他在火車上撿到的。」蓋伊端詳起傑哈略帶倦意的神祕微笑。傑哈去他家那天，他有見過類似的笑容，但跟這個笑容還是不同。這個笑容經過精心算計，目的是為了引人反感。這個笑容是專業的武器。蓋伊心想，一天到晚面對這樣的笑容，那會是什麼樣的感覺？他不由自主地望向布魯諾。

「而你們沒有在火車上見面？」傑哈看了看蓋伊，又望向布魯諾。

「沒有。」蓋伊說。

「我跟服務生聊過，在查爾斯的包廂裡，他替你們兩位上晚餐。」

蓋伊直直盯著傑哈。他心想，這是赤裸裸的羞愧難當，打擊遠超過罪惡感。就算他坐直身軀，目不轉睛望著傑哈，內心還是感受得到這種毀滅打擊。

「那又怎樣？」布魯諾尖聲地說。

「我好奇的是，你們兩個幹嘛這麼大費周章？」傑哈饒有興味地擺了擺頭。「說什麼幾個月後才認識？」他停頓下來，讓靜默的幾秒鐘啃食他們。「你們不願意從實招來。這個嘛，答案顯而易見。答案只有一個，是種推測。」

蓋伊心想，他們三個人都在思考這個答案。一切都清晰可見，將他與布魯諾、布魯諾與傑哈、傑哈與他自己統統串連起來。那個布魯諾宣稱無需多想的答案，始終遺失的關鍵。

「查爾斯，你讀了這麼多偵探小說，你願意告訴我嗎？」

「不知道你在講什麼。」

「不過幾天後，海恩斯先生，你的妻子就遭人殺害。不過幾個月後，查爾斯的父親也死於非命。我最明顯的第一個猜測就是，你們兩位很清楚這兩起命案會發生——」

「噢，放屁！」布魯諾說。

「——而且你們討論過。當然，這純粹只是我的臆測。這一切的前提是你們在火車上相識。你們是在哪裡認識的？」傑哈笑了笑。「海恩斯先生？」

「對。我們是在火車上認識的。」蓋伊說。

「而你們為什麼不敢承認這點？」傑哈用布滿斑點的手指指向他，蓋伊再次感受到傑哈不怒而威的駭人力量。

「我不知道。」蓋伊說。

「難道不是因為查爾斯告訴你，他很希望有人殺死他的父親？而你那時很不自在，海恩斯先生，因為你知情？」

這就是傑哈的底牌？蓋伊緩緩開口：「查爾斯沒有說過想要殺死他父親的言論。」

傑哈的目光閃過去，即時捕捉到布魯諾緊繃的滿意奸笑。「當然純屬臆測。」傑哈說。

蓋伊與布魯諾離開徵信社大樓。傑哈請他們一起離開，他們一起沿著長長的街廓朝小公園前進，那邊有地鐵站，也可以招計程車。布魯諾回頭望向他們走出來的高窄大樓。

「好啦，他還是沒有掌握到任何證據。」布魯諾說。「不管你怎麼看，他什麼證據也沒有。」

布魯諾面色陰沉，但態度平靜。蓋伊忽然間明白，在傑哈的攻擊下，布魯諾依舊冷靜應對。

蓋伊一直想像壓力下的布魯諾會歇斯底里。他快速望向身旁布魯諾那高䠷但駝背的身影，感覺到那天在餐廳時那種狂野輕率的同志情誼。不過，他無話可說。他心想，布魯諾一定曉得傑哈不會將自己查到的一切全都告訴他們。

「你知道好笑的是什麼嗎？」布魯諾繼續自顧自地說下去。「傑哈根本沒有在查我們，他是在查其他人。」

42

傑哈將手指探進籠子裡，對著拍打翅膀、驚慌逃去籠子另一側的小鳥扭動手指頭。傑哈還吹起輕輕的口哨。

小安從客廳中央不安地望著他。她不喜歡他上一秒才指控蓋伊說謊，下一秒就走過去嚇壞他們家的金絲雀。剛剛的十五分鐘裡，她非常不喜歡傑哈，因為他第一次來訪時，她對他印象滿好的，這種錯誤判斷讓她很惱火。

「牠叫什麼名字？」傑哈問。

「小甜心。」小安回答。她有點尷尬地低下頭，也稍微轉過身去。新的鱷魚皮高跟鞋讓她覺得自己高䠷又優雅，那天下午買鞋時她是這麼想的，而蓋伊也會喜歡這雙鞋，晚餐前一起坐著喝雞尾酒時，這雙鞋能夠博他一笑。只是，傑哈的出現破壞了這一切。

「妳知道為什麼妳丈夫不願坦承他在去年六月就認識查爾斯嗎？」

小安再度想起，那是蜜莉安遭到謀殺的月份。不然，對她來說，去年六月根本一點意義也沒有。「那個月他很不好過。」她說。「他當時的妻子在那個月過世。他也許記不清那個月發生了什麼事。」她皺起眉頭，覺得傑哈對他的發現大驚小怪，這件事根本無足輕重，畢竟蓋伊下一次與查爾斯見面已經是六個月之後的事了。

「不是這樁命案。」傑哈稀鬆平常地提起，又恢復了坐姿。「不，我覺得查爾斯跟妳丈夫在火車上聊的是謀殺他父親的計畫，他告訴蓋伊，他希望他父親去死，也許還說了他打算怎麼──」

「我無法想像蓋伊聽人家講這種話。」小安打斷他。

「不知道耶。」傑哈沉穩地說下去。「想不通，但我強烈懷疑查爾斯曉得他父親的謀殺案，說不定那晚在火車上，也跟妳丈夫吐露了這件事。查爾斯正是那種年輕人。而我覺得，妳丈夫就是會保持沉默的那種人，此後便試圖迴避查爾斯。妳不這麼認為嗎？」

小安心想，這樣解釋了很多狀況。不過，蓋伊也會因此成為某種程度上的共犯。傑哈似乎希望蓋伊成為共犯。「我確定我丈夫不會容忍查爾斯到這種程度。」她堅定地說。「假設查爾斯跟他提過這些事情。」

「很有力的觀點，只是──」傑哈含糊地打住，彷彿迷失在自己後知後覺的思緒裡一樣。

小安不喜歡看著他那顆禿頂雀斑腦袋，所以她望向茶几上的瓷製菸盒，最後終於取出一根菸。

「海恩斯太太，妳覺得妳丈夫有沒有懷疑過是誰殺害他前妻？」

小安挑釁地吐出白煙。「當然沒有。」

「妳知道，如果那晚在火車上，查爾斯要聊謀殺這個主題，他會鉅細靡遺什麼都考慮到。如果妳丈夫有理由覺得他當時的妻子可能遇到危險，而他也跟查爾斯提了這件事……這樣他們就有了共同的祕密，甚至可以說是共同的危險。這只是臆測啦。」他連忙說。「但調查員向來必須臆測。」

「我知道我丈夫不可能說出前妻身陷危險的言論。消息傳來時，我跟他一起在墨西哥市，之前幾天我們則一起待在紐約。」

「今年三月呢？」傑哈用同樣平靜的語氣問。他伸手拿起喝完的高球杯，交給小安繼續斟酒。

小安站在吧檯，背對傑哈，回想起三月的時候，查爾斯的父親遭到殺害，想起蓋伊那時總是坐立難安。那場打鬥發生在二月還是三月？跟他打鬥的對象**難道是**查爾斯．布魯諾？

「妳覺得，妳丈夫會不會在三月左右，偶爾在妳不注意的時候，與查爾斯見面？」

她心想，當然啦，這樣就解釋得通了：蓋伊曉得查爾斯打算弒父，而蓋伊想要阻止他，才會在酒吧裡與他動手。「我猜的確有這個可能。」她的語氣不是很篤定。「我不清楚。」

「海恩斯太太，如果妳還有印象的話，三月的時候，妳丈夫狀況看起來如何？」

「他緊張不安。我想我知道他在緊張什麼。」

「緊張什麼？」

「他的工作……」不知為何，她無法提供傑哈其他能夠解釋蓋伊行為的說法。她所說的一切，她覺得傑哈都會拼湊進他編織的神祕拼圖之中，那是他觀察蓋伊的方式。她靜候不語，傑哈也什麼都不說，彷彿是在與她比賽，看誰會率先打破沉默一樣。

他最終撣了撣雪茄灰，說：「如果妳想起在那段時間裡，有什麼與查爾斯有關的事情，請妳務必通知我，好嗎？白天晚上都可以打電話給我。會有人負責留言。」他在他的名片上寫下另一個名字，交給小安。

小安轉身背向大門，徑直前往茶几，拿走他喝過的玻璃杯。透過前門窗戶，她看到他在車上低頭靠向前，像是睡著了，但她猜他是在做紀錄。忽然一陣刺痛襲來，她想著他會寫下蓋伊三月時與查爾斯會面，而她完全不知情。她為什麼要提這件事？她很清楚啊。蓋伊說，他十二月到婚禮之間都沒有與查爾斯見過面。

約莫一個小時後，蓋伊到家時，小安正在廚房，照看烤箱裡差不多烤好的燉菜。她看著蓋伊揚起頭，對著空氣抽了抽鼻子。

「鮮蝦燉菜。」小安告訴他。「我猜我該打開通風口。」

「傑哈來過嗎？」

「對。你知道他要來？」

「雪茄味。」他的回答簡潔有力。傑哈當然跟她說了火車上的相遇。「他這次又想怎樣？」他問。

「他想進一步了解查爾斯‧布魯諾的事。」小安迅速瞥向前門窗戶的蓋伊。「想知道你有沒有跟我說過什麼懷疑他的話。而且他想知道三月的狀況。」

「三月的狀況？」他走進小安所在的高起廚房平臺。

他駐足在她面前，小安注意到他的瞳孔忽然收縮。她還看得到三月或二月的那個晚上，在他顴骨上留下的好幾道細小疤痕。「他想知道，你是否懷疑查爾斯打算在那個月殺害他的父親。」不過，蓋伊只是盯著她看，嘴巴抿成經常出現的扁扁一條線，沒有警惕，也沒有內疚。她走去一旁，往下進入客廳。「太恐怖了，是不是？謀殺？」她說。

蓋伊用新的一根菸敲了敲錶面。聽到她說「謀殺」根本是在折磨他。他只希望自己能夠抹去她腦中對布魯諾的一切印象。

「蓋伊，你那時不知道吧？三月的時候？」

「不知道，小安。妳跟傑哈說了什麼？」

「你相信是查爾斯殺害了他的父親嗎？」

「我不曉得。我覺得有這個可能，但那與我們無關。」幾秒鐘過去，他才發現自己撒了謊。

「沒錯，與我們無關。」她又望向他。「傑哈也說，你是在去年六月的火車上結識查爾斯的。」

「對，沒錯。」

「這個……這很重要嗎？」

「我不知道。」

「是因為查爾斯在火車上說了什麼嗎？所以你對他才那麼反感？」

蓋伊將雙手塞進外套口袋深處。他忽然想來點白蘭地。他知道他展現出了這種情緒，此刻的他已經瞞不住小安了。「小安，聽著。」他連忙說。「布魯諾在火車上告訴我，他希望他父親去死。他沒有提到任何計畫，他沒有提到任何名字。我不喜歡他講這話的方式，後來我就不喜歡他了。我不願意告訴傑哈這一切，因為我不確定布魯諾有沒有殺害他自己的父親。那是警察該去調查的事情。無辜之人遭到吊死，因為有人檢舉他們講了那種話。」

不過，他心想，無論她相信與否，他都完蛋了。他似乎說了一個最卑劣的謊言，幹了一件最卑劣的事，那就是將他的罪責推到另一個人身上。就算布魯諾也沒辦法撒這種謊，不可能編織出對蓋伊如此不利的謊言。他覺得自己非常虛偽，就是一場謊言。他將香菸扔進壁爐之中，雙手掩面。

「蓋伊，我相信你只是做了你該做的事。」小安溫柔地說。

他的臉是一則謊言，他平視的目光、堅定的雙唇、纖細的雙手，全都是謊言。他放下手，又插入口袋裡。「我想來點白蘭地。」

「三月的時候，跟你打架的人是查爾斯嗎？」她站在吧檯旁邊問。

這件事他也沒理由不說謊，但他就是辦不到。「小安，不是的。」從她立刻斜來的目光中，他就知道她不相信。她大概以為，他與布魯諾打鬥是為了阻止布魯諾。她大概為此覺得驕傲！難道一定會有這種他不想要的保護存在嗎？難道他生命裡的一切永遠都會這麼輕鬆簡單嗎？不過，這種回答無法滿足小安。她會一而再，再而三回到這個話題，直到他全盤托出，他很清楚就是這樣沒錯。

這天晚上，蓋伊點燃了今年的第一盆火，新家的第一盆火。小安躺在長長的壁爐前方，枕在沙發靠墊上。空氣裡瀰漫著秋天的懷舊冷冽氣息，蓋伊悶悶不樂、煩躁不安。這股秋日能量不如他年輕時活潑輕快，卻蘊含狂暴與絕望，彷彿他的人生急轉直下，這也許是他的最後衝刺。他完全不擔憂未來的一切，他還要什麼證據證明他的生命開始走下坡？傑哈現在還沒有猜出來嗎？他跟布魯諾的確是在火車上認識的。會不會哪天、哪夜，當他肥肥的手指將雪茄拿到嘴邊時，他忽然就想通了呢？傑哈與警察還在等什麼？他有時會覺得，傑哈想要搜集到每一項微小的事證，每一件對他們兩人不利的證據，然後忽然間將一切倒在他們身上，徹底粉碎他們。不過，蓋伊心想，他們可以粉碎我，卻不能粉碎我的建築。那種奇異的寂寞孤立感再次浮現，他靈肉分離，甚至思想也是抽離的。

不過，假設永遠沒有人發現他與布魯諾的祕密？這種時刻還是存在，對自己的所作所為產生交織著恐懼、全然沮喪的心情，覺得那個祕密有著某種不容侵犯的魔力。他心想，也就正是因為這樣，他才不怕傑哈或警方，因為他還是相信這種不容冒犯的神聖性。如果在他們的各種粗心大意、布魯諾的明示暗示後，還是沒有人猜出來，難道這樣的祕密不算堅不可摧嗎？

小安睡著了。他望向她額頭的光滑曲線，火光將那裡照得亮白如銀。接著，他低下頭，嘴唇貼上她的額頭，親吻了她，動作之溫柔，她完全沒有醒來。他內心的痛楚化成語言：「我原諒你。」他希望小安這麼說，別人都不行，只有小安可以說。

在他腦海之中，天秤乘載著他罪惡感的那一側重到不行，遠超過能夠測量的範圍，只是，他還在另一邊拚命加上輕如鴻毛的自我辯護砝碼。他理論起來，他是為了自衛而犯下罪行。不過，他又擺盪不定，無法完全相信這點。如果他相信自己內心存有全然的邪惡，他就得相信他內在有一種自然的衝動能夠表達這種邪惡。因此，他發現自己時不時會好奇起來，他是不是某種程度上，真的很享受這種犯罪？從中獲得某種原始的滿足感？不然，若不是為了原始的殺戮樂趣，還有什麼因素能夠真正解釋人類為何持續容忍戰爭，以及戰爭帶來的長期狂熱？加上，這種思維模式太常出現，他接受真實的他就是這樣。

43

地方檢察官菲爾·豪蘭一副乾淨俐落、骨瘦嶙峋的模樣，他的輪廓之銳利與傑哈的線條不明顯呈現鮮明對比，透過香菸的煙霧，他露出大度的笑容。「你為什麼不放過那孩子？我承認，一開始這絕對是可以著手的角度。我們也一一調查過他的朋友。傑哈，根本沒有什麼好查的。你不能因為一個人性格有缺陷就逮捕人家。」

傑哈換個姿勢蹺起腳，擠出恭敬的微笑。這是他的關鍵時刻。在其他沒那麼重要的訪談裡，他也是坐在這裡，露出同樣的笑容，這讓他更為志得意滿。

豪蘭將一張打字機敲打出來的文件用指尖推向桌邊。「如果你感興趣，這邊有十二個人名，是保險公司提供的，他們是死者山謬先生的朋友。」豪蘭用平靜、無趣的聲音講話，傑哈曉得他是在裝無聊，因為地方檢察官手下有幾百人可以任他調動，天羅地網可以更精細，撒到更遠的地方。

「名單可以撕了。」傑哈說。

豪蘭用笑容掩飾詫異，但圓睜的深色雙眼裡藏不住突然浮現的好奇。「我猜你已經找到你要的人了，我當然是指查爾斯·布魯諾。」

「當然。」傑哈咯咯笑了起來。「只是，我是在另一起命案中逮住了他。」

「只有一起？你總說他可以幹下四、五起呢。」

「我沒說過這種話。」傑哈低聲否認。他在大腿上將好幾張疊成三折，像信紙一樣的紙張撫平開來。

「誰呢？」

「好奇啦？你不知道嗎？」傑哈叼著雪茄，笑了笑。他將旁邊的直背椅拉過來，將他的文件一一擺在坐墊上。無論他帶了多少文件來，他從來不使用豪蘭的辦公桌，豪蘭曉得現在不需要費心開這個口。豪蘭在個人與專業層面都不喜歡傑哈，這點傑哈也心知肚明。豪蘭指責過他不配合警方調查。警方也完全不與他合作，只是，就算在這些阻撓下，過去十年裡，傑哈還是偵破多起警方毫無頭緒的案件。

豪蘭起身，邁著又細又長的腿緩緩朝傑哈走去，接著又向後退，靠在辦公桌上。「但這一切對**案件**能有什麼幫助嗎？」

「警方的問題在於他們只有單向思考。」傑哈說。「本案與其他案件一樣，採取的是雙向思考。單向的思考方式是沒有辦法破案的。」

「誰？什麼時候？」豪蘭嘆了口氣。
「聽說過蓋伊．海恩斯這個人嗎？」
「當然，我們上週才找他問過話。」
「他的上一任妻子。去年六月十一日在德州梅特卡夫遭到勒斃，記得嗎？那起命案警方也沒破。」
「查爾斯．布魯諾幹的？」豪蘭皺起眉頭。
「你知道查爾斯．布魯諾與蓋伊．海恩斯在六月一日那天，搭乘了同一班火車南下嗎？十天後，海恩斯的妻子就遭到謀殺。你說說，從這點能夠推斷出什麼？」
「你是說，他們在去年六月之前就認識了？」
「不是，我是說，他們是在那輛火車上結識的。其他的你能自己拼湊起來嗎？我提供你的是失落的連結。」
地方檢察官露出淺淺的笑容。「你這是在說，查爾斯．布魯諾殺害了蓋伊．海恩斯的老婆？」
「正是。」傑哈從文件上抬起頭來，整理完畢。「下一個問題是，我有什麼證據？都在這，都給你。」他比著排成長長一排的文件，一份一份稍微交疊起來，彷彿是接龍遊戲的紙牌。「從下往上讀。」

豪蘭一一研讀時，傑哈去角落的飲水機裝了杯水，用先前抽的雪茄屁股又點燃另一根雪茄。最後一份聲明今天早上才收到，來自在梅特卡夫載過查爾斯的計程車司機。傑哈今天還沒喝到酒，但等到他離開豪蘭後，他會在前往愛荷華的火車休憩車廂中喝上三、四杯。

這些文件都是署名的聲明，來自拉芳達飯店的多位行李服務員；愛德華・威爾森的聲明，蜜莉安・海恩斯命案當天，他親眼看到查爾斯從聖塔菲搭上東行火車；計程車司機的聲明，他載著查爾斯前往梅特卡夫湖的歡樂國度遊樂園；小酒館的酒保聲明，查爾斯想跟他點烈酒；最後就是打去梅特卡夫的多通長途電話帳單。

「但這些你肯定都已經知道了。」傑哈說道。

「多數都掌握了，的確。」豪蘭沉著地回答，但依舊仔細研讀。

「你也知道他那天在二十四小時裡往返梅特卡夫吧？」傑哈問，但他實在很想好好挖苦檢察官一番。「那位計程車司機真的有夠難找的。一路追他追到了西雅圖，但我們一找到他，完全不需多費功夫，他就全都想起來了。查爾斯・布魯諾這種年輕人實在讓人難忘。」

「所以，你的意思是，查爾斯・布魯諾對謀殺非常感興趣。」豪蘭的興致來了。「他因此殺害了他上週在火車上邂逅之人的老婆？他完全沒有見過的女人？還是他見過這個女人了？」

傑哈又笑出聲音來。「他當然沒見過這個女人。我們家查爾斯可是規劃過的。」「我們家」不小心脫口而出，但傑哈不在乎。「你還看不出來嗎？就跟你臉上的大鼻子一樣明顯。而這只是其中一半呢。」

「傑哈，你坐下來，你這麼激動就要心臟病發了。」

「你看不出來，因為你不了解，也永遠不會理解查爾斯的個性。他花了大把時間策劃他所謂完美的犯罪，而你對這點一點興趣也沒有。」

「好啦，你還有什麼理論？」

「蓋伊．海恩斯殺害了山謬．布魯諾。」

「哎啊。」豪蘭哀號一聲。

豪蘭對傑哈露出微笑，多年前，傑哈在某個案子中犯錯，之後，豪蘭就沒有對他笑過，此刻傑哈也以笑容應對。「我還沒調查完這個蓋伊．海恩斯。」傑哈故作天真地說，還猛抽雪茄。「我想慢慢來，這是我今天過來的唯一理由，我希望你配合我的速度。你看看，我不確定你們是否會因為掌握了那麼多對布魯諾不利的證據，就直接逮捕他。」

豪蘭輕撫自己的黑色鬍鬚。「你所說的一切都證實了你十五年前就該退休啦。」

「噢，這十五年間我也偵破了幾個案子好不好？」

「蓋伊．海恩斯這種人？」豪蘭再次放聲大笑起來。

「對上查爾斯這種傢伙？提醒你一聲，我沒有說蓋伊．海恩斯是自願幹這一切的。是因為查爾斯主動幫忙解決他妻子這個麻煩，他才被迫配合。查爾斯就是憎恨女人。」他強調這點。「這是查爾斯的計畫，交換殺人，不留線索，沒有動機，你明白了？噢，我都聽得到他這麼說呢。不過，查爾斯也只是個凡夫俗子。他對蓋伊．海恩斯太感興趣，事後還糾纏著人家。而蓋伊．海恩斯害怕到無法採取任何行動。的確……」傑哈用力擺頭強調語氣，嘴邊下垂的肉也跟著甩動起來。「——海恩斯遭到逼迫。大概沒有人知道他被逼得有多慘吧？」

面對傑哈堅定的態度，豪蘭的笑容一度退卻。這個故事的可能性微乎極微，但依舊說得通。

「嗯哼。」

「除非他親口告訴我們。」傑哈補了一句。

「讓他親口承認，你有什麼建議嗎？」

「噢，他可能會自白呢。整件事壓垮了他。不過呢，除此之外，還是用事實來質問他吧。我的手下正忙著整理這些事實。還有一件事，豪蘭——」傑哈用一根手指戳著椅墊上的文件。「當你和你的……大隊人馬調查這些聲明的時候，不要去找蓋伊．海恩斯的母親問話。我不希望海恩斯提前得到警告。」

「噢，對付海恩斯先生要採取貓捉老鼠的策略。」豪蘭笑了笑。他轉身打了一通無關緊要的電話，傑哈在一旁靜候，同時憤怒自己居然要將查到的的資訊移交給豪蘭，他不得不放下查爾斯與海恩斯領銜主演的這齣好戲。「那……」豪蘭發出長長的嘆息。「你要我怎麼做？用這些東西去審問你的小傢伙嗎？覺得他會崩潰，招出他與建築師蓋伊．海恩斯之間的絕妙計畫？」

「不，我不想審問他。我想要查得明明白白。我需要幾天甚至幾個禮拜的時間來完成對海恩斯的調查，之後我會面對他們兩個人。我把查爾斯交給你，因為從這一刻起，我就與本案無關了，至少他們會這麼以為。我會去愛荷華度假，這是真的，我也會讓查爾斯知道這點。」傑哈的臉上露出燦爛的笑容。

「要攔住我手下那些男孩可不輕鬆。」豪蘭遺憾地說。「特別是還要給你那麼多時間取得蓋伊．海恩斯犯案的證據。」

「順便一提……」傑哈拿起帽子，對豪蘭晃了晃。「你不可能用那一切證據撬開查爾斯的嘴，但我隨時能夠用這些證據讓蓋伊．海恩斯從實招來。」

「噢，你的意思是，**我們**沒辦法撬開蓋伊．海恩斯的嘴？」

傑哈用刻意的輕視眼神看著他。「但你們沒打算讓他開口吧？你們覺得凶手不是他。」

「傑哈，快去度你的假吧。」

傑哈慢條斯理地收拾起他的文件，開始要裝起來帶走。

「我以為你要留下這些資料。」

「噢，如果你覺得派得上用場的話。」傑哈親切地遞出文件，然後轉身朝門口前進。

「介意告訴我，你掌握了什麼能夠讓蓋伊．海恩斯開口的資訊嗎？」

傑哈喉頭發出不屑的咕噥聲，他說：「那男人飽受罪惡感折磨。」然後就走了出去。

44

「妳知道，世界之大……」布魯諾說，眼中還有淚光，因此他不得不低頭望向腳邊的壁爐底石。「但我今晚只願意待在這裡，小安。」他的手肘歡快地靠在高高的壁爐架上。

「你這麼說真是太客氣了。」小安笑了笑，然後將融化的起司與鯷魚開胃菜放在交叉腳架的餐桌上。「趁熱吃。」

布魯諾拿了一份開胃菜，但他曉得他嚥不下去。桌子看起來非常精美，擺了兩人份的灰色亞麻餐巾與大大的灰色餐盤。傑哈度假去了。他與蓋伊兩人擊退了這位偵探，讓對方理智斷線！他心想，如果小安不是蓋伊的妻子，他也許會想親吻她。布魯諾挺直身子，調整袖口。在小安面前表現出完美紳士的一面，這點讓他相當自豪。「是說，蓋伊覺得他會喜歡上面的環境嗎？」布魯諾問。此刻蓋伊人在加拿大，參與亞伯達大水壩的建設。「我很高興這些愚蠢的問話都結束了，這樣他就能心無旁鶩，認真工作。妳想像得出我的心情吧，我想慶祝！」他大笑起來，主要是在笑自己說得輕描淡寫。

小安望著壁爐架旁躁動不安的高䠷身影，心想，雖然蓋伊嘴上說討厭，但心裡是不是同樣深受這個人的吸引。只是她依舊說不準查爾斯·布魯諾到底有沒有能力策劃殺害自己的父親，而她花了一整天與他相處，就是想搞清楚這點。他會用開玩笑的回答閃避某些問題，其他的問題，他則回應得相當謹慎、小心翼翼。他憎恨蜜莉安的模樣彷彿他認識她一樣。小安很意外蓋伊居然跟他說了那麼多蜜莉安的事情。

「你為什麼不告訴其他人，你跟蓋伊是在火車上相識的？」小安問。

「我是不介意啦。我一開始只是不小心開玩笑，說我們是在學校認識的。然後一堆問題冒了出來，傑哈開始大驚小怪。老實說，我猜是因為場面搞得很難堪。妳知道，沒多久蜜莉安就死了。我覺得蓋伊人很好，沒有在調查蜜莉安死因的審訊過程中將他意外認識的對象牽扯進來。」他大笑起來，大聲地拍了一下手，然後一屁股跌坐進扶手椅上。「不管怎麼說，我也不是什麼嫌疑人啦！」

「不過，這一切與你父親命案的疑問毫無關係。」

「當然沒有關係，但傑哈根本沒有在講邏輯的。他應該去當發明家才對！」

小安皺起眉頭。她不相信蓋伊會輕信查爾斯的說辭，只是因為真相很難堪，或是查爾斯在火車上說他有多恨他的父親。她必須向蓋伊再次求證。她有很多疑問要問他，好比說，查爾斯對蜜莉安的敵意，明明他們應該沒有見過才是。小安走進廚房。

布魯諾拿著酒，漫步到前門窗邊，看著閃爍著紅光、綠光的飛機滑過黑色的天際。他心想，飛機看起來真像做運動的人，指尖先是碰觸肩膀，然後又把手臂打直的樣子。他希望蓋伊在那架飛機上，就要回家了。他看著新手錶莫蘭迪粉的錶面，再次思索起來，蓋伊大概會喜歡這種手錶，因為這塊錶的設計相當現代，然後才從長長的金色指針注意到時間。再過三個小時，他就跟小安相處了整整二十四小時，一整天呢。他昨晚沒打電話說一聲，就直接開車來，很晚才到，小安邀請他在家裡過夜。他在客房過夜，派對當晚，他們也攙扶他去那邊睡一覺，入睡前，小安還端了熱清湯來給他喝。小安對他太貼心了，他好愛她！他轉過身，看著她端著他們的盤子，從廚房走進來。

「你知道，蓋伊對你很有好感。」小安在晚餐時說。

布魯諾看著她，已經忘了他們先前在聊什麼。「我願意為他赴湯蹈火！我覺得我跟他之間有很深刻的連結，就跟兄弟一樣。我猜是因為我們在火車上相識後，他就遇上了很多事情。」雖然他一開始只是想表現出愉快，甚至搞笑的感覺，但他對蓋伊真正的情感還是壓過了一切。在他附近的邊桌上陳列著蓋伊的菸斗，他伸手摩挲。心臟狂跳不已。填餡馬鈴薯相當美味，但他不敢再吃一口。他也不敢喝酒。有股衝動讓他想在這裡再過一晚。如果他覺得不舒服，他還能在這裡再待一夜嗎？話又說回來，他的新家其實沒有小安想像中那麼遠。他週六要舉辦一場盛大的派對。

「妳確定蓋伊週末前會回來？」他問。

「他是這麼說的。」小安若有所思地吃起綠色沙拉。「只是我不確定他想不想參加派對。他在工作的時候，他通常不喜歡太分心的活動，頂多就是開船出去逛逛這樣。」

「我喜歡開船出去玩。如果你們不介意我跟著一道去的話。」

「一起來吧。」她隨即想起，查爾斯已經搭乘印度號出海過了，他不請自來跟著蓋伊出門，那次還撞凹了甲板邊緣，她忽然覺得非常不解，好像遭到哄騙，彷彿是在此刻之前，有人不希望她想起來一樣。她發現自己這麼想著，查爾斯也許什麼事都幹得出來，可怕的事情，還用同樣迎合的天真態度、同樣不好意思的微笑騙過每一個人。只有傑哈不上當。沒錯，他父親的命案也許是他一手策劃的。如果沒有這種可能，傑哈不可能往這個方向推測。她對面坐著的也許是殺人凶手呢。她起身時忽然感到一絲恐懼，有點太突然了，她覺得自己想逃跑，她隨即收走了晚餐的餐盤。而且，說起他對蜜莉安的厭惡時，他露出一副陰鬱、無情的滿足神情。小安心想，他也許也很享受殺害她的過程。一絲懷疑閃過她的腦海，蜜莉安也許是他殺的，這個念頭就像是風吹過的枯葉。

「所以你與蓋伊見面後，就前往聖塔菲了？」她從廚房開口，講話有點結巴。

「嗯哼。」布魯諾又深深陷入寬大的綠色扶手椅中。

小安失手弄掉了一只小茶匙，茶匙在磁磚地板上發出刺耳無比的聲響。她心想，怪的是，無論其他人對布魯諾說了什麼，或是問他什麼問題，布魯諾似乎都是一副胸有成竹，老神在在的模樣。不過，與他交談沒有因為這種狀況而變得更簡單一點，反而讓她感到不安且驚慌失措。

「你去過梅特卡夫嗎？」她聽到自己的聲音從隔板附近高喊。

「沒有。」布魯諾回答。「沒去過，但我一直想去。妳去過嗎？」

布魯諾在壁爐架旁啜飲他的咖啡。小安坐在沙發上，她仰起頭，這樣一來，她洋裝荷葉領上露出的頸子曲線成了她身上顏色最明亮的部位。布魯諾想起蓋伊有次說，**小安就像我的光**。如果他也勒斃小安，那他就能夠真正與蓋伊在一起了。布魯諾對著自己蹙眉，接著又大笑起來，變換站姿。

「什麼這麼好笑？」

「只是在想。」他面露微笑。「我在想蓋伊總是掛在嘴邊的話，什麼天地萬物都有兩極。妳知道，正極與負極並列在一起。每個決策背後都會有反對的理由。」他忽然注意到自己的呼吸急促了起來。

「你是說，凡事皆有兩面？」

「噢，不，這樣解釋太簡單了！」為什麼女人有時就是這麼遲鈍！「人、感受、一切！二元性！每個人心裡都有兩個人。有另一個跟妳截然相反的性格，就像妳看不見的另一個部分一樣，這個人就藏在世界上，埋伏等著妳。」說出蓋伊的話語讓他激動不已，但他記得聽到這段話時他並不喜歡，因為蓋伊說的是，這兩個人也是宿敵，蓋伊指的就是自己與布魯諾。

小安緩緩從沙發椅背上將頭轉回來。這的確很像蓋伊會說的話，但他從來沒對她講過。小安想起去年春天那封沒有署名的信件。一定是布魯諾寫的。蓋伊說埋伏的時候，指的一定就是布魯諾。天底下只有布魯諾讓蓋伊反應如此激烈。在憎恨與熱愛間舉棋不定的人肯定就是布魯諾了。

「也不全然只是善與惡這種狀態而已，但這是最容易展現且運作的方式。」布魯諾繼續歡快地說下去。「對了，我千萬不能忘記告訴蓋伊，我給乞丐一千塊的事情。我總說，等到我有自己的錢了，我會給乞丐一千塊。哎啊，我給了，但妳覺得他有沒有感謝我？我居然還要花二十分鐘向他證明這筆錢是真的！我不得不去銀行領一百塊出來，還要換成小面額的零錢給他！然後他一副覺得我發瘋的模樣！」布魯諾放低目光，搖搖頭。他原本指望這會是令人難忘的經驗，結果下次再次遇到乞丐時，那混蛋居然**瞪**他（而且還在同一個街角乞討），因為布魯諾沒有**再**拿一千塊來！「我總說啊——」

「說到善與惡……」小安說。她厭惡他。她現在明白蓋伊對他的心情了。不過，她不明白的是蓋伊為什麼要容忍他。

「噢，對啊，這些事情就是這樣運作的。不過呢，舉例來說好了，殺人凶手。在法庭上懲罰他們，並不會讓他們變得更好，蓋伊是這麼說的。每個人都是自己的法庭，對自己的懲罰也都夠了。事實上，蓋伊把每個人都看得太舉足輕重了！」他大笑起來。他喝得太醉，已經看不清她的臉，但他想告訴她，他與蓋伊討論過的所有話題，直到最後一個他不能透露的小祕密。

「沒有良心的人是不會懲罰自己的，對嗎？」小安問。

布魯諾望著天花板。「的確，有些人蠢到沒良心，其他人則是壞到沒良心。通常蠢的會被逮。不過呢，說到殺害蓋伊前妻與我父親的兩位凶手。」布魯諾想要裝出嚴肅的神情。「他們兩個肯定是很聰明的人，妳不覺得嗎？」

「所以有良心的殺人凶手就不應該被抓？」

「噢，我沒這麼說。當然不是這個意思！不過，別以為他們沒有受到折磨，他們有他們自己的處罰！」他再度大笑起來，因為他實在醉到不曉得自己在說什麼。「他們不只是瘋子，有人說殺害蓋伊前妻的就是瘋子，才不是。這就看出當局對於貨真價實的犯罪學了解甚少。那種犯罪是需要策劃的。」他忽然想起他並沒有策劃蜜莉安的謀殺，但他肯定策劃了父親的命案，後者就足以證明他的觀點。「怎麼了？」

小安將冰冷的手指貼在自己額頭上。「沒事。」

布魯諾去吧檯替她調了一杯酒，這座吧檯是蓋伊親手打造的，就立在壁爐旁邊。布魯諾希望他自己的家裡也能有這樣的吧檯。

「去年三月的時候，蓋伊臉上的抓痕是從哪來的？」

「什麼抓痕？」布魯諾轉頭面對她。蓋伊跟他說過，她不曉得抓痕的事。

「不只抓痕，還有傷口，他頭上還有瘀青。」

「我沒看到。」

「他跟你打架，對不對？」查爾斯盯著她看，眼裡閃爍著奇異的粉紅色光芒。此刻的她沒辦法欺瞞對方，露出微笑。她很確定就是這樣沒錯。她覺得查爾斯就要衝過客廳來攻擊她，但她的目光始終鎖定他。她心想，如果她告訴傑哈，那麼那場打鬥就成為布魯諾曉得命案會發生的證明。只是下一秒，她就看到布魯諾臉上的笑容又遲疑地出現了。

「沒有啦！」他大笑起來，坐了下去。「他說他是在哪弄的？反正我三月時沒跟他見面。我那時不在紐約。」他站起來，忽然覺得肚子不太舒服，不是因為面對這麼多問題，而是肚子不舒服。也許他又要發作了，說不定明早就會發作。他不能暈過去，不能讓小安在早上看到**那種場面！**「我想我該告辭了。」他咕噥著說。

「怎麼了？你不舒服嗎？你的臉色看起來有點蒼白。」

她沒有展現出同理心。從她的聲音他就聽得出來。除了他母親以外，這些女人都是怎麼回事？「小安，謝謝妳，招待了我一整天。」

她將外套交給他，他踉踉蹌蹌走出門，咬緊牙根，朝停在路邊的車子走去。

幾個小時後，蓋伊進門時，家裡一片漆黑。他躡手躡腳穿過客廳，看到壁爐旁邊的地板上有捻熄的菸屁股，邊桌上的菸斗架歪了，沙發上的小靠墊也有凹陷的痕跡。無論是小安、泰迪、克里斯或海倫·黑本，他們都不可能造成這種特別的凌亂場面。難道他還不知道嗎？

他跑上樓，前往客房。布魯諾不在那裡，但他看到床邊小桌上有一捲飽受折磨的報紙，旁邊還擺上了一枚十美分及兩個一分錢的硬幣。窗邊，曙光已經亮起，就跟那天清晨一樣。他轉過身去，背對窗口，他壓抑的鼻息聽起來像啜泣。小安對他做的這一切到底是什麼意思？現在這一刻實在難以忍受，半個他在加拿大，半個他還在這裡，布魯諾的糾纏越勒越緊，那是已經擺脫警方調查的布魯諾。警方無意間提供了布魯諾保護！不過，他現在太過分了。蓋伊無法繼續忍受。

他走進臥房，跪在小安身邊，用嚇人且粗暴的吻喚醒她，直到他感覺到她的雙臂環抱著他。他將臉埋進她胸前凌亂的被毯中。似乎有股擺盪、呼嘯的暴風席捲著他，席捲著他們兩個人，小安是暴風中心唯一寧靜的點，只有她的呼吸節奏象徵了理智世界的正常脈動。他閉著眼睛脫了衣服。

「我真想你。」小安一開口就這麼說。

蓋伊站在床腳，雙手握拳放在睡袍口袋裡。他依舊緊繃，暴風現在似乎聚集在他的心中。

「我會在這裡待上三天。妳有想我嗎？」

小安從床上稍微挪起身子。「你為什麼這樣看我？」

蓋伊沒有回答。

「蓋伊，我只見過他一次。」

「妳到底為什麼要跟他見面？」

「因為……」她的臉脹成粉紅色，蓋伊注意到，就跟她肩膀上的斑點同樣顏色。他的鬍子磨蹭到她的肩膀。他沒有用這種語氣跟她講過話。她還用理智回應他這種事實，似乎只讓他更有理由生氣。「因為他跑來……」

「他動不動就跑來，動不動就打電話來。」

「為什麼？」

「他在這裡過夜！」蓋伊忽然爆發，他看到小安的畏縮出現在她稍微抬頭、睫毛眨個不停的動作裡。

「對，前天晚上的事。」她平穩的語氣是一種挑釁。「他深夜才抵達，我請他留下來過夜。」

他在加拿大的時候，的確想過布魯諾可能會向小安拉近關係，只因為她是他的妻子，小安可能還會鼓勵布魯諾，因為她想知道蓋伊還有什麼沒告訴她，雖說布魯諾不會太過分，但光是兩人手部的接觸，想到小安允許這種事發生，以及她之所以允許這種事發生背後的理由，這一切都在折磨他。「他昨晚還在這？」

「為什麼這件事讓你如此困擾？」

「因為他很危險，他有點瘋。」

「我不覺得這是他困擾你的原因。」小安用同樣緩慢平穩的語氣說道。「蓋伊，我不明白你為什麼保護他。我不明白你為什麼不承認他就是寫信給我的人，他就是三月時差點逼瘋你的人。」

心懷愧疚的防衛讓蓋伊整個人相當僵硬。他心想，保護布魯諾，他動不動就在保護布魯諾！他很清楚，布魯諾不會承認那封信是他寫給小安的。只是小安就跟傑哈一樣，從不同的事實逐漸拼湊出真相來。傑哈已經兩手一攤放棄了，但小安永遠不會放棄。小安捕捉到的是無形的線索，而無形的線索還是可以拼出事情的全貌。不過，全貌還沒浮現。需要時間，更多時間，更多折磨他的時間！他以疲憊、沉重的姿態朝窗邊走去，心如死灰到不掩面、不低頭。他甚至懶得問小安，她與布魯諾昨晚聊了些什麼。不知怎麼地，他可以**感覺**到他們聊了什麼，小安又了解了多少。他忽然覺得，在這拖延帶來的痛苦中，時間似乎是注定的。一切都超越了邏輯的解釋，就跟生命有時能夠與致命的疾病抗衡一樣，僅此而已。

「蓋伊，告訴我。」小安低聲地說，現在不是在求他，她的聲音更像是標記了另一段時間流逝的鈴聲。「告訴我，好嗎？」

「我會告訴妳的。」他說，他依舊望向窗口，卻聽到自己這樣回答，他相信自己，一道光充滿著他的內心，他相信小安一定在他的側臉上、在他體內看到了這道光，他的第一個念頭是與她分享，但他一度無法將目光從窗沿的陽光中移開。他心想，**光**，能夠驅趕黑暗，又輕盈不帶重量之物。他會一五一十告訴小安。

「蓋伊，過來這裡。」她向他張開雙臂，他坐在她身邊，雙手伸過去，緊緊將她抱在身邊。

她說：「我們有寶寶啦。高興點，你能夠高興一點嗎？蓋伊？」

他看著她，忽然幸福開心得想大笑，因為意外，因為她的羞怯。「寶寶！」他低聲地說。

「你在家這幾天，我們要做些什麼？」

「小安，預產期什麼時候？」

「噢，不會太久。我猜五月吧。我們明天要做些什麼？」

「如果海象還不錯，我們一定可以開船出去玩。」密謀著什麼的愚蠢語氣讓他大笑出聲。

「噢，蓋伊！」

「妳在哭嗎？」

「能聽到你笑真是太好了！」

45

布魯諾禮拜六一早就打電話恭賀蓋伊成為了亞伯達委員會的成員，順帶問蓋伊晚上要不要跟小安一起去參加他的派對。布魯諾急切、高昂的聲音催促著他來慶祝。「蓋伊，我用私人電話打的。傑哈回愛荷華了。來吧，我希望你參觀參觀我的新家。」然後是：「讓我跟小安講兩句。」

「小安現在不在家。」

蓋伊很清楚調查結束了。警方通知他了，傑哈也是，還感謝他的配合。

蓋伊回到客廳，他跟羅伯．翠舍吃完遲來的早餐。羅伯比蓋伊早一天飛來紐約，蓋伊邀請他一起度週末。他們聊起亞伯達，說起跟他們一起在委員會共事的人，還談起地形、釣鱒魚，想到什麼就說什麼。羅伯用加拿大的法語方言說了一個笑話，蓋伊笑得開懷。這是陽光燦爛、空氣清新的十一月上午，等到小安買菜回來，他們就會驅車去長島，搭船出遊。有羅伯在身邊，蓋伊感覺到男孩般的度假歡愉。羅伯象徵著加拿大，以及在那邊的工作，蓋伊覺得這項事業讓他隻身踏入另一處偌大空間，那裡布魯諾不得其門而入。而孩子即將誕生的祕密賦予他不帶偏見的善意，算是某種神奇的優勢。

小安一進門，電話就再度響起。蓋伊起身，但小安已經接起。他心想，布魯諾就是知道幾時該打電話來。他不敢置信地聽下去，發現話題逐漸轉移到下午要開船出遊這件事上。

「那一起來吧。」小安說。「噢，我猜如果你一定要帶禮物來，那就帶點啤酒吧。」

蓋伊看著羅伯用不解的目光望著他。

「怎麼回事？」羅伯問。

「沒事。」蓋伊恢復坐姿。

「那是查爾斯。蓋伊，你不會介意他跟著一起去吧？」小安抱起紙袋裡的食品雜貨，輕快地穿過客廳。「星期四的時候，他說如果我們出海，他也會想一起去，所以我就順帶邀請他了。」

「我不介意。」蓋伊依舊盯著她。她今早的心情愉悅飛揚，實在很難想像她這種心情會拒絕任何人或任何要求，但蓋伊曉得她邀請布魯諾的原因不只如此。她想看著他們再度相會的場景。就算到了今天，她依舊迫不及待。蓋伊感覺到一陣不滿在心頭升起，他隨即告訴自己，她不明白，她也不可能明白，這絕望泥沼都是你的錯，是你搞出來的。因此，他放下不滿的情緒，甚至拒絕承認布魯諾今天下午的出現會讓他產生反感。他決定今天一整天都要同樣克制住自己。

羅伯對他說：「老兄，多注意你這敏感的神經總是好的。」他拿起咖啡杯，滿足地一飲而盡。「哎啊，至少你不像以前一樣，咖啡喝不停。那時一天喝幾杯？十杯？」

「差不多。」不，他為了夜裡入睡完全戒了咖啡，現在他不喜歡咖啡這種飲料了。

他們先去曼哈頓接海倫．黑本，然後跨過三區大橋前往長島。冬日的陽光在海邊照射出冰霜的清晰感，輕柔地打在淺色的沙灘上，接著又焦急地照射在波光粼粼的水面上。蓋伊心想，印度號彷彿是有錨的冰山，回憶起它的潔白是夏日的精髓。他繞去停車場角落時，目光自動地落在布魯諾亮藍色的修長敞篷車上。蓋伊想起布魯諾說過，他在旋轉木馬上選的坐騎就是寶藍色的，因此他才會買這輛車。蓋伊看著布魯諾站在碼頭的小棚子下，除了看不見他的頭部，其他部位都一清二楚，長長的黑色風衣、小小的鞋子，還有插在口袋裡的雙手，以及那熟悉、帶著焦慮的等待身影。

布魯諾提起一袋啤酒，緩緩朝車子走來，臉上掛著不好意思的微笑，但就算隔著一段距離，蓋伊也看得出來他壓抑的高漲情緒準備引爆。他戴著一條寶藍色的圍巾，跟他的車子同樣顏色。

「哈囉，你好，蓋伊。想說有機會，我還是來看看你。」他望向小安求救。

「真高興見到你！」小安說。「這位是翠舍先生，這位是布魯諾先生。」

布魯諾打起招呼。「蓋伊，你今晚不能來派對嗎？很盛大喔。你們都不能來嗎？」他對著他們露出期待的微笑，包括海倫及羅伯。

海倫說她太忙了，不然她很想去。蓋伊鎖門時瞥了她一眼，看到她靠著布魯諾的手臂，換上好走的莫卡辛鞋。布魯諾將啤酒交給小安，露出一副要離開的模樣。

海倫的金色眉毛困惑地皺起。「你會跟我們一道出遊，對吧？」

「我的打扮不太對。」布魯諾提出微弱的抗議。

「噢，船上有的是雨衣。」小安說。

他們必須從碼頭划小船過去。蓋伊與布魯諾客氣又固執地搶著要划船，最後是海倫建議他們一起來。蓋伊划槳，划得又長又深，他身邊的布魯諾位在中央的船凳上，謹慎地配合蓋伊的節奏。隨著他們接近印度號，蓋伊感覺得到布魯諾古怪的激動之情漸漸高漲。布魯諾的帽子被風吹走兩次，最後，他站了起來，故意誇張地將帽子扔進海中。

「反正我也不喜歡戴帽子！」他說，還瞥了蓋伊一眼。

雖然水花時不時打進駕駛艙裡，但布魯諾就是不肯穿雨衣。風太大，不適合揚帆。在羅伯的駕駛下，印度號藉由引擎的動力行進長島灣之中。

「敬蓋伊！」布魯諾高喊，但蓋伊注意到，今早他一開口，就帶著古怪的壓抑停頓與口齒不清。「恭喜，致敬！」他忽然拿出上頭有精美水果裝飾的銀色酒壺，交給小安。他就像是力道不小但動作笨拙的機器，永遠抓不到該啟動的正確節奏。「五星級的拿破崙白蘭地。」

小安婉拒，但已經感到寒意的海倫喝了一點，羅伯也跟著喝了。在防水帆布下，蓋伊握著小安戴著連指手套的手，盡量什麼也不去想，不去想布魯諾，不去想亞伯達，甚至不去想大海。他實在無法直視海倫，她竟然鼓勵布魯諾一起上船，也無法看著舵輪前羅伯那副客氣又尷尬的微笑。

「誰知道〈濃霧露水〉這首歌？」布魯諾問，同時小題大作地拍開袖子上的水花。他又從銀色酒壺裡喝了一口，就是這一口讓他跨入酒醉的境界。

布魯諾不知所措，因為沒有人想喝他精挑細選的美酒，而且大家都不想唱歌。海倫甚至說，〈濃霧露水〉讓人情緒低落，真是要他的命。他愛死〈濃霧露水〉了。他想唱歌、想大喊，想做點**什麼**。不然他們這群人還有什麼時候能夠這樣齊聚一堂？他跟蓋伊、小安、海倫，還有蓋伊的朋友。他在角落的座位上扭轉身子，看著海浪後若隱若現的地平線，看著他們身後縮小的陸地。他想盯著桅杆上的三角旗幟看，但一直擺動的桅杆讓他暈船。

「終有一天，我跟蓋伊會環遊世界，就跟環遊整個魚膠球一樣，然後還把整個地球用緞帶綁起來！」他高聲宣布，但沒有人仔細聽。

海倫忙著跟小安交談，雙手還比出球的模樣，蓋伊向羅伯解釋起馬達的原理。布魯諾注意到蓋伊低著頭，額頭上的皺紋變得更深了，眼神無比哀傷。

「你都沒發現嗎？」布魯諾扯扯蓋伊的臂膀。「你**今天**非得這麼嚴肅嗎？」

海倫開始說蓋伊總是那麼嚴肅，但布魯諾吼著要她閉嘴，因為她根本對蓋伊的嚴肅一無所知，更不清楚背後的原因為何。布魯諾感恩地回應小安的微笑，再度拿出酒壺。

小安依舊婉拒，蓋伊也不喝。

「蓋伊，這是我特別帶來給你的。我以為你會喜歡。」布魯諾一臉受傷地說。

「蓋伊，喝一點吧。」小安說。

蓋伊稍微喝了一口。

「敬蓋伊！天才、朋友、好夥伴！」布魯諾說，跟著喝了一口。

「蓋伊是天才。你們都知道嗎？」他環視他們，忽然間，想罵他們就是一群笨蛋。

「當然知道。」羅伯附和道。

「畢竟你是蓋伊的老朋友。」布魯諾高舉酒壺。「我也敬你！」

「謝謝，真的是很老的朋友了，可能是最老的朋友。」

「有多老呢？」布魯諾用挑釁的語氣說。

羅伯望向蓋伊，笑了笑，說：「差不多認識了十年吧。」

布魯諾皺起眉頭。「我認識蓋伊一輩子了。」他低聲又惡狠狠地說。「問他好了。」

蓋伊感覺到小安扭著手，從他緊握的掌心掙脫出來。他看到羅伯禮貌地笑了幾聲，不確定該作何反應。汗水讓他的額頭發冷。每次都這樣，最後一絲冷靜也離他而去。他為什麼每次都覺得，只要再來一次機會，他就能容忍布魯諾？

「蓋伊，說吧，告訴他，我是你最要好的朋友。」

「的確。」蓋伊說。他注意到小安強撐的緊繃微笑和她的沉默不語。她現在還不明白事情的全貌嗎？她難道等著他與布魯諾下一秒統統說清楚嗎？忽然間，一切就跟在咖啡店的時候一樣，週五傍晚，他覺得自己已經把接下來的打算都告訴小安了。他記得，他打算一五一十告訴她。不過，事實上他還沒說，而布魯諾再次繞著他打轉，似乎就是為了他的拖延在苛責他。

「我當然生氣！」布魯諾對著海倫吼叫，她在座位上與他拉開距離。「氣到足以抓起整個世界，好好鞭笞一番！誰不相信，我就私下跟他算帳！」他大笑起來，他注意到這笑聲只讓身邊模糊又愚蠢的面孔感到困惑，哄騙他們一起笑。「猴子！」他歡快地對著他們大喊。

「他是誰啊？」羅伯低聲問蓋伊。

「我跟蓋伊是超人！」布魯諾說。

「你是酗酒超人。」海倫說。

「才不是！」布魯諾費勁地單膝跪地。

「查爾斯，**冷靜下來！**」小安說，但她依舊微笑，布魯諾也笑著迎向她。

「我不容許她說我酗酒！」

「他在講什麼？」海倫質問道。「你們兩個在股票市場大殺四方是不是？」

「股票市場？放——」布魯諾打住，想起他的父親。「呀呼！我是德州人。蓋伊，有沒有騎過梅特卡夫的旋轉木馬？」

蓋伊的雙腳在身下抖了一下，但他沒有起身，也沒有望向布魯諾。

「好啦，我這就坐下。」布魯諾對他說。「但你讓我失望了。你讓我太失望了！」布魯諾搖晃起空空的酒壺，接著將酒壺往船外扔出去。

「他要哭了。」海倫說。

布魯諾站起來，走出駕駛艙，朝甲板前進。他想走得遠遠的，遠離他們每一個人，甚至是蓋伊。

「他要去哪？」小安問。

「讓他去吧。」蓋伊咕噥著說，想要點根菸來抽。

說時遲，那時快，一陣落水聲傳來，蓋伊曉得是布魯諾摔進水中。其他人還來不及開口，蓋伊就衝出了駕駛艙。

蓋伊跑向船尾，還想將大衣脫掉。他感覺到有人將他的雙手扯在身後，他轉頭，一拳砸在羅伯臉上，接著他就從甲板上跳下去。人聲與隆隆作響的聲音都打住了，他的身軀再次浮出水面，一度只有令人煎熬的寂靜。他用慢動作脫掉大衣，彷彿水太冰冷，已經凍得他渾身發疼。他往上浮起，看到布魯諾在無比遙遠的那一方，彷彿是一半浸沒在水中的生苔岩石。

「你搆不到他的！」羅伯大喊，湧入耳中的水卻阻止了聲音的傳遞。

「蓋伊！」布魯諾從大海中高喊，這是垂死的哭號。

蓋伊咒罵一聲。他游得到。游了十下之後，他再次冒出水面。「布魯諾！」但他看不見對方。

「蓋伊！那裡！」小安從印度號的船尾指過去。

蓋伊看不到布魯諾，但他朝著腦海中的印象前進，他潛入水中，張開雙臂摸索，指尖伸得長長的，不斷探尋。水流減緩了他的速度。他心想，自己好像是在噩夢中移動，彷彿是在草坪中前進。浪打來，他探出頭，嗆了一口水。印度號換位置了，還掉頭了。他們為什麼不指引他方向？他們這些其他人都不在乎！

「布魯諾！」

也許就在某道翻滾的大浪之後。他繼續游，赫然發現自己迷失了方向。一陣浪打在他的腦袋側邊上。他咒罵起這醜惡又巨大的海洋。他的朋友、他的兄弟在哪裡？

他再次潛入水中，這次盡量往深處去，雙手也盡量誇張地向外伸得長長的。不過，現在霸占空間的似乎僅是靜默的灰色真空，他只是一處小小的意識之點。難以忍受又迅速出現的寂寞孤單緊緊擠壓著他，威脅要吞噬他這條命。他拚了命地想要睜開眼睛。灰濛濛的一片變成咖啡色的拼接地板。

「你們找到他了嗎？」他連忙問，還撐著身子坐起來。「現在幾點？」

「蓋伊，躺好。」羅伯的聲音如是說。

「蓋伊，他沉下去了。」小安說。「我們親眼看到的。」

蓋伊閉上雙眼，哭了起來。

他注意到他們一一魚貫走出臥鋪艙，留下他一人，甚至連小安也離開了。

46

蓋伊小心翼翼地下床，沒有吵醒小安，他下樓前往客廳。闔上窗簾，打開燈，但他知道根本沒有辦法阻擋此刻緩緩爬進百葉窗與綠色窗簾間的曙光，那彷彿是帶有銀紫色光澤的小魚，沒有固定的形狀。他躺在樓上的黑暗之中，靜靜等候，曉得這種感覺遲早會越過床腳來找他，無比害怕它啟動的掌控機制，因為他現在明白了，布魯諾分攤了他一半的罪惡感。先前罪惡感就難以承擔，現在他又怎能一人擔起呢？他曉得他辦不到。

他羨慕布魯諾死得這麼突然、這麼低調、這麼猛烈，又這麼年輕。而且這麼輕鬆，布魯諾無論做什麼彷彿都輕而易舉。他渾身顫抖起來。他僵硬的身軀坐在扶手椅上，薄薄睡衣下的軀體堅硬又緊繃，就像過往的清晨時分一樣。接著，也如同以往，他的緊繃狀態會突然遭到打斷，他起身，上樓前往工作室，這時他還不曉得自己有什麼打算。看著工作桌上大張的光滑製圖紙，四、五張攤在那裡，他先前畫東西給羅伯看，之後紙張就擺在那裡沒收起來。他坐了下來，從左上角開始書寫，一開始寫得很慢，後來速度越來越快。他寫下蜜莉安與火車，一通又一通的電話，他寫到布魯諾去了梅特卡夫，布魯諾捎來的信、手槍、他的死亡，以及週五晚上。彷彿布魯諾依舊活著，而他寫下所有的細節，這樣可以更加了解這個人。他的字跡寫滿了三大張紙。他將紙張折好，塞進特大號的信封裡，還加以封口。他盯著信封看了好一陣子，品嘗起稍微鬆了口氣的感覺，讚嘆此刻他終於與這一切拉開了距離。他先前寫過很多次充滿激情的潦草自白，寫得很認真，但曉得天底下不會有人閱讀，因此這些祕密並不會真正離開他。今天這封信是給小安的。小安會碰觸這枚信封。她的手會握住紙張，她的雙眼會研讀每一個字。

蓋伊用雙掌壓在炙熱痠痛的眼睛上。寫了好幾個小時，讓他累到快睡著。他的思緒飄盪起來，卻沒有停靠在任何地方，他寫過的名字，布魯諾、蜜莉安、歐文·馬克曼、山謬·布魯諾、亞瑟·傑哈、麥考斯蘭太太、小安，這些人與名字都在他的思緒邊緣舞動。**蜜莉安**。怪了，對他來說，相較過去，她現在感覺更像活生生的人。他曾經向小安描述過她，想要評斷她這個人。他逼著自己去評價她這個人。他心想，無論是從小安的標準，或是任何人的標準看來，她都稱不上是個有價值的人。不過，曾幾何時，她的確是活生生的人。山謬·布魯諾也不算什麼好東西，陰鬱、貪婪，只知道賺錢，兒子恨他，妻子不愛他。誰真正愛過他？蜜莉安的死與山謬·布魯諾的死究竟真正讓誰傷心了？如果有人會傷心，也許可以算上蜜莉安的家人？蓋伊回想起審訊時，她的哥哥站在證人席上，小小的眼珠裡只有惡意、殘暴的恨，沒有哀傷。還有她母親，愛記仇，惡毒得很，根本不在乎誰該負起責任，只要有人可以指責就好，悲傷完全沒有擊潰或是軟化她。就算他想去見他們，提供他們洩恨的目標，這樣又有什麼意義嗎？他們會感覺好過一點嗎？他會好過一點嗎？他看不出來會有什麼差別。如果有人真正愛過蜜莉安，那也是歐文・馬克曼。

蓋伊將手從眼前移開。這個名字自動浮現在他的腦海之中。直到他寫信時，他才想起歐文這個人。歐文一直都是背景裡的模糊身影。蓋伊對他的評價比蜜莉安還低。不過，歐文肯定愛過她。他本來都要娶她了。她懷了歐文的孩子。假設歐文將幸福都維繫在蜜莉安身上。在芝加哥的事情之後，蜜莉安對蓋伊來說就跟死了一樣，假設歐文在幾個月後明白了這種哀傷的感受。蓋伊努力回想起歐文・馬克曼在審訊時的一舉一動。想起他沮喪的模樣，冷靜又直接的回答，最後是他對蓋伊吃醋的指責。實在看不出他到底在想什麼。

「歐文。」蓋伊說。

他緩緩起身。一個念頭在他腦海中成形，同時，他努力回想自己對歐文・馬克曼的印象，這人的臉瘦長黝黑，身材高䠷，卻彎腰駝背。他大可去找馬克曼，跟他談談，跟他全盤托出。如果他欠誰一個說法，那肯定是馬克曼。如果馬克曼想殺死他，那就隨他吧，要報警也無妨。不過，蓋伊想面對面，老老實實地告訴他一切。忽然間，這件事相當緊急，非幹不可。當然啦，這是下一步，唯一的一步。之後，在他的私人債務還清後，他可以承擔起法律賦予他的任何懲罰。那時他就準備好了。在關於布魯諾之死的問話結束後，他可以今天搭火車出發。警方要他跟小安今早去局裡一趟。如果運氣好，他下午還趕得上飛機。要去哪？休士頓。假設歐文還在那裡。他絕對不能讓小安送他去機場。她會以為他是要搭飛機去加拿大，這是安排好的行程。他不希望小安現在就知道這件事。與歐文見面更為急迫。這次的會面似乎可以轉化他，或者，也許就像脫掉一件又老又舊的外套。他感覺渾身赤裸，但他已經不再害怕。

47

在前往休士頓的飛機上，蓋伊坐在靠走道的折疊座椅上。他覺得悲慘又緊張，彷彿格格不入，不對勁地出現在錯誤的地方，就跟他所坐的小小座位一樣，塞在走道上，破壞了飛機內部構造的對稱性，錯誤而且沒必要。但他說服自己，這件事非做不可。他至今所克服的困難讓他陷入固執又充滿決心的狀態。

傑哈那天也在警局，旁聽布魯諾之死的問話內容。他說，他從愛荷華搭飛機過來。查爾斯就這樣死了，真是太可惜了，但查爾斯做什麼事都粗心大意的。倒楣的是他是死在蓋伊船上。蓋伊能夠不帶任何情緒，一一回答問題。一切似乎沒有意義，他的屍體也找不回來。傑哈的出現讓蓋伊相當不安。他不希望傑哈跟著他去德州。為了保險起見，他甚至沒有取消前往加拿大的機票，而這班飛機下午起飛得比較早。然後，蓋伊在機場耗了將近四個小時，等待搭上前往休士頓的飛機。但他很安全。因為傑哈說，下午他就會搭火車回愛荷華。

儘管如此，蓋伊還是環視起身旁的乘客，比第一次檢視的時候更加緩慢、更加仔細，也更加大膽。這些人看起來對他都興趣缺缺。

他俯身查看大腿上的文件時，內側口袋裡的厚厚信件發出沙沙聲。這份文件是亞伯達工程的部分報告，羅伯給他的。蓋伊不想讀雜誌，不想看窗外，但他知道自己能夠以具備效率的機械方式記住那些必須嫻熟的報告內容。他在油印紙張之間發現了從英國建築雜誌上撕下來的一頁。羅伯用紅色鉛筆圈起一段：

蓋伊・丹尼爾・海恩斯是美國南方今日最舉足輕重的建築新秀。二十七歲時，他的首部獨立作品問世，簡潔的兩層樓建築，後來成為知名的「匹茲堡商店」，海恩斯建立起優雅的原則與功能，他始終堅守這兩個要點，他的工藝也從此展現到當今的高度。如果我們想要定義海恩斯獨特的天才，就得主要聚焦在那難以捉摸、飄忽不定的「優雅」二字之上，在海恩斯之前，當代建築並不具備這項特質。海恩斯的成就在於，善用他的優雅概念，成為我們這個時代的經典。他主要的作品有佛州棕櫚灘的帕米拉建築群，素有「美國帕德嫩神廟」之稱……

頁面下方，打星號的段落是這麼寫的：

本文截稿前，海恩斯先生授命成為加拿大亞伯達水壩顧問委員會的成員。他表示，橋梁一直是他的興趣。他評估這項工作會愉快地占據他接下來三年的時間。

「愉快地。」他說。他們怎麼會碰巧用上這種字眼？

蓋伊的計程車穿過休士頓的主街時，鐘聲敲響了九下。蓋伊在機場的電話簿裡找到歐文．馬克曼的名字，他領了行李，搭上計程車。蓋伊心想，不可能這麼順利的。你不可能晚上九點抵達，發現他一個人在家，還願意坐在椅子上聽陌生人講話。他不會在家，不然就是他不住那裡了，或是他根本不在休士頓。找到他可能需要耗上幾天的時間。

「在這邊旅館停。」蓋伊說。

蓋伊下車，訂了一個房間。這微不足道、未雨綢繆的舉動讓他稍微好過一點。

歐文．馬克曼的確沒有住在克萊博街的地址上。那是一棟小小的公寓建築。住戶聚在樓下的前廳裡，包括管理員，統統用狐疑的目光看著他，幾乎什麼資訊也沒提供。沒有人曉得歐文．馬克曼在哪裡。

「你不是警察吧？」管理員終於開口。

蓋伊不由自主地笑了笑，說：「不是。」

蓋伊走出來時，一個男人在階梯上攔住了他，同樣帶著謹慎且不情願的態度，卻告訴他，他也許能在市中心的某間咖啡店找到馬克曼。

最終，蓋伊在藥局找到他，他坐在吧檯上，身邊是兩個他沒有多做介紹的女人。歐文．馬克曼只是從吧檯椅上溜下來，抬頭挺胸站著，棕色的雙眼睜得有點大。他的臉看起來更豐腴了，也沒有蓋伊印象裡那麼帥氣。他警戒地將大手塞進短版皮夾克的斜開口袋中。

「你記得我。」蓋伊說。

「我記得你。」

「我想跟你談談，你介意嗎？一下下就好。」蓋伊環顧四周。他覺得，最好的方式就是邀請對方去他的飯店房間。「我在萊斯飯店訂了一個房間。」

馬克曼再次緩緩上下打量起蓋伊，經過很久的靜默後，他說：「好吧。」

路過收銀櫃檯時，蓋伊注意到架上的烈酒。買酒請馬克曼喝也許是比較好客的做法。「你喜歡蘇格蘭威士忌嗎？」

蓋伊買酒時，馬克曼稍微放鬆了一點，說：「可樂不錯，但加點料會更好喝。」

蓋伊也買了幾罐可口可樂。

他們安靜地乘車去飯店，搭上電梯，進入飯店時也一語不發。蓋伊心想，他該怎麼開口？有多少開場白啊？蓋伊全都拋在腦後。

歐文坐在扶手椅上，他要不是用漫不經心的狐疑眼神打量蓋伊，就是喝起大杯子裡的蘇格蘭威士忌加可口可樂。

蓋伊結結巴巴地開口。「這個——」

「什麼？」歐文問。

「如果你知道是誰謀殺了蜜莉安，你會有什麼打算？」

馬克曼的一隻腳大力踩在地上，他坐直了身子。他皺起眉頭成了眼睛上方一道黑色凝重的線條。「你殺的？」

「不是我，但我知道是誰下的手。」

「誰？」

蓋伊心想，他蹙眉坐在那裡，心裡有什麼樣的感受？恨？怨？怒？「我知道是誰，警察很快也會知道。」蓋伊遲疑了。「凶手是一個來自紐約的人，名叫查爾斯．布魯諾。他昨天死了，溺死的。」

歐文稍微坐得輕鬆了點。他喝了一口酒。「你怎麼知道的？他自白了？」

「我知道。我已經知道這件事好一陣子了。所以我才覺得一切都是我的錯，錯在不要背叛他。」蓋伊舔溼嘴唇。每個字都這麼難以啟齒。而且為什麼他要用這種擠牙膏的方式，一點一點解釋他的狀況？他幻想中吐露實情的鬆懈、想像出來的愉悅都在哪裡？「這就是我自責的原因。我……」歐文的聳肩讓他停頓下來。他看著歐文喝完這杯酒，自動地調了另一杯給歐文。「這就是我自責的原因。」他又說了一遍。「我必須告訴你實際的狀況。非常複雜。你知道，我在前往梅特卡夫的火車上結識了這個查爾斯・布魯諾。六月的火車，就在蜜莉安遭到謀殺之前。我正要南下處理離婚的事情。」他嚥了嚥口水。說出口了，他從來沒有對任何人說過的話，現在說出口了，感覺稀鬆平常，甚至有點丟臉。他的喉嚨有股擺脫不了的沙啞。蓋伊端詳起歐文那張瘦長黝黑的帥臉。現在這張臉沒有皺眉了。歐文又翹起腿來，蓋伊忽然想起審訊時，歐文穿了一雙灰色的鹿皮鞋。今天則穿著兩邊有鬆緊帶的素面棕色鞋子。「而且──」

「嗯啊。」歐文催促著。

「我告訴他蜜莉安的名字，我說我恨她。布魯諾有個謀殺的計畫，雙重謀殺。」

「老天！」歐文低聲地說。

「老天」這兩個字讓蓋伊想起布魯諾，而他起了一個相當可怕的念頭，他也許誘導歐文踏入布魯諾先前替他設下的陷阱，輪到歐文去糾纏另一名陌生人，而這個陌生人又會去找另一個陌生人，展開永無止境的困局與獵捕行為。蓋伊打起冷顫，緊握雙手。「我所犯的錯就是與他交談。我所犯的錯就是將私事告訴陌生人。」

「他說，他會殺了蜜莉安？」

「沒有，當然沒有。他只是有這個想法而已。他是瘋子，心理病態。我要他閉嘴，滾一邊去。我甩掉他了！」他又回到了車廂裡，他正要下車，前往月臺。他聽到厚實的車門碰地一聲關上了。他心想，擺脫他了！

「你沒有要他動手。」

「沒有。他沒有說他要動手。」

「那你為什麼不來一杯純酒？為什麼不坐下？」歐文緩慢又沙啞的嗓音讓屋內氣氛穩定了下來。他的聲音像是醜陋的岩石，穩穩地壓在乾燥的地面上。

蓋伊不想坐下，也不想喝酒。他在布魯諾的包廂裡就喝過這種蘇格蘭威士忌。一切已經走到盡頭，他不想一切又跟開始的時候一樣。他只是出於禮貌，伸手碰觸他替自己調製的摻水蘇格蘭威士忌。他轉頭時，歐文加了更多烈酒進他的杯子裡，一直加，彷彿是為了要讓蓋伊看見，這不是偷偷加的一樣。

「哎呦。」歐文將話語拖得長長的。「如果這傢伙跟你說的一樣瘋，法院不也是這麼說的嗎？說殺害蜜莉安的凶手就是個瘋子？」

「對。」

「我是說，我當然能夠理解你事後的心情，但如果如你所說，那真的只是在聊天而已，我實在看不出你為什麼要這麼自責。」

蓋伊不敢置信地望著他。這一切對歐文來說完全沒有意義嗎？說不定他沒有完全理解。「但你知道——」

「你是什麼時候發現的？」歐文棕色的雙眼看起來有點混濁。

「差不多在命案發生後三個月時。不過，你要知道，若不是因為我，蜜莉安現在一定還活著。」蓋伊看著歐文放低嘴唇，再度貼上杯子。可口可樂與蘇格蘭威士忌摻在一起灌進歐文的大嘴之中，蓋伊都聞得到噁心的酒氣。歐文現在有什麼打算？忽然跳起來，打翻杯子，掐死他，就跟布魯諾掐死蜜莉安一樣？他難以想像歐文會繼續坐在原位，但好幾秒過去，歐文完全沒有動作。「你知道，我必須告訴你。」蓋伊堅持說下去。「我認為你是我傷害過的人，只有你受苦。她懷了你的孩子。你打算娶她。你愛她，也是你——」

「見鬼了，我才不愛她。」歐文看著蓋伊的表情完全沒變。

蓋伊緊盯著他，心想，不愛她，他不愛她。蓋伊的心思跌跌撞撞倒退回去，想要重新排列過往已經失衡的方程式。「你不愛她？」他說。

「不愛。哎啊，不是你以為的那種愛。我顯然不希望她去死，請你理解，我會想盡辦法保住她這條命，但我很慶幸我不用娶她。結婚是她想結的。所以她才懷上了那個孩子。我不認為這是男人的錯，你覺得呢？」歐文用微醺但真誠的神情望著蓋伊，靜靜等待，他大大的嘴巴跟他在證人席上的時候一模一樣，是同樣堅毅、不規則的線條，他等著蓋伊回應，評斷他與蜜莉安的所作所為。

蓋伊稍微不耐地轉過身去。這個等式怎麼樣都無法平衡。除了諷刺的道理，他實在看不出其中含有什麼道理。除了諷刺的理由，他實在沒有理由待在這裡。除了諷刺的理由，他實在沒理由為了一位毫不在意的陌生人，待在這個飯店房間裡，汗流浹背，痛苦地折磨自己。

「你也是這樣想的嗎？」歐文繼續說，還伸手去拿旁邊桌上的酒瓶。

蓋伊實在說不出話來。他內心升起炙熱又難以明說的怒火。他扯下領帶，解開襯衫領口，看著敞開的窗口，想找冷氣機。

歐文聳聳肩。他穿著開襟襯衫與沒拉鏈的皮夾克，看起來挺自在的。蓋伊有股蠻不講理的欲望，想要找東西塞進歐文的喉嚨裡，揍他、打他，最重要的是，將他從椅子上打飛，看他還會不會一副那麼舒適自滿的模樣。

「聽著——」蓋伊低聲開口。「我是——」

但歐文也同時開始講話，他喃喃低語講個不停，完全沒有看著張嘴站在房間中央的蓋伊一眼。「……第二次。離婚後兩個月就結婚，馬上問題就來了。我實在不知道跟蜜莉安一起，結果會不會不同，但我會說，她可能更難搞。露伊莎兩個月前突然跑了，她那時差點放火燒房子，大間的公寓。」他喃喃地繼續說下去，持續將手邊酒瓶裡的蘇格蘭威士忌倒進杯子裡，蓋伊從歐文這種幫自己倒酒的行為中，感到了不尊重與明確的冒犯。蓋伊想起自己在審訊時的行為，至少可以說，作為死者的丈夫，他的表現真的不怎麼樣。歐文為什麼要尊重他？「最可怕的莫過於，男人總是吃虧，因為女人就是話多。拿露伊莎來說吧，她可以回到公寓去，鄰居會歡迎她，但要是我敢——」

「聽著！」蓋伊實在忍不住了。「我、我也殺了人！我也是殺人凶手！」

歐文的腳又踩回地板上，他重新坐直身子，甚至將目光從蓋伊身上移去窗邊，又望回來，彷彿在盤算是該逃走，還是要自衛，但他臉上迷茫的驚訝和警覺神情卻相當微弱，一點也不認真，更像是在嘲諷，嘲諷蓋伊的嚴肅正經。歐文打算將杯子放在桌上，卻又打住動作。「怎麼說？」他問。

「聽著！」蓋伊再度大喊。「聽好了，我已經是個死人了。我就跟現在死了沒兩樣，因為我要去自首了，立刻就去！因為我殺死了一個人，你懂嗎？別露出一副事不關己的模樣，別給我靠回椅背上！」

「我為什麼不能靠在椅背上？」歐文雙手握著酒杯，他剛剛才斟了一杯可樂加蘇格蘭威士忌。

「我是殺人凶手，這件事對你來說毫無意義嗎？我奪走了一個人的性命，任何人都沒有權利幹出這種事！」

歐文也許點點頭，也許沒有。不管怎麼說，他都再度緩緩喝起了酒。

蓋伊盯著歐文看。語言文字，糾結成團，說不出口的千言萬語，似乎全都卡在他的血液之中，將陣陣熱流從他緊握的雙手傳到他的手臂去。這些話是對歐文的詛咒，他今天早上寫下的文句與段落現在都逐漸變得雜亂無章，因為扶手椅上這個喝醉的白癡並不想聽。喝醉的白癡故意想露出一副事不關己的模樣。蓋伊心想，他看起來不像殺人凶手，他穿著乾淨的白襯衫，打著絲質領帶，還有深藍色的長褲，也許他這張緊繃的臉，任何人看來都不像殺人凶手。「這是誤會，沒有人曉得殺人凶手的長相。凶手長得跟普通人沒兩樣！」他將握拳的手背抵在額頭上，又將手移開，因為他曉得最後的話語即將脫口而出，而他沒有辦法阻止自己。那彷彿是布魯諾會說的話。

蓋伊忽然走過去，自己喝了一杯酒，三指高的烈酒，一飲而盡。

「很高興看到有人陪我喝。」歐文咕噥著說。蓋伊坐在歐文對面的整潔綠色床鋪上。他忽然覺得好累。他又說起：「這一切都沒有任何意義，對你來說沒有任何意義，對嗎？」

「你不是我見過的第一個殺人凶手。」歐文笑了笑。「就我看來，逍遙法外的，好像是女人比較多。」

「我不會逍遙法外，我不是自由人。我冷血殺人，毫無理由。你不明白這樣更可怕嗎？我是為了——」蓋伊想說，他之所以殺人是因為他內心有足夠的病態特質，他之所以殺人是因為邪惡的內心，但他曉得這麼說對歐文而言沒有意義，因為歐文是個實際的人。歐文相當實際，他懶得攻擊蓋伊、逃離蓋伊，甚至是去報警，因為坐在那張椅子上遠比什麼都舒服。

歐文擺擺頭，彷彿他真的在思考蓋伊的論點。他的眼皮半垂著。他轉過身子，伸手去拿後側口袋的一包菸草，又從襯衫胸口的口袋裡拿出捲菸紙。

蓋伊看著歐文慢條斯理的動作。「來。」蓋伊拿出自己的香菸。

歐文狐疑地看著菸，問：「這什麼菸？」

「加拿大香菸，滿好抽的，試一根吧。」

「謝了，我……」歐文用牙齒咬著拉上菸草袋。「……有喜歡的品牌。」接下來他至少花了三分鐘捲菸。

「這就好像是我在公園裡，拿出手槍，對人開槍一樣。」蓋伊繼續說下去，他決定繼續說下去，雖然感覺很像是對著沒有生命的東西講話，好比說椅子上的錄音機，其中的差別是，他的話語似乎怎麼樣都無法穿透過去。歐文難道不會覺得，此時此刻，他很可能在這個飯店房間裡拿出手槍，朝歐文開槍嗎？蓋伊說：「我是被逼的，我會告訴警察這點，但不會有什麼差別，因為重點還是我殺了人。你知道，我必須告訴你，一切都是布魯諾的主意。」至少現在歐文看著他了，但歐文的神情並沒有全神貫注，事實上，看起來有點飄飄然、帶著禮貌、微醺的專注。蓋伊不願讓這個神情打斷他。「布魯諾的構想是，我們替彼此殺人，他殺死蜜莉安，我負責殺死他的父親。然後，他就背著我，跑來德州真的對蜜莉安下手。我根本不知情，也沒有同意，你明白嗎？」他選擇的說辭讓人不快，但至少歐文有在聽他講話。至少他的話說了出去。「我完全不知情，甚至沒有懷疑過，一點也沒有。直到幾個月後。那時他開始糾纏我。他開始說，他會將蜜莉安的死嫁禍給我，除非我接著進行他邪惡計畫的下半部分，你明白嗎？也就是殺害他的父親。整個構想就建立在沒有理由的謀殺上。沒有個人動機。這樣我們就不會分別被追查到。只要我們彼此不要見面就好。不過，那是另一個重點了。重點還是，我的確殺了布魯諾的父親。我當時崩潰了。布魯諾用信件、恐嚇、失眠讓我崩潰。他也要逼瘋我了。聽著，我相信任何人都會崩潰。我可以讓你崩潰。基於同樣的狀況，我可以讓你精神崩潰，逼你去殺人。也許不會跟布魯諾採取同樣手法，但完全可行。不然你覺得極權主義的狀態是怎麼保持下去的？或是，歐文，你有沒有停下來好好思考過這種問題？總之呢，我會這樣跟警察說，但這不重要，因為他們會說，我根本不該崩潰。

不重要，因為他們會說我太軟弱了。不過，我現在也不在乎了，你還不明白嗎？我現在可以面對任何人了，你懂嗎？」他彎腰望著歐文的臉，但歐文似乎根本沒有注意到他。歐文歪著頭，用手托著臉。蓋伊站直身子。他無法讓歐文明白，他感覺得到歐文完全不能理解他主要的論點，但這也不重要。「無論他們打算怎麼處置我，我都接受。我明天會跟警察講同樣的話。」

「你能證明嗎？」歐文問。

「證明什麼？我殺了一個人，還有什麼好證明的？」

酒瓶從歐文指間滑開，掉到地上，但裡面沒有多少液體，因此根本沒有灑出來。「你是建築師，對嗎？」歐文說。「我現在有印象了。」他笨拙地扶正酒瓶，將它留在地板上。

「這有什麼關係嗎？」

「我只是好奇。」

「好奇什麼？」蓋伊不耐地問。

「如果你想聽我的實話，我會說你聽起來有點瘋瘋癲癲的。是說，你也不一定要聽啦。」就在此刻歐文迷茫的神情深處，一股單純的戒心升起，難保蓋伊不會走過去，因為這話而對他動手。看到蓋伊沒有動作，他又癱回椅子上，這次坐姿比之前還低。

蓋伊摸索著想要呈現給歐文的實際構想。他不希望這位觀眾就這樣失去興趣，如此冷漠。「聽著，你對於你認識的人殺過人這件事有什麼看法？你對他們的態度怎麼樣？你跟他們怎麼來往？你會跟面對其他人一樣，跟他們一起消磨時間嗎？」

在蓋伊專注的目光下，歐文似乎真的在努力思考。最後他笑了笑，雙眼輕鬆地眨了眨，說：「饒過別人，也放過自己。」

怒火再度攻心。這股怒火一度就像燒紅的老虎鉗，緊緊夾住蓋伊的身軀與大腦。言語完全無法描述他的感受。或該說，太多言語想脫口而出。話語自己成形，讓他咬牙切齒地說：「**白癡！**」

歐文在椅子上稍微挪動了一下，但依舊保持波瀾不驚的模樣。他似乎無法決定是該笑還是該皺起眉頭。「這關我什麼事？」他堅定地問。

「關你什麼事？因為你、你也是這個社會的一分子啊！」

「這樣啊，那就是社會的事啦。」歐文慵懶地擺擺手。他看著蘇格蘭威士忌的酒瓶，裡頭的液體只剩一公分高。

蓋伊心想，什麼社會的事啊？這是他真實的態度，還是他只是醉了？歐文肯定本來就抱持這種態度。他現在根本沒理由撒謊。蓋伊隨即想起，當他先前懷疑布魯諾的時候，他也是這種態度，那時布魯諾還沒有開始糾纏他。一般人都是這種態度嗎？如果是的話，社會指的又是誰呢？

蓋伊轉身背對歐文。他很清楚社會指的是誰。不過他發覺，他一直在思考的、跟他有關的那個社會，其實就是法律，就是難以動搖的法則。社會是像歐文這種人，像他自己這樣的人，或是，舉例來說，像棕櫚灘的布魯哈特那種人所組成的。布魯哈特會檢舉他嗎？不可能，他無法想像布魯哈特檢舉他殺人。這種事就該留給別人來做，每個人都這麼想，最後就是沒有人會做。他在乎法則嗎？不就是有條法則將他與蜜莉安牢牢維繫在一起嗎？不正是因為遭到謀殺的是人，因此人才是最重要的關鍵嗎？如果從歐文到布魯哈特這些人都不夠在乎，不會背叛他，那他還有必要繼續在意嗎？他今天早上怎麼會想向警方自首啊？這是什麼受虐狂的心情？他才不會自首。他的良心現在究竟有什麼負擔？哪個人會去檢舉他？

「除了警察的線人。」蓋伊說。「我猜線人會去檢舉我。」

「沒錯。」歐文附和道。「又髒又臭的線人。」他大笑一聲，這是鬆了口氣的笑。

蓋伊蹙眉眺望遠方。他想要尋找確切的立足點，能夠讓他抵達前方剛才一閃而過的目的地。首先，法律不是社會。社會是由他自己、歐文與布魯哈特這種人組成的，這些人沒有權利奪走社會上另一位成員的性命。只是，法律可以。「只是法律應該至少是社會的意志。也許不只這樣，也許是集體的意志。」他補充說明，注意到在他得出結論前，他總會折返回去，想讓事情變得明確，卻總是變得複雜。

「嗯？」歐文應了一聲。他的頭向後枕在椅背上，他的黑髮亂七八糟地披在額頭上，眼睛都要閉起來了。

「不，一群人在一起可能會動用私刑處死殺人犯，但這就是法律應當制止的事情。」

「我是不支持私刑啦。」歐文說。「都是假的！整個南方地區的名聲都壞了，真是沒必要。」

「我的重點是，如果社會沒有權利奪走一個人的性命，那法律也沒有這個權利。我是說，有鑑於法律是一大堆傳承下來的規矩，沒有人能夠介入，沒有人能夠碰觸。不過，畢竟法律處理的是人的問題。我說的是像你、像我一樣的人。特別是我的案子。目前，我就只舉我的例子，但這只是邏輯問題。歐文，你知道嗎？邏輯不見得每次都說得通，就跟人一樣。當你在打造建築時，邏輯很管用，因為材料特性就是那樣，但——」蓋伊的論點煙消雲散。彷彿有面牆堵住了他想說的下一個字，因為他實在想不出該說什麼。他說得明確又大聲，但他很清楚歐文沒有在聽，只是做做樣子。而且五分鐘前，歐文**也**同樣冷漠，那時在談蓋伊的罪惡感議題。「我在想陪審團的事。」蓋伊說。

「陪審團怎樣？」

「陪審團算是十二個人類個體，還是算一個法律的實體。這個觀點很有意思。我猜一直以來，這都是很有意思的論點。」蓋伊將剩下的酒倒進杯子喝。「不過，歐文，我猜你對這種事情不感興趣，對嗎？你對什麼感興趣？」

歐文沒有回答，也沒有動作。

「你對什麼都興趣缺缺，是嗎？」蓋伊看著歐文擱在地毯上的長腿，看起來癱軟無力，大大的棕色鞋子上滿是磨損的痕跡，雙腳呈現內八的姿態，因為著地的點是腳跟。忽然間，這雙鞋子鬆軟、無恥又巨大的蠢樣似乎成了全人類愚蠢的本質。這一切立刻轉化為他昔日的敵意，這種敵意針對的是擋在他工程進度前頭的消極愚行，在他注意到原因之前，他就狠狠踹起了歐文鞋子的一側。歐文依舊沒有動作。蓋伊心想，他的工作，對，他還要回去工作。要思考，晚點再好好思考，但他還有工作要做。

他望向手錶，十二點十分了。他不想在這裡過夜。他在想今晚有沒有飛機。肯定有離開的方式，或是火車。

他搖搖歐文。「歐文，起來了，歐文！」

歐文咕噥起什麼問題。

「我想你回家會睡得比較好。」

歐文坐直身子，用清晰的聲音說：「這點我懷疑。」

蓋伊從床上拿起他的大衣。他環視房內，但他沒有漏掉任何東西，因為他沒有帶多少東西出門。他心想，最好現在就打電話去機場。

「廁所在哪？」歐文起身。「我覺得不太舒服。」

蓋伊找不到電話，但床邊小桌旁有電話線。他沿著電話線來到床底。地板上的電話沒掛好，他立刻明白，電話不是掉落下去的，因為話筒與主機被人拖到靠近床腳的位置，話筒還詭異地朝著剛剛歐文坐的扶手椅擺放。蓋伊緩緩將電話拉過來。

「嘿，這附近有廁所嗎？」歐文打開了衣櫃的門。

「走廊上一定有。」他的聲音打起冷顫。他用講電話的姿態握住話筒，又將話筒移到耳邊。他聽到電話接通時的那種刻意的靜默。他說了聲：「喂？」

「你好啊，海恩斯先生。」有禮、洪亮、略顯急促的聲音傳來。

蓋伊的手想要大力砸爛話筒，但他沒多說一個字就屈服了。彷彿是碉堡崩塌了，他心目中的雄偉建築坍塌了，一切碎裂，化成齏粉，靜靜飄落。

「沒時間安裝錄音機，但我在門外聽得差不多了。我可以進來嗎？」

蓋伊心想，傑哈肯定派了人在紐約的機場守他，肯定搭乘出租的小飛機尾隨而來。有可能。就是這樣。他還蠢到用本名入住飯店。「進來吧。」蓋伊應聲。他將話筒掛回去，僵硬地站直身子，盯著房門看。他的心臟從來沒有跳得這麼快，又快又猛，他心想，這肯定是他猝死的序曲。他心想，快跑，跳開，傑哈一進來，就攻擊傑哈。這是你最後的機會了，但他沒有動作。他依稀注意到歐文在他身後的洗臉檯嘔吐。接著是敲門聲，他走了過去，心想，難道一切就是這樣嗎？就這樣突襲，房間裡還有個什麼都不懂的陌生人，對著角落的洗臉檯嘔吐，他的思緒亂糟糟，更慘的是，他已經胡亂吐出一半的實言。蓋伊開了門。

「你好。」傑哈說，他走進房，帽子沒摘，雙手擺在身旁，他平常看起來就是這副德性。

「這是哪位？」歐文問。

「海恩斯先生的朋友。」傑哈輕鬆地說，同時他用跟之前一樣嚴肅的圓臉望向蓋伊，使了個眼色。「我猜你今晚想回紐約，是吧？」

蓋伊望著傑哈熟悉的面孔，盯著傑哈臉頰上大大的痣，也注視著看起來明亮有神，方才對他使過眼色的雙眼，肯定使了眼色。傑哈也代表法律。傑哈站在他這邊，任何人都會站在他這邊，因為傑哈認識布魯諾。現在蓋伊明白了，彷彿他一直都知道，但此時此刻他才想到。他也很清楚自己必須面對傑哈。這是其中一部分，就是如此。逃不掉的，強制的，就跟地球會轉一樣，他無法藉由詭辯逃避這件事。

「如何？」傑哈說。

蓋伊想要開口，卻說出了與他意圖截然相反的話：「逮捕我吧。」

譯後感

《鐵軌上的量子糾纏》，也作《中二*男子的戀愛列車大冒險》

※溫馨提醒：本文涉及中後段劇情的討論，強烈建議讀完小說正文後再行翻閱。

說來慚愧，第一次聽說「交換殺人」寫作手法是來自友社馬可孛羅的作者史蒂夫·卡瓦納筆下的 *Kill for Me, Kill for You*（據說繁體中文版預計二〇二六年出版，敬請期待）。直到貓頭鷹出版社的編輯聯繫，我才曉得早在七十五年前，派翠西亞·海史密斯就是該類型的濫觴。相較於卡

＊編注：源自日本的網路流行語，一開始用來形容青少年，尤其是中學二年級學生，泛指自我意識過剩、擁有不切實際的想法，容易做出自以為是的行為。

瓦納加上了時空元素的立體架構，海史密斯的故事則著重在每個角色心中糾結的描寫與煎熬。

《火車怪客》是海史密斯的首部長篇小說，翻譯時我其實相當意外，因為文字刻畫之細膩，我得頻頻停下工作，再三確認前後文，才能繼續作業。本書應該是我譯作中成書年代最久遠的作品，場景的時代感與用字遣詞都需要額外琢磨。好比說，五〇年代的俚語；好比說，電報、靠接線生打電話，必須說，作為一個沒有見過這些東西，只能靠想像的譯者，距離的確充滿美感。很多髮型、服飾打扮都要仰賴 Google 大神。在這個幾乎什麼資訊都查找得到的年代，作為譯者，我何其有幸。算是挑戰，卻也充滿樂趣。

真的很難想像這是作者的第一部長篇小說。她的文字技巧之高超，布魯諾的癲狂還自成道理（或該說歪理），而蓋伊的不情願與容忍則是另一種糾結也複雜的描寫。這兩個角色都收放自如，讓讀者跟著他們瘋，跟著他們怒，跟著他們鬆口氣，卻又感覺不到真正的輕鬆。

翻譯本書讓我有點懷疑人生（也懷疑起我、男主蓋伊、布魯諾的神智是否清明），見樹「葉」不見林的職業病讓我的腦子「翻過即焚」，所幸還有後來的改稿與修訂過程，這才稍微跟上了閱讀的樂趣，足以一瞥（蓋伊狼狽跳進的）茂密樹林與威士忌高球杯裡剔透的冰塊（來，乾）。有些段落讀起來繁雜瑣碎，但就是這種細膩的筆觸，在在展現出每個角色的立體與逐漸失控的面相（特別是魚子醬三明治那邊，我非常喜歡那一段）。

作品本身的劇情很簡單，紈褲子弟布魯諾在南下火車上邂逅初出茅廬的才俊建築師蓋伊。從一開始，布魯諾對蓋伊就很熱情，動不動就用「嚮往」、「渴望」的神情看著對方。後來在聊天過程中，曉得蓋伊的妻子蜜莉安水性楊花，素行不良。一直痛恨自己父親的布魯諾因此想出交換殺人的犯罪手法。他們只是列車上的陌生人，不會有人知道他們有所交集，因此布魯諾替蓋伊殺害妻子，蓋伊替布魯諾殺害父親，這樣沒有明顯動機可言的犯罪，對布魯諾來說，就是最完美的犯罪。只是，這時（腦子還清醒）的蓋伊怎麼可能加入這樣的計畫，他當然連忙拒絕，只是……就說生命裡充滿驚喜（與驚嚇）吧。

布魯諾對蓋伊的好感與糾纏隱約散發出同性之愛的氣息，布魯諾對蓋伊的「緊迫盯人」彷彿對心上人緊追不放，在他以為一切塵埃落定後，甚至想辦法介入到蓋伊與新婚妻子的生活之中。這種關注已經遠超過共犯關係，甚至可以說，交換殺人的計畫雖然荒謬，但共享秘密，共享罪行，也許是兩人永遠綁在一起的象徵。

海史密斯本人也是女同志，五〇年代的同性戀飽受歧視與壓抑，要在書裡直接描寫男同性戀者的情慾並非易事。或許可以說作者是用這種超越男女婚姻（弒妻）、打破世俗禮教（弒父）的象徵，暗示了兩人之間的情愫，以及布魯諾想要與蓋伊建立的連結。即便在當時，這種連結宛如一種罪過。同樣幽微的同志情愫也出現在作者的《天才雷普利》及其後續集之中。

說到共犯，矛盾之處在於交換殺人手法得以成功，仰賴的就是作案後雙方斬斷聯繫，不再往來，恢復成火車軌道般的兩條平行線。偏偏布魯諾不甘寂寞，以至於「完美殺人計畫」逐漸有了破綻……布魯諾的計畫從心理動機上就自相矛盾，注定失敗。只是這種手法展現出海史密斯對扭曲心理的精準描寫，布魯諾的行為本就毫無邏輯、理性可言，偏偏他又有一套歪理，無論身心層面，都將蓋伊玩弄在股掌之中。他既惹人厭，卻又瘋得很有意思。

蓋伊也非十全十美，他厭惡髮妻，卻性格懦弱，始終不願主動離婚。他看不慣有錢人，卻靠著大家閨秀新女友的父親人脈進入貴族建築學院。他自詡文青，要去談離婚還在車上看柏拉圖。他就像每一個冒牌者症候群、拖延症患者一樣，遇事不決，只會糾結，就連要出發去殺人前，還為了該帶哪把手槍出門而掙扎許久，一把是布魯諾提供的凶器，又黑又笨重的手槍；另一把則是他年輕時買的袖珍漂亮左輪手槍，猜猜最後出於美感考量，他選了哪把槍？每次遇到（布魯諾）帶來的問題，他都幻想問題會自己解決或消失，遲遲不肯行動。某種程度也暗示了壓力持續累積，崩潰只是遲早的事。

而相較於布魯諾蠻橫的歪理，蓋伊的道理都是在夜深人靜時用來說服自己接受現實的藉口。年少的他在藝術與建築中尋見神性與合一性，卻在被迫成為布魯諾的共犯後，靈魂消亡，成為一具行屍走肉。在最不堪的時刻，他想通了，世界上的善良與邪惡共存，所謂的愛與恨看似二元對立實則一體。而他與布魯諾就是彼此的另一半，更是彼此遭到厭棄的自我陰影。這種心靈上的「量子糾纏」似乎也反映了他們各自的人際界線問題。

就我看來，布魯諾與蓋伊的界線都不是很明確。布魯諾本來就是很容易主動越界的人。他不只對蓋伊如此，對任何人似乎皆是這樣，自以為是，覺得大家都得讓他稱心如意。稍有不順心就會展現出孩童般幼稚誇張的反應。蓋伊則似乎除了在建築上對鋼筋水泥、設計美感的堅持外，其他方面，他一再被動隱忍別人的侵門踏戶。布魯諾就不說了，多次侵犯他的邊界，最後真的逼瘋他。另一個例子就是蓋伊與妻子蜜莉安離婚談判時的對話，蜜莉安已經懷了別的男人的孩子，婚是蜜莉安要離的，但因為婚外情的對象也還沒擺脫婚姻的束縛，所以蜜莉安想暫緩離婚，跟蓋伊以夫妻的身分一起去佛州棕櫚灘玩一趟，貌合神離的妻子敢提出這種要求我也是醉了……

工作期間我的身體出了點狀況（這也是個人邊界消融的表現），最低潮時是史蒂芬．金拯救了我。那日偶然看到他老人家的影片，他說，雖然他喜歡看推敲凶手是誰的推理小說，但他也很欣賞海史密斯這種開頭就點出凶手身分，充滿角色內心衝突的故事。他提醒了我，這正是海史密斯的魅力所在，她不玩「凶手是誰」的揭謎遊戲，反而帶著讀者眼睜睜看著兩個普通人在道德邊緣掙扎、沉淪，一步一步走向不歸路。現在回顧，翻譯過程中讓我眼花撩亂、白眼連翻、鼻孔噴氣和懷疑人生的段落，也許正是作者文字的魅力所在，也許也是作者想要營造出來的氛圍與效果。

翻譯過程不輕鬆，但所幸有編輯嘉真與外編的悉心提點與指教，讓本書能以全新譯本與讀者見面。也許下次搭火車或其他大眾交通工具時，當看似熱情無害的陌生人找你攀談搭訕，你能回想起自己曾經讀過這部小說以及「謀殺，人人都辦得到」這句話……

延伸閱讀

比謎團更深的是人心：海史密斯一鳴驚人的《火車怪客》

李信瑩（清華大學人社院學士班性別學程兼任講師）

※溫馨提醒：本文涉及故事結局的討論，強烈建議讀完小說正文後再行翻閱。

美國犯罪小說家派翠西亞．海史密斯在一九二一年生於德州。雖然對今日台灣讀者來說，比較熟悉的作品可能是她在一九五二年匿名出版的女同志小說《鹽的代價》（改編為電影《因為愛你》）；不過，在歐陸和英語系國家，海史密斯不論就商業上或內容上，都可以說是二十世紀最成功的懸疑小說家。她寫過二十二本長篇小說，以及許多短篇故事，其中有十本小說被翻拍成電影或電視影集，並且經常同一部作品歷經多次改編。

海史密斯的小說以深刻描繪人性，與營造清晰可見的時代氛圍見長。不同於一般商業犯罪小說著重在「解謎、破案」，或採取偵查者（偵探或警探）觀點，她的書寫卻是著重於探索如你我一樣的普通人，在長久壓抑情緒後，會不會在某個偶發事件中被推向犯罪深淵？或者只要無人注意、有機可趁的情況下，我們會不會遊走在道德和法律的灰色地帶？久而久之，這樣的習慣是否讓「好與壞、對與錯」的界線越來越模糊？人的良知、道德感等，在某些長期壓力下（被勒索、被煽動、被社會孤立或是受到司法冤屈等），會不會因不斷妥協進而產生形變？

海史密斯利用各種情境探索人性黑暗面，有些評論者認為她筆下的角色行為「不合理」因此「難以說服人」，若是她設計的「犯罪條件」有時不那麼合理，也是因為她認為犯罪與人性都不是理性的。此外，海史密斯建構的故事場景相當逼真，角色內心的刻劃也十分入微，讓讀者身歷其境，往往分不清楚那是角色的想法，還是讀者自己想出來。這樣的寫作技巧，雖然令人感到不安，卻也是她所創造的角色之所以雋永的主因。

海史密斯的顛覆與創造

《火車怪客》出版後隔年，驚悚大師電影導演希區考克立刻買下電影版權。上映後，海史密斯這個對美國文壇跟犯罪小說市場來說都很陌生的名字，突然間受到出版社與大西洋兩岸的讀者注目。出版社當時以「懸疑小說」（suspense novel）的類型來行銷，是作者本人始料未及的。海史密斯在她一九六六年出版的《如何規劃與創作懸疑小說》＊（以下簡稱《如何》）最後一個章節「關於懸疑小說的一些注記」中提到，她開始構思與創作《火車怪客》時，心裡想的是在寫一本「小說」，而不是「類型小說」。但出版社以「懸疑小說」歸類後，她從此難以擺脫相關的標籤。

廣義推理小說（mystery fiction）的做法是，將犯罪視為謎團或拼圖，而劇情聚焦於透過科學方式搜集線索，並以邏輯分析來拼出事件真相，找出凶手的過程。有別於此，懸疑小說多半利用鋪陳預示（foreshadowing），和描繪未知而驚心動魄的大場面（cliffhangers），並操弄讀者與角色間的資訊落差（dramatic irony），以及同時進行兩條以上平行的故事線（parallel plots）等文學技巧，讓讀者因為即將發生，卻完全無法掌握的威脅而感受到不確定和危險；加上對主角的認同，因此不希望他們陷入危險而產生不安。海史密斯在《如何》一書便開門見山地說，以商業出版的角度來看，「懸疑小說是一種暴力行為，而且是死亡隨時可能在身邊發生的小說。」雖然她認為「懸疑」不一定要牽涉到暴力，但市場上期待這類小說中的危險，不單是暴力的，更是「謀

＊原文書名 *Plotting and Writing Suspense Novel*，由海史密斯透過自身寫作、出版等經驗，寫給年輕創作者的創作建議小書，在台灣尚未有中譯本，本文中的引文皆由筆者暫時翻譯。

殺」。就前述手法來說，二次大戰後到一九五〇年間，英美流行的犯罪小說裡《火車怪客》可說是箇中翹楚。

《火車怪客》讓讀者喜歡也認同加害者蓋伊的觀點，模糊了是非善惡的界線，顛覆一般犯罪小說「壞人應受懲罰、犯罪應被揭發且惡有惡報」這種讓人安心的結尾。小說中，兩起謀殺案在法律程序上幾乎毫無進展，甚至到了結尾都沒有真正「進入法律體系」。針對布魯諾的父親，蓋伊沒有被警方懷疑或偵辦，而對於蜜莉安，布魯諾則是從未被真正發現；除了私家偵探傑哈之外，整部小說裡沒有任何法律機構掌握到足以起訴的證據。若非蓋伊因良心譴責向歐文自白，並且被傑哈「抓到把柄錄了音」，這兩起案件在司法系統中恐怕走向「過期」，淪為無人問津的懸案。換句話說，小說所描繪的是一種「法外之地」的狀態，加害者沒有被繩之以法，我們覺得蓋伊「被抓」是錯覺，他最終的自白比起國家法律的裁決結果，更像是一種私密而主觀的道德選擇。

這樣的敘事設計，來自於海史密斯精心構造的角色對比。蓋伊被塑造成讀者容易認同的「社會中堅分子」：好看、年輕、有理想，獨自從德州北上紐約打拚。相對地，布魯諾則是毫無道德、大家都會討厭的紈絝子弟，甚至帶有明顯的厭女特質。這樣的對比使得蓋伊雖然在行為上有可議之處（例如瞧不起蜜莉安、同樣腳踏兩條船，急著要跟漂亮有錢的小安結婚），讀者仍難以將他視為「真正的罪犯」。更重要的是，蜜莉安在小說中的形象主要是透過男性角色的描述建構出來的，她幾乎沒有自己的聲音與觀點，只存在於他人的詮釋與投射之中，而這些人急於擺脫她。這使得讀者不自覺地接受了蓋伊與其他男性對她的敵意和指責，進一步強化了對蓋伊的同情。此一手法在海史密斯之後的《雷普利》系列中發展得更為高明。她擅長以不可靠的第三人稱敘事者操控故事，使讀者難以察覺自己正在被「設計」去同理甚至認同一個道德模糊、行為可議的角色。

正義的本質是什麼

另外，海史密斯在《如何》中更提到「我覺得大眾對於正義的熱情既無趣又做作，因為不管是人生或是大自然都不在乎正義是否得以實現。」她顛覆了讀者對此文類所期待的「正義」，看穿這種期待本身的矛盾跟諷刺：「大眾希望正義得以伸張，至少一般大眾是如此。但同時，大眾喜愛殘暴。只有正義的一方可以殘暴，身為主角的偵探可以殘暴，處理性別關係毫無道德，對女性動粗，只要他們追逐的人比他們還糟糕，殘暴的偵探還是可以受大眾歡迎。」

這樣的寫作策略放到今日，也與性別議題緊密相關。儘管海史密斯的小說常出現對女性的偏見甚至暴力，但讀者保有不認同這些觀點的可能性。她試圖讓我們了解：當我們選擇相信蓋伊或布魯諾的敘述時，我們同時也在默許甚至複製這些男性角色的厭女視角。布魯諾的厭女較為明顯，讀者容易識破，而蓋伊的自憐與合理化則讓他的厭女態度更難察覺。這種設計揭示的不只是角色本身的問題，更是犯罪小說與整個社會中潛藏的社會常態和結構性問題。

犯罪小說家與她的時代

大戰之後的美國社會趨於保守，政府藉由提倡「家庭價值」鼓勵家庭移居郊區過「男主外，女主內」的生活，並且提倡藉由大量消費民生用品而成為「經濟上的主體」。與此同時，五〇年代席捲美國國內的麥卡錫主義使得同性戀成為攻擊的對象，其中針對同性戀者的道德恐慌稱作「薰衣草恐慌」（The Lavender Scare），政府認定同性戀是危險、具傳染性，且會危害美國社會道德。在這樣窒息與迫害同志的社會氛圍下，來自保守德州的海史密斯，更因為身為女同性戀不被母親接納與支持，陷入難以接受自己真正樣貌的掙扎。這種自我認同與社會壓迫對個人造成的心理創傷，以及難以驅趕的否定聲音，深埋在她的創作中。

大學畢業後，海史密斯每天練習寫作並嘗試出版，也靠著寫漫畫故事維生。一九四五年末某天，她跟母親還有繼父在紐約哈德遜河邊散步時，想將「兩個靈魂伴侶」的點子發展成小說。這部首作從構想到完成草稿，被退稿，再到出版前後歷經了五年，可說是她的創作生涯中最困難的作品之一。這五年間，海史密斯閱讀紀德、沙特、卡繆與齊克果等歐陸存在主義作家的作品，思考她景仰的冷硬派作家詹姆斯·凱恩如何利用精簡的語彙揭露美國夢的黑暗面，同時她也向內探索自身情慾認同。這些養分讓海史密斯嘗試在長篇小說中將「靈魂伴侶」的想法發展成「兩個性格迥異的男子」。更進一步地，「兩位天差地遠男性間的曖昧情誼」在此後成了她最喜歡也最擅長的主題。

像你我一樣的普通人，甚至是街坊同事伴侶眼中的「好人」，會不會在某種身不由己的情況下讓人抓到把柄而陷入「與加害者共謀」的枷鎖，加上自身過去沒被注意到的性格弱點，進而跨入犯罪的界線中。在《火車怪客》中，蓋伊不只一次問自己，什麼樣的人看起來像是會謀殺的人？他最後得到一個結論：「沒有人知道會謀殺的人長什麼樣子，謀殺者看起來就是個普通人。」這種「包括自己，只要條件足夠，人人都可能成為加害者」的主題讓讀者很難在小說結束後安心地放過小說，繼續自己「平靜」的生活。即使在閱讀結束後，還會使不安停留在讀者心中的書寫，也反映了那個時代身為酷兒的海史密斯想以懸疑小說探索「社會邊緣人」的企圖。他們不但難以融入社會，隨時因為周圍不友善眼光，與家人的不接受而產生的自我懷疑、自我賤斥，還很容易被當成社會卸責的對象。

這本犯罪小說雖然在一九五〇年出版，但即使從二十一世紀的現在讀來，也不會因為小說中寫實的背景而感到過時，反而能夠感同身受；小說中呈現出主角歷經的多重掙扎，交織周遭的情緒壓力、良知、罪惡感以及自己也無法面對的陰暗面。這些正是在當前世界局勢動亂，看似人人可以透過網路與廣大世界連結，利用人工智慧解決問題，卻依然必須回歸的內心，她對人心的掌握與洞見，每每讀來仍舊使我們震撼不已。也正是因為海史密斯小說側重「人性的掙扎」，許多評論者認為她的的作品不僅能歸類成一流的類型小說，更可以和最好的文學相提並論，甚至曾與諾貝爾獎一度擦身而過。

派翠西亞・海史密斯年表

一九二一年　一月十九日生於美國德州，出生前父母離異，自幼在外婆家長大。

一九二四年　母親再婚設計師史丹利・海史密斯（Stanley Highsmith），在幼時的海史密斯眼裡繼父如同「入侵者」。

一九二七年　隨母親與繼父搬到紐約。

一九三〇年代　九歲開始讀狄更斯，反覆閱讀《罪與罰》。青少女時期已撰寫大量日記、短篇故事等。當時喜愛的作家有愛倫坡、康拉德、杜斯妥也夫斯基等。一度被母親送回德州，這段如同遭到拋棄的時光，加上後來作為女同性戀者不被母親接受，成為她對母親患得患失的關係中，不斷衝突、產生裂痕的關鍵。

一九三八年　就讀紐約巴納德學院（Barnard College），開始在學校的雜誌上發表短篇小說。一度加入左翼青年組織，後為專心創作而退出。

一九四三年　開始撰寫小說《那聲關門》（*The Click of the Shutting*，暫譯）。任職漫畫出版社，透過繪製、撰寫漫畫故事等，賺得人生第一份薪水，並租下屬於自己的公寓。

一九四五年　二十四歲生日當天，放棄小說《那聲關門》。

一九四七年　結識了許多文藝圈好友，進入紐約文學界。同年開始撰寫《火車怪客》。

一九四八年　結識某位作家的兒子，嘗試與身為男性的對方交往，進而訂婚，甚至在當時的社會氛圍下一度接受心理治療，試圖「矯正」自己。兩年後，選擇結束這段關係。

一九五〇年　《火車怪客》出版，隔年由驚悚大師希區考克改編為電影，成就影史經典《追魂記》。

一九五二年　以化名克蕾兒·摩根（Claire Morgan）出版《鹽的代價》，這是首度有「圓滿結局」的女同志愛情小說，成了轟動一時的暢銷書。直至過世前她才以本名重新出版，並將書名改為《卡蘿》（*Carol*）。

一九五五年　出版生涯代表作《天才雷普利》，開啟往後犯罪小說史上的重要經典雷普利系列，該書榮獲美國推理作家學會愛倫坡獎、法國偵探文學獎等多項殊榮。

一九五七年　《深水》（*Deep Water*，暫譯）出版，其後陸續發表如《貓頭鷹的哭泣》（*The Cry of the Owl*，暫譯）等犯罪小說，以心理驚悚，探索犯罪心理、內在掙扎等一貫風格，持續精進她的創作。

一九六〇年代初　隨著經濟獨立後，她開始過上游牧般的生活，直至徹底離開美國，遷居歐洲生活。同時，飼養了許多蝸牛、貓咪等，這些動物是她一生重要的夥伴。

一九六三年　遷往義大利南部波西塔諾（Positano）居住，此處她遇見湯姆·雷普利的原型人物。

一九六六年　與一名英國已婚女子結束近三年的戀情，這位女子被她視作「一生的摯愛」，因而這次分手的經歷成了她「此生最糟糕的一刻」。

一九七〇年　雷普利系列第二集《地下雷普利》出版。

一九七四年　雷普利系列第三集《雷普利遊戲》出版。三年後由德國當代電影大師文·溫德斯改編為電影《美國朋友》。同年，母親透過書信與她斷絕關係，直至母親過世，雙方再也沒有過任何聯繫。

一九八〇年　雷普利系列第四集《跟蹤雷普利》出版。

一九八二年　移居瑞士，一九八七年在泰尼亞（Tegna）建屋，直到過世前都在此生活。

一九九一年　雷普利系列最終作《水魅雷普利》出版。

一九九五年　因肺癌與再生不良性貧血於二月四日在瑞士逝世，享年七十四歲。一生創作超過二十部作品，手稿悉數典藏於瑞士伯恩。最後一本小說《小g酒吧：夏日浮生錄》（*Small g: A Summer Idyll*，暫譯）在離世後一個多月出版，是一部酷兒小說。

逝世後

一九九五年 她的插畫作品集《繪畫》（*Drawings*，暫譯）在十一月出版，其後二〇〇五年也出版了《貓之書：三則故事、六首詩與八幅畫》（*Cats: Three Stories, Six Poems, and Eight Drawings*，暫譯）。除了大眾熟悉的寫作，她也喜愛且擅長繪畫，日記與速寫本中留下許多對友人、貓咪和蝸牛精心繪製的素描與插圖，早年一度萌生成為畫家的念頭，當時她對於自己要成為一位作家或是畫家感到猶豫。

二〇二一年 她的日記與筆記等公開出版為《派翠西亞・海史密斯：日記與筆記（1941-1995）》（*Patricia Highsmith: Her Diaries and Notebooks: 1941-1995*，暫譯）一書。

二〇二二年 她的人生與創作被改編為紀錄片《尋愛小說家：海史密斯》，片中透過她的日記、作品、生前訪談，以及導演對其家人與前愛人的訪問，細膩刻劃了她的一生。此片隔年於臺灣上映。

火車怪客（海史密斯逝世30週年紀念版）：
「交換殺人」的開創之作，心理驚悚的永恆經典！

作　　者　派翠西亞·海史密斯（Patricia Highsmith）
譯　　者　楊沐希
選 書 人　梁嘉真
責任編輯　梁嘉真
協力編輯　曾時君
校　　對　童霈文
版面構成　張靜怡
封面設計　馮議徹
版權專員　陳柏全
數位發展副總編輯　李季鴻
行銷總監兼副總編輯　張瑞芳
總 編 輯　謝宜英
出 版 者　貓頭鷹出版 OWL PUBLISHING HOUSE

事業群總經理　謝至平
發 行 人　何飛鵬
發　　行　英屬蓋曼群島商家庭傳媒股份有限公司城邦分公司
115 台北市南港區昆陽街 16 號 8 樓
劃撥帳號：19863813；戶名：書虫股份有限公司
城邦讀書花園：www.cite.com.tw ／購書服務信箱：service@readingclub.com.tw
購書服務專線：02-25007718~9 ／ 24 小時傳真專線：02-25001990~1
香港發行所　城邦（香港）出版集團有限公司／電話：852-25086231 ／ hkcite@biznetvigator.com
馬新發行所　城邦（馬新）出版集團／電話：603-9056-3833 ／傳真：603-9057-6622
印 製 廠　中原造像股份有限公司
初　　版　2025 年 8 月
定　　價　新台幣 540 元／港幣 180 元（紙本書）
新台幣 378 元（電子書）
總 字 數　約 18 萬字
I S B N　978-986-262-767-9（紙本平裝）／ 978-986-262-762-4（電子書 EPUB）

讀者意見信箱　owl@cph.com.tw
投稿信箱　owl.book@gmail.com
貓頭鷹臉書　facebook.com/owlpublishing

國家圖書館出版品預行編目資料

火車怪客：「交換殺人」的開創之作，心理驚悚的永恆經典！／派翠西亞·海史密斯著；楊沐希譯 . -- 初版 . -- 臺北市：貓頭鷹出版：英屬蓋曼群島商家庭傳媒股份有限公司城邦分公司發行, 2025.08
面；　公分 .
海史密斯逝世 30 週年紀念版
譯自：Strangers on a Train
ISBN 978-986-262-767-9（平裝）

874.57　　114006301

本書採用品質穩定的紙張與無毒環保油墨印刷，以利讀者閱讀與典藏。